特急便
到着す

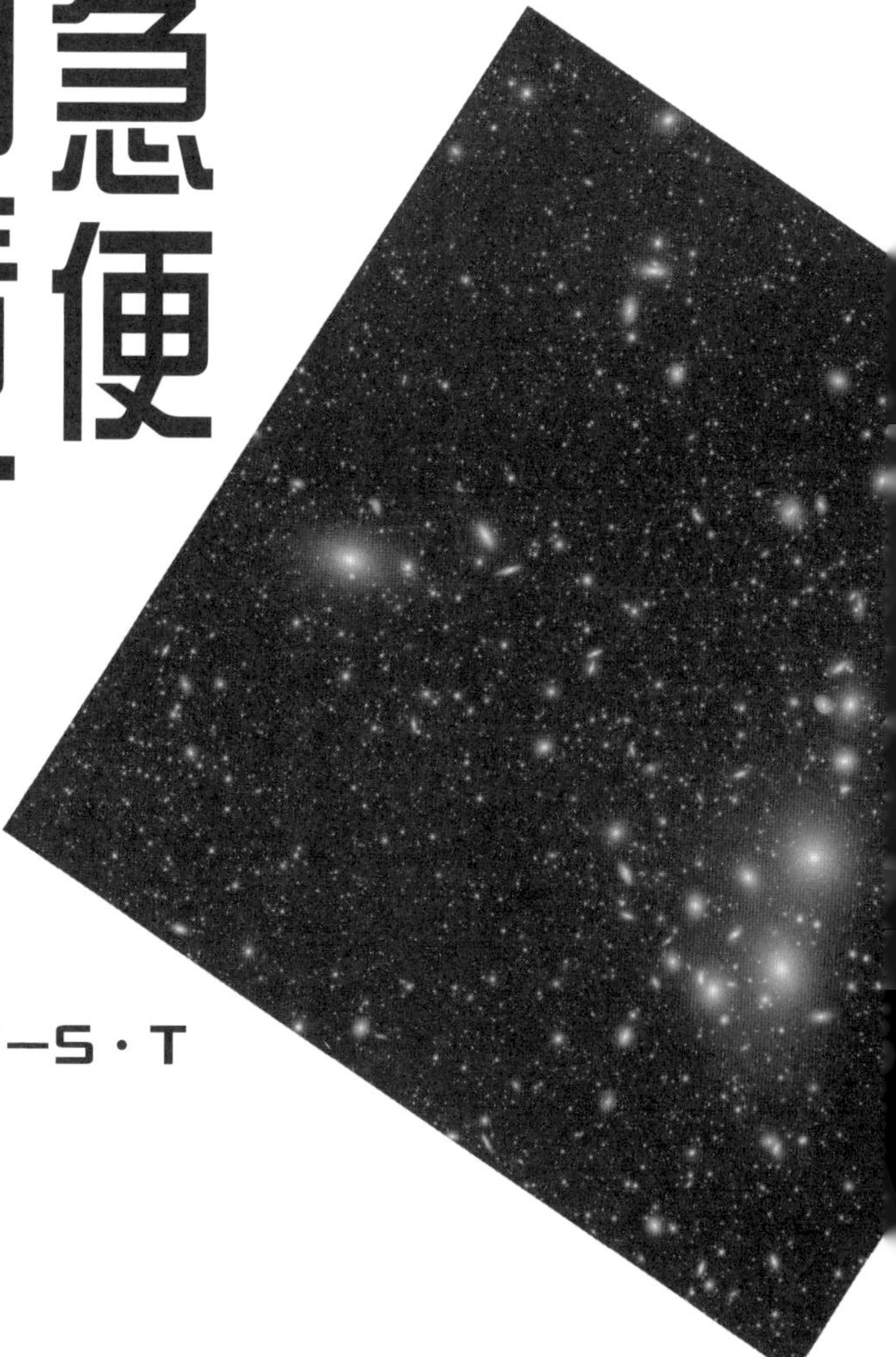

ミスターS・T

文芸社

目次

【Ⅰ】ハイパー・トンネル

日本の季節では、ある春の夕暮れのこととなろうか。その日がいつも通り平穏に過ぎようとしていると思われる時、月面宇宙港ムーンタウンで、時ならぬ騒ぎが持ち上がった。火星から到着したばかりの貨物船の中で何かあったらしい。到着ゲートに警察関係車両が獲物に取り付く蟻のように群がっている。やがて、血まみれの顔をした中年の男と、これまた腫れ上がった顔の大男（彼は少し若いようだが）が連行されていった。

すると、潮が引くように、警察車両は引き上げていく。宇宙港は再び静寂を取り戻した。

地球が一つの惑星国家になって、未だ二〇年足らず。統合のシンボル的なプロジェクトとして、人類は、月面基地を足掛かりに、火星開発に手をつけ始めている。片道、約半年の航海は、技術の進歩を勘案しても、決して楽なものではない。ストレスから、些細なことで、トラブルが起こるのは、珍しいことではない。

◎

「やれやれ、ゴードンの奴、これで三人目だぜ。船長に歯向かって喧嘩騒ぎを起こすのはよ」

「懲りねえ奴だな。今度はたっぷりお灸をすえられるだろな。メイン・パイロットが檻の中じゃ、俺たちゃおまんま食い上げじゃねえか」

「オーナーがカンカンだろて。ゴードンは首にされるかもしれんよ」

「おい……！」

「気を付け！」

「オーナー閣下に敬礼！」

ざっと一斉に流れるような動き。それだけでもただ者ではなさそうな連中ではある。

「諸君、楽にしたまえ」

「直れ、休め！」

オーナーはクルーを見回した後、徐《おもむろ》に口を開いた。

「諸君も知っての通り、ゴードンがまたもや騒ぎを起こしてしまった。性懲りもなく、な。あまりにも辛抱が足りん。船長に抗命した挙げ句、暴力をふるうとはあきれ果てた奴だ。本来こういう者は解雇処分なのだが、あっさり首にするには惜しい者でもある。そこで、私が特に願って、軍から船長を招くことにした」

「軍から……？」

その場の空気が固まった。

「まあつまりだな、諸君らクルーごと軍のために働くことになったということだ」

「それって……」

「諸君らの身分が統合宇宙軍軍属に変わるということだ」

「オーナー、俺たち厄介払いということですかい？」

「まあ、そうむくれるな。知っての通り、火星で適正化工事が進捗中だ。資材はいくらでも必要だ。それを運ぶ船も絶対量が不足している。そこで、各船会社に規模に応じた徴用命令が来たというわけだ。だが、確かな腕のものしか望まれておらん」

「何かやばいことでも……？」

「海賊だよ。最近とみに被害が増えている。適正化工事に反対する者が過激な行動に走っているにしては、どうも手が込んでいる。バックに大きな組織があるらしいが、未だ実態は不明だ。ま、そんなことは我々の仕事の範疇《はんちゅう》ではない。決められた期日までに、決められた場所へ、決められた資材を間違いなく届けさえすればよい。ただそれだけだ」

「海賊に襲われても……？」

「そういうわけだ。だが、丸腰でとは言わん。いくらか対抗手段は取られるはずだ。それは軍の意向による。今私がどうこう言えるものではない」

「……」

「では、諸君、ただ今より諸君は軍の指揮下に入る。わが社の代表として恥ずかしくない働きを期待する」

「敬礼！」

オーナーは去った。入れ替わりに小柄な男がやって来た。

「諸君、私が四代目船長を拝命した、統合宇宙軍・荒川健一郎大尉である。キャプテン・ケンと呼んでくれたまえ」

「へ、小さ、こいつがキャプテン？」

「あ、こら……！」

仲間が止める間もなく、せせら笑ったガンナー、ブラッドレーは宙を舞っていた。

「私は統合宇宙軍・キャプテン・ケンだと言ったはずだ。これから君たちには全てというわけではないが、軍隊式のやり方が相応《ふさわ》しい時にはそうさせていただく」

凛《りん》とした声でケンは言った。

「みんな、この人には逆らっちゃなんねえ」

「……！」

声がする方向をみんなが一斉に見た。……ゴードンだった。

「俺は、首になってブタ箱に入れられてもおかしくないことをしちまった。すぐ出てこれたのは、この人と、オーナーのお陰なんだ」

「ほんとか？」

「俺の腕を買ってくれたんだ。船乗りとしてこんな嬉しいことはねえやな。腕のいいパイロットを放っておくほど、今は暇ではねえってね。俺が？　腕がいい？　そんなこと言われたの初めてだい。……えへへ」

「お前、バカか？　俺たちゃ、何かやばそうな仕事をさせられそうなんだぜ」

「それがどうしたい！　俺様が切り抜けてやらあ。何しろ腕のいいパイロットなんだからよ！」

「それがバカってんだよ。……ったく！　めでたい単純バカが！」

どうやら、口が悪いのは仕方がないが、連中はまんざらでもなさそうである。

◎

それからが大変だった。民間の巡航貨物船を軍の武装輸送艦に改装する工事が始まったのだ。クルーは暇を持て余すどころでは勿論なく、毎日軍隊式基礎訓練に明け暮れた。体力には自信を持っていた連中が、音を上げるほどであった。やがて、改装が完了。船は名実ともに艦に生まれ変わった。その名も「サザンクロス号」と改められ、種別は仮装巡洋艦となる。それだけではない。メインエンジンを新型に積み替え、パワーがぐんと増した。そのためのメインフレームの補強もなされた。もう、改装なんてレベルではない。改造である。更に、自衛のための八サンチ単装レーザー砲二門が撤去され、連装一五サンチ対艦レーザー砲三基六門が装着された。砲の配置は、上面前後に一基ずつ、下面中央に一基である。これに加えて小目標のために四〇ミリレーザー機関砲を四連装三基装備。これを一番砲の上に背負式に一基。三番砲の上に背負式に一基。更に下面、二番砲の後方に背負式に一基配置した。宇宙魚雷発射装置も前後に二門ずつ。同魚雷は二〇本……。こうなれば、もう立派な軍艦である。白銀色のフットボール状の船体を直立させて、サザンクロス号は時を待っている。

◎

「前進微速。第二ゲートオープン」

「サブエンジン出力正常。各部異状なし」

「第二ゲート通過。間もなくゲートを出る」

「メインエンジン点火、二〇秒前」

「第二ゲート出た。惑星間試験航行に入る」

「メインエンジン点火」

「ようそろ」

サザンクロス号は一気に加速した。更にスピードを上げる。目指すは火星。といっても試験航行なので、積み荷はダミーである。正規の軍艦並みの公試運転をする理由は、勿論クルーには知らされてはいない。ただ、軍の意向に沿ったものであることは間違いないところだ。航路もあらかじめ軍に指定されている。賊の出没を受けて、火星への航路は一時閉鎖されていた。

「これより慣性航行に移行する。各レーダー警戒を怠るな」

「了解」

「あと五分で危険空域に達します」

「ガンナー、戦闘準備」

「アイ・サー」

　ぴんと空気が張り詰める。「危険空域」とは、わずか二週間ほどの間に六隻もの貨物船が襲われ、積み荷を奪われた挙げ句撃破されたB空域を指す（月から火星への往路がA空域、復路がC空域。両者が行き交う、いわば交差点のような空域をB空域と呼んだ）。そのクルーの消息は杳《よう》として知れないまま、既に最後に襲われた日から、一〇日余り経過している。現在も宇宙軍艦艇が捜索中だが、賊の尻尾すらつかめないでいた。

「砲への回路開け。発射準備」

「OK、回路開いた。いつでも撃てるよ」

「この空域は障害物が少ない、はずだった。しかし、賊に撃破された貨物船がデブリとなっている。十分注意せよ」

「アイ・サー」

「ここでは全速試運転ができんな。このままC空域へ移行」

「ようそろ」

「レーダーに感あり。進行二時の方向」

「メインパネルに映せ」

「了解」

　それは、破壊された輸送船の残骸だった。彼らも多少の武装はしていたはずだ。それが、全く役立たずになるほど賊は圧倒的だったのか。そう思わずにはいられない破壊の状態であった。

◎

「C空域に到達。周辺にデブリなし」

「これより、最大戦速試験に入る」

「レーダー警戒を厳とせよ」

「アイ・サー」

「メインエンジンフルパワー！」

「アイ・サー」

たちまちサザンクロス号はその白銀色の船体を震わせて加速した。この船は元来高速貨物船として建造されたから、比較的船足は速かった。加えての改造でスピードは大幅にアップしているはずだ。果たして結果は期待にたがわず、軍艦並みの最大戦速をマークした。

◎

狂喜したのは、ゴードンだった。存分に船が反応する。必要なだけスピードが出る。元々宇宙軍パイロット志望で試験を受けたこともある男だ（落ちたから民間船のパイロットなんだが……）。

「見ろよ、ゴードンの奴、恋人を扱うみてえにこの船を転がしてやがるぜ」

「恋人はいねえんだよな」

「ちげえねえ」

「私語は慎め！　ここは死地になるかもしれんところだ」

「アイ・サー！」

「レーダー、異状はないか」

「は、デブリは見当たりませんが、流星のようなものが……」

「ようなものとは何か！　確認せよ」

「アイ・サー！」

「船です。統合宇宙軍の識別に反応しません。民間船識別信号で確認してみます」

「よし。やってみろ」

「民間のも反応なし！　未確認船です」

「レーザー砲！」

「準備よし」

「未確認船が本船もとい、本艦にレーダー照射！　ロックオンされています」

「左舷バーニア吹かせ！　面舵二〇！」

「面舵二〇ようそろ！」

「撃て！」

ためらいなく「敵」も撃ってきた。エネルギー弾道が船の側面をかすめる。こちらのも命中に至らない。不審船は艦体をひねって複数の砲塔から撃ってきた。狭窄射撃のようだ。バーニア全開でしのぐ。改造前の性能なら、間違いなくこれでお陀仏だったろう。

◎

追いつ追われつの全開運動が三〇分余り続いていた。船のあちこちから悲鳴にも似たきしみ音がする。

「敵さん、いい腕してやがる」

ゴードンが誰に言うまでもなく言った。

「ゴードン、それはこっちにも言えるぞ」

ケンが応じる。一対一、差しの勝負なのだ。緊張感がみなぎる。

「宇宙軍パイロット試験に落ちたとはとても思えんぞ」

「キャプテン、それは言いっこなしですぜ」

いつもは強気のゴードンも、額に冷や汗がにじむ。

敵艦は、ついに勝負を諦めたか、離脱を図った。サザンクロス号は深追いは避けた。何しろ公試運転中なのだ。いきなり実戦になってしまったため、故障が出る可能性がある。一旦引いて船体各部の点検が必要だった。

◎

予期しない全力戦闘のつけは意外に重いものだった。メインエンジンをはじめ、船体のあちこちに不具合が見つかった。よくもまあ、戦闘中にマシントラブルが出なかったものだ。ほっとすると同時にクルーは、再び軍隊式基礎訓練に明け暮れる日々に逆戻りした。ただ、民間船のクルーが初めて遭遇した実戦のとてつもないプレッシャーは、彼らにとって貴重な体験となった。

◎

サザンクロス号が遭遇した不審船は、統合宇宙軍がのどから手が出るくらい欲しい情報の一つだった。戦闘状況は全てモニタリングされていた。そこから、敵艦の動き、形状、武器の状態から、おおよその性能まで解析された。これで、不審船がどこで造られたか予測がつく。それは、こちらも同様だが、外見だけはあくまでも、どこにでもある量産高速貨物船なので、個体の判別は簡単にはしにくかろう。今のところそれだけが、敵に優越する点である。

サザンクロス号はやがて、点検・修理を終え、再就役した。敵はただの貨物船と思って仕掛けてきた。そういう点では、この船を改造した狙いが的中したということだ。手ごわいと知って、敵は今度はどう出るか。狙いは何なのか。むしろ、分からないことの方がはるかに多いのである。

◎

不審船の解析結果がやがて出た。だが、謎は深まるばかりである。船体は日本の量産民間貨物船改造型、武器はロシア製、エンジンはアメリカ製、レーダーはフランス製とそれぞれ一致した。まるでばらばらなので、船籍は特定に至らなかった。不思議なのは、どのパーツも製造No.、時期が特定できなかったことである。巧妙なコピーなのかもしれない。とにかく、不審船の一隻は少なくとも全宇宙軍艦艇に識別されることになった。

◎

「諸君、新しい任務だ。今回は、コンボイ（船団）の護衛である。勿論、軍の護衛艦も多数出る。我々はコンボイに紛れての護衛任務というわけだ。C空域を通過することになる。恐らく敵は今度も出るだろう。危険空域だったB空域はデブリが多い。戦闘行動は自殺行為だ。よって、予想戦闘空域はCとなろう。これが我々の初陣だ。心してかかれ」

「アイ・サー！」

「各員、戦闘部署に就け。サザンクロス号発進準備」

「コンボイが発進します」

「遅れるな。発進急げ」

「アイ・サー」

サブエンジンが徐々に出力を増していく。船はゆっくりと前進を始めた。第二ゲートから出たサザンクロス号は、メインエンジンに点火。先行したコンボイ（船団）を追う。相前後して宇宙軍の艦艇も発進していく。壮観そのものの眺めだ。

「今度こそ敵に当てて見せますぜ」

ガンナー、ブラッドレーが言った。前回の遭遇戦では、一発も命中弾がなかったことを彼は悔いていた。メカに頼りすぎの面を大いに反省していた。相手も必死に動いている以上、射撃管制コンピュータの予測するポイントは少しずつズレが生じてしまう。宇宙空間は上も下もない。複雑な動きが予測を難しいものにしていた。それは人間の勘で補うしかないのだ。実戦を初めて体験し、彼は肝が据わった。なるようにしかならないが、なせば何とかなると割り切った。こういう男は怖い。ケンは頼もしいと思った。

◎

「B空域通過。軍艦はコンボイの前後左右に展開」

「軍の動きは常識的にすぎる。コンボイの縦軸ががら空きだ。海の上じゃあるまいに」

「だからこの艦がある。コンボイの中に紛れて縦軸を守るのだよ。敵からすりゃ、これだけ似たような船がありゃあ簡単には見分けがつくまい」

「なるほど」

「それにな、修理中に、船団の自衛武装を管制できる強力な戦闘レーダーを追加装備した。そうだな、武藤」

「左様で。この艦で効率よく防御弾幕を制御できます」

「間もなくC空域に達します。……出ますかね。曲者は……?」

「これだけの規模のコンボイを見逃すかね。武藤、レーダーに反応は?」

「今のところ、異状なし」

月並みな表現だが、嵐の前の静けさ。コンボイは静かに進んでいく。

◎

Ｃ空域を先頭集団が抜けかけたところで、果たして襲撃があった。けたたましく警報が響く。護衛艦隊が一斉射撃を始めた。賊はコンボイの中央を分断し、各個撃破を狙っているらしい。まさにその中央が我がサザンクロス号の守備範囲なのだ。賊は素早く砲火をかわすと、反撃の狼煙を上げた。ミサイル群がコンボイを挟撃する。キャプテン・ケンは防御砲火を指揮した。効率よく振り分けられた火箭《かせん》がミサイルに注がれた。次々と破壊されるミサイル……。それらは目標に届く前に全て叩き落とされた。見事な連携である。一隻一隻は貧弱な武装しかない貨物船が、制御されて集団としてのパワーを発揮している。賊の船団は一五隻、今までにない規模だ。こちらは四〇隻のコンボイを三〇隻の統合宇宙軍護衛艦と我がサザンクロス号が守っている。

二撃目までかわされて賊は焦ったようだった。統制を失って各艦がばらばらに突っかかってきた。こうなると数に劣る彼らは護衛艦の防御砲火の餌食になる他はない。ざっと半数が無力化された。残りはサザンクロス号に制御されたコンボイの手痛いパンチを食らった。この間小一時間ほど。ブラッドレーは、今度は五隻に直撃を与え、エンジンを破壊して無力化した。サザンクロス号の一五サンチレーザー砲は、当然一撃で敵船を沈めるほどの破壊力は持っていない。あくまでもダメージを与えて、襲撃を諦めてもらうか、エンジンなどを破壊して無力化することが目的の砲である。ただ、なめてかかると、ちょっと痛いパンチ力はある。

この戦闘で賊は拿捕された船八隻、捕縛された者約三〇〇、沈められた船六隻となり、ほぼ壊滅した。ただ一隻、無傷で離脱した船が確認された。

Ｃ空域の防御戦闘を切り抜けたコンボイは、無事火星の衛星ダイモスに到着した。積み荷を下ろし、適正化工事を司《つかさど》る火星開発局現地指揮所に引き渡した。これでひとまず作戦終了である。再びコンボイを組んでムーンタウンに引き返す。この度の積み荷は火星で掘り出された鉱石資源であった。これは、いわば適正化工事の副産物なのである。「適正化工事」、平たく言えば、それは火星に人が住める環境に適正化する惑星改造プロジェクト、地球を挙げての一大プロジェクトなのだ。

◎

行きはよいよい、帰りは怖い。役目を果たしてほっとして、帰路に就く……その帰路が危うい。積み荷は鉱石資源だから、すぐにどうこうできる代物ではない。それにしても、以前被害に遭った船の人員は行方知れずであることを考慮すると、賊の目的の一つは貨物船のクルーそのものとも言える。

戦闘で捕縛された賊は、各護衛艦に分散されて尋問中。そう容易に自白は得られないかもしれないが、断片的にせよ、何らかの情報が取れれば良しとする。何しろ今まで全く賊の尻尾すらつかめなかったのだから。尋問官の張り切りようは尋常ではない。

◎

賊はなぜ統制を失ったのか。尋問はそこに集中しがちになったが、一様に口は堅く、らちが明かない。そうこうするうちに再びＣ空域が近づいてきた。既にこちらの手の内は明かしている。もうこれ以上のエースカードはない。冷静な賊が虚を突けば、やはり羊の群れは羊でしかない。

それは突然やってきた。一隻の賊艦がひねりを入れつつコンボイ中央の我が艦目指してまっしぐらに突っ込んできたのだ。十字砲火が出迎えたが、猛スピードで縦横に突っ走る賊艦を捉えることはできなかった。それどころか、たちまちサザンクロス号の周囲を固める数隻が被弾した。コンボイは混乱をきたし始めた。各船が勝手に動き始めたら、統制が取れない。統制を失えば、群れからはぐれた船から順に食われる。分かっているが、乱れた群れはそう容易には戻らない。立て続けに被弾船が増えていく。キャプテン・ケンは護衛艦隊に中央の守りを依頼した。自艦で賊を迎え撃つ気だった。

◎

「恐らく最初に出くわした奴だ。手ごわいぞ。ゴードン、貴様の腕が頼りだ」

「任して下せえ」

「ブラッドレー、今度は当てろよ。行きの七面鳥とは勝手が違うぞ」

「アイ・サー、当ててやりますよ」

「賊艦発砲！　弾着まで一五秒！」

「取り舵一杯！　急速旋回！」

「取り舵ようそろ！」

「回り込みながら反撃だ。いいな、ブラッドレー！」

サザンクロス号は急速旋回を続けながら、六門の備砲を一斉に放つ。今度は賊艦がかわしざまミサイルを撃ってきた。軽くかわした。が、それらは後方のコンボイに命中した。数隻やられた。なかなかやる。舌打ちをしてブラッドレーはトリガーを引いた。

◎

時間差で弾着した。そのわずかな差に賊ははまった。二発命中。弾かれるように賊艦は針路を乱した。更に一発命中。たまらず、賊艦は逃げにかかった。今度はマシントラブルの心配はない。追撃にかかる。護衛艦の中で速足の艦数隻も同調する。賊艦はチャフを散布、こちらのレーダーの目つぶしにかかった。相手も必死だ。やみくもに撃ってくる。勿論、牽制のための砲撃だから当たるものではない。狙いすましてブラッドレーがトリガーを引く。一発命中！　護衛艦も一斉射撃をした。更に数発命中！

「賊艦より入電！『直ちに本艦への攻撃を中止されたし。本艦には人質が乗っている。本艦が沈めば人質も命はない。一五分の猶予をもらえれば、本艦は人質解放の用意がある』と」

「返信はどうします？」

「護衛艦から連絡、人質解放を優先させるべきだと言っています」

「こちらに任せろと護衛艦には伝えよ。賊艦に連絡、まず停船せよ。止まらなければ人質ごと貴艦を撃沈すると」

「アイ・サー」

「賊艦停止しました。ランチが出た模様です」

「賊艦より連絡。『厚情に感謝する。残念だが今回は我が方の負けだ。しかし、あと一五分で後続艦が到着する。このまま戦闘を続けていては、双方とも無益な結果になりかねない。以上忠告する』以上です」

「体よく脅してやがる。したたかな奴だぜ」

「ここらが潮時だな。ランチを収容しろ。護衛艦に連絡。賊艦を見逃せば人質を無事に送り届けると言っているとな。とにかく、護衛艦が下がらねば人質の乗ったランチを沈められると言え」

「護衛艦の司令、了承されました。賊艦離脱。ランチ間もなく収容にかかります」

ランチの収容人員は、二隻分の貨物船クルー六二名であった。

全員健康状態もよく、お陰で、遭難時の状況を聞き取ることができた。

◎

順調に進んでいた火星適正化プロジェクトであるが、ここに至って、はっきりと敵意を伴って妨害する組織の存在がクローズアップされた。それも半端な組織などではない。軍は、まだほんの尻尾の先をつかんだにすぎない。賊の船団は、大半が戦の素人にすぎないようだが、中には駆け引き上手な、この間のようなプロも交ざっているようだ。そいつが厄介だった。正規の軍艦ではすぐさま対応できないような事態がいくらでも想定できる。サザンクロス号は特務艦として上層部から特別な権限を与えられていた。イレギュラーな事態に対応する訓練を受けた、通称キャプテン・ケンこと荒川健一郎大尉をはじめ、クルーは喧嘩やもめごと大好きな連中だ。逆に言えば、それなりに落としどころを心得ている。スペースマンに共通の仁義とでもいうべきものがある。ここにサザンクロス号は、その存在価値を否応なく増していくことになる。

◎

半月の休暇と一か月の訓練を経て、サザンクロス号は新たな任務を課せられた。軍の軽巡洋艦のような擬装をしてC空域をパトロールせよとの命令である。仮装巡洋艦が更に仮装するわけだ。先のコンボイ護衛で賊艦の襲撃をかわして大量の資材が火星に運ばれたが、帰路、たった一隻の賊艦のために、被弾する船が数多く出た。負傷者は六〇名を超えたが、幸か不幸か死者は出なかった。ただ、修理に手間取るためしばらく使えない船が九隻。これは痛手であった。軍も中途半端な規模での資材運搬は危険であるとして、次の手を考えているようである。いわばそのお先棒担ぎをサザンクロス号がさせられるのだ。

◎

「さて、出るとするか。サムソン機関長、今度のエンジンはどうだ」

「二度目の積み替えですからね。パワーは十分。いざという時の一伸びが頼もしいですわ」

「このお陰で、一五サンチレーザーの威力が増した。エネルギー砲はまだまだ動力頼みだからな。エネルギーカートリッジの出来がもう一つよくない以上、仕方がない。エンジンに被弾すると砲も使えんのは歯がゆいがな」

「せいぜい気張れや、ゴードンさんよ」

「なんでェ、無茶ぶりすんねェ」

出撃前の訓練で、彼らは名実ともに統合宇宙軍の将兵になった。ゴードンは晴れて念願がかなったというわけだ。必ずしもこの措置を全員が歓迎したわけではない。ただ、今後も命を的にした任務が続く。万が一の時、軍人と軍属との待遇差は決定的なものがある。キャプテン・ケンはそれを気にしていたのだ。

「間もなくC空域です。今のところ、レーダー異状なし」

「決まって賊が出るのはC空域ですな」

「この辺りに基地でもあるんですかね。カモフラージュってやつで」

「分からんから、こうやってパトロールしているのだ」

「ごもっともで」

「よく見てろ。何が出るか分からんところだ」

「ようそろ」

サザンクロス号は船足を落として各方面に探査レーダーの電波を飛ばした。

「一〇時の方向に電波を弾かない何かがあります」

「ブラッドレー、出力五で、砲撃しろ！」

「アイ・サー」

最大出力で撃てば、いくら一五サンチの豆鉄砲でも、巡洋艦クラスの舷側装甲に穴くらいは開けられる。ただ、通常の砲撃は出力三〜四というところである。砲身が傷むのを避ける意味合いがある。戦争でもあるまいし、ただ賊を追い払えば用は足りるのだ。

ともかく、闇夜の鉄砲になるかもしれないが、ブラッドレーはトリガーを引いた。三基の砲のうち、一番砲から、エネルギー弾が勢いよく飛び出した。

「弾着まであと一五秒」

「……八・七・六……」

パーッと明るくなった。何かに命中したのだ。

「続いて撃て！」

二番・三番砲が放たれる。爆発が起こった。確かに何かが壊れたのだ。

◎

壊れたのは扉であった。所謂装甲シャッターとでもいうべきものである。真っ黒に塗装され、その上レーダー電波を吸収する細工があり、今まで分からなかったのだ。とてつもなく巨大な何かの扉……？　というより未知の空間への入り口のようなものがぽかんと口を開けて横たわっていた。今すぐにできたものでは勿論なかろう。これまで気づかれなかったのは、巧妙なカモフラージュに尽きよう。

キャプテン・ケンはすかさず命じた。

「宇宙魚雷発射用意」

「目標、前方一一時の方向の構造物。距離八〇〇」

「準備完了」

「一番、二番続けて発射。急いで装填、引き続いて発射！」

「アイ・サー」

まず、二発、間髪を入れずに二発、宇宙魚雷、即ち熱感知センサー付き自動追尾大型誘導弾が「謎の構造物」に向かって突進する。弾着。命中。爆発の光が見えた。後続の宇宙魚雷も弾着。更に光芒は大きく輝く。何者かが、何らかの目的を持って作った不可解なもの。キャプテン・ケンは、軍に緊急出動を要請した。

ただ、爆発はしたが、構造物はびくともしていない。「宇宙魚雷」四発食らっても何ともない施設。ちょっと、サザンクロスの手に負えない代物と判断したためである。

◎

やがて統合宇宙軍所属の重巡洋艦三隻・駆逐艦六隻の艦隊が出張ってきた。流石に、正体不明なものに戦列艦は出せないらしい。それでも対応が早くなったのは、従来の状況からすれば大変な進歩であろう。先の防御戦でのキャプテン・ケンの采配が大きく評価された証拠でもある。彼は護衛艦隊司令＝大佐の指揮下になく、独自の判断で護衛艦隊をも動かせる権限を委ねられていたのだ。特殊部隊の面目躍如たるところである。

「艦隊より連絡。目標は何処《いずこ》にありや」

「返信。探査レーダーを全方位に照射。全く反応のない空域にあり。本艦搭載の宇宙魚雷四発でも破壊できず。ただし、入り口の装甲シャッターは破壊せり」

「艦隊より入電。目標確認。直ちに攻撃に入る」

「承知したと答えよ」

「アイ・サー」

間もなく、重巡洋艦の二五サンチレーザー砲と、宇宙魚雷の一斉射が始まった。たった一〇サンチの口径差だが、威力・射程ともにサザンクロスのそれを大きく上回る。加えて、駆逐艦の宇宙魚雷は、同号のそれより一・五倍強力だった。それぞれ、専門の艦種が本気の射撃を披露した。

◎

数分後、砲雷撃の結果が確認できた。というより、これでもやっぱり効果がなかったという方が、より正確である。

「こちら、護衛艦隊司令オルデンドルフ大佐だ。サザンクロス号、応答されたし」

直接、司令から連絡が入った。階級からいえば、キャプテン・ケンから伺いを立てるべきなのだが、本件に関して言えば、優先権はケンにあった。少なくとも、軍上層部が階級抜きに特別扱いをしているのだから、仕方がない。

「司令、どうもいかんようですな」

キャプテン・ケンが言った。

「こんなに堅い構造物は考えられんよ。戦列艦に出張ってもらうか」

「この様子では、恐らく同じ結果でしょう。綿密な調査が必要です」

「それなら、こちらにプロがいる。一〇分後に目標に接近させる。そちらも援護を頼む」

「了解しました」

◎

やがて、調査要員を乗せたランチが目標に接近する。更に船外に出て、謎の施設に取り付いた。あれこれ試す。どうにもらちが明かない。連絡が入った。

「こちら調査隊、隊長ボックス技術中尉です。目標は、異常に堅い未知の構造物です。サンプルを採取しようとしましたが、レーザーナイフも全く受け付けません。こりゃ、二五サンチ程度の砲では通じないはずです。表面から妨害電波らしき微弱電波が出ています。従来のやり方では、レーダーでこいつを捕まえるのは無理でしょう。至急応援を要請します。我々の装備では手に負えません」

「承知した。応援を送る。それまで、そのまま現地に留まり、引き続き状況を報告せよ」

「アイ・アイ・サー！」

事態は意外な方向に転じつつあった。

◎

応援の戦列艦二隻を含む二〇隻の艦隊が到着したのは、それから九〇分ほど経ってからであった。

今や謎の構造物は完全に軍の管理下に置かれていた。多くの調査員と調査器財を持ち込み、正体を探る試みが行われた。が、そのほとんどは、徒労に終わった。

「キャプテン、これはえらいことになってきましたぜ。我々が見つけたあの奇妙な構造物は、我々の常識の枠外にあるようです」

「地球の技術ではないということかな、ゴードン」

「むしろ、そう考えた方が、悩まずに済むというもんですぜ。火星はかつて、タコのような火星人が住んで高度な文明を持ち、やがて地球に攻めてくると、本気で考えられていた時期もありましたからね。我々は、その火星に手を付けているんです。こりゃもう、それだけでえらいこっちゃ。儂はそう思いますがね」

「我々とすれば、軍がどんな調査結果を出すか、指をくわえて待っている他はない」

「ちげえねェ」

「軍から入電。あとは調査隊に任せて、サザンクロス号は帰投せよ。統合宇宙軍・宇宙艦隊司令長官からの命令です」

「それじゃ、大人しく下がるしかないな。ゴードン、コース・ターン。基地に還るぞ」

「ラジャー。帰投コースに乗ります」

かくて、サザンクロス号は、帰路に就いた。何か煮え切らない任務ではある。クルー一同、胸につっかえるような気持ち悪さを感じていた。スペースマン特有の一種の胸騒ぎとでもいうべきものでもあった。

◎

追い討ちをかけるように事件が起こったのは、サザンクロス号がムーンタウン宇宙軍基地に帰投してからのことである。一同が一息ついていた時、基地に時ならぬ警報が鳴り響いた。敵襲を告げるものであり、迎撃機が、スクランブル発進した。未確認飛行物体、多数接近中、との急報で、サザンクロス号も緊急発進せよとの命令が下る。

この時、基地にあったのは整備・修理のため入渠《にゅうきょ》中の軍艦数隻と同号だけだった。所属艦は、謎の構造物調査のため出払ったままである。

「緊急発進！　未確認飛行物体に備え、戦闘準備！」

キャプテン・ケンの指示が飛ぶ。クルーは冷静に従う。テキパキした動きは一糸の乱れもない。

レーダー士・武藤が言った。

「未確認飛行物体、個数二七、編隊を組んで接近中。本艦の主砲有効射程まで、約五〇秒」

「主砲への回路開け。撃ち方用意！」

「アイ・サー」

「軍と民間船の識別信号を出せ」

「先ほどからやってますが、反応なし。ただ、変な信号電波をキャッチしています。暗号識別表にはありません」

「変な信号とどうして分かる？」

「規則的な波長が送られてきます。何を意味するのかまでは分かりません」

「迎撃機が先に接触します」

「信号波強力になりました。何らかの警告のように思われます。あくまでも勘ですが……」

「領空侵犯機に警告するようなもんだな。とすれば、迎撃機に緊急連絡だ。このままでは、戦闘になっちまう。相手が分からんのに、いきなり戦闘はまっぴらだ」

「迎撃機に告ぐ。こちらサザンクロス号。これ以上の接近は避けられたし。繰り返す。これ以上の接近は戦闘になってしまう。直ちに離脱されたし」

「こちら迎撃機、A1、了解した。僚機と共に離脱する」

迎撃機は、未確認飛行物体の編隊をかすめるように離脱した。明らかに戦意のないことを示す見事な機の御《ぎょ》し方である。それにつられるように謎の編隊も停止する。発光信号が送られてきた。時代的なモールス信号である。

『ワレワレハ、アルタミラ第六惑星「テラミス」カラ来タ。ココカラ一三〇万光年ノ彼方ニアル星ダ。ワレワレノ目的ハ、交易ニアル。水ト野菜ヲ求メル。タダソレダケダ。コレトハ別ニ、気ガカリナコトガアル。ワレワレノ移動手段、「ハイパー・トンネル」ノ、入リ口シャッターヲ破壊シタ者ガイルコトダ。ソレガキミタチデアルコトハ、オオヨソ見当ガツイテイル。タダ、戦闘ハ、ワレワレノ本意デハナイ。行為ハ、キミタチノ好奇心ノ現レダト解釈シヨウ。問題ハ外ニアル』

そら、おいでなすったと、ケンは思った。これからが本番なのだ。モールス発光信号は続けた。

『キミタチガ火星ト呼ンデイル惑星ハ、カツテ、ワレワレノ中継基地デアッタ。ソレヲ、ワレワレニ断リモナク、改造シヨウトシテイル。コレハ、ワレワレニ対スル宣戦布告ニ等シイ行為ダ』

ケンはすかさず反論した。同じモールス発光信号による。

「それは、君たちテラミスの思い上がりだ。大体テラミス人が火星に来たのはいつのことか。加えて意思疎通の手段がなかった。今時分になって、火星は自分たちの物だと言っても与り知らぬことだ。我々地球人には、火星改造は生き抜くための手段でもある。姑息な方法で妨害するのはいただけない」

拘束された賊の一味は、ほとんどと言っていいほど、超小型脳波コントローラーが脳に埋め込まれていた。こんな装置は地球にはない。その中に行方不明の遭難貨物船クルーが交じってもいた。既にケンは機密事項に値するこの情報を知らされていたのだ。

「同じ地球人を利用して、工事の妨害をする。これこそ君たちテラミス人の悪意ではないのか。戦闘が本意でないなら、どうしてこんな汚い手を使うのか。地球ではそれを卑怯といい、大変嫌うのだ」

『地球人ヲ利用シタノハ、彼ラガ火星改造ヲ認メテイナカッタカラダ。利害ノ一致トイウヤツダ。ホンノ少シ、手ヲ貸シタニスギナイ』

「では、その中に、君たちテラミス人が軍事顧問として乗っていたのはなぜだ」

ケンのこの言葉に、サザンクロス号のクルーの方が仰天した。いつの間にこんな情報を仕入れたのか。

『……。ワレワレハ、戦争ハ望マナイ。ナルベク穏便ニ済ムヨウ、司令船ニ乗リ込ンダマデダ』

「その割に、地球の乗り物を操るのは下手だったな。我々のこの船は民間の貨物船だ。少しだけ自衛用の武器は積んでいるが、軍艦ではない。なのに、あっさりやられたのはどうしてだ。また、他に目的はないのか。例えば、人間を標本のように採集するとか。食用に飼育する研究をするとかな」

『ソレニ答エル必要性ハ感ジナイ』

「図星ではないのか」

『……』

テラミス側は沈黙した。

◎

「止むを得んな。来るぞ。サザンクロス号、最大戦速に移行。レーザー砲、自動追尾・無制限連続射撃用意。宇宙魚雷、全発射口より連続射撃用意。ただし、出力は二番に抑えろ」

「まさか、戦争ですかい？」

「というより、脅しさ。交渉ごとにはつきものなのさ。特に卑怯な奴らにはね」

テラミス艇から、緑色のエネルギー弾が発射された。既に回避行動に入っていたサザンクロス号は、これを軽くかわすと、全力射撃に移行した。初弾から数杯のテラミス艇に命中。突っ込んでくる目標に対して、満を持して四〇ミリレーザーマシンガンが火を噴いた。たちまち数杯が蜂の巣となる。

「戦闘をしないのではないのか。テラミス人は嘘つきか」

モールス発光信号を発しつつ、サザンクロス号は、更に数杯のテラミス艇を潰した。

◎

『マテ、戦闘ヲスルタメニ来タノデハナイ。テラミス人は嘘ツキデハナイ』

かなり、慌てた様子だった。それもそのはず、まだ遠かったが、テラミス人が「ハイパー・トンネル」と呼んだ構造物を確保していたムーンタウン基地艦隊が、後詰《ごづめ》に来てくれたのだ。既に、統合宇宙軍地球艦隊が出動、代わりの任務に就いていた。この情勢が分からない連中ではなさそうだった。地球をなめすぎていたのか、彼らには、大型戦闘艦らしき装備はなさそうだ。見る限り砲艦程度の小型艇しかなかった。「ハイパー・トンネル」がどのような機能を持つのか知る由もないが、こいつのお陰で、小さな船ではるかな距離を飛び越えて来られたのだろう。

間もなくムーンタウン基地艦隊が追い付く。テラミス人は手を上げるしかなくなった。何しろ「ハイパー・トンネル」を封じられては、逃げるに逃げられないのだ。

◎

連行されたテラミス人は八一人。出力を抑えての射撃だったので、先ほどの小競り合いでは死亡者はいなかった。当然、こちらも、彼らとは初めから戦争をする気はない。ただ、軽傷を負った者は若干名いるようだ。彼らは一様に小柄で、肌の色は赤く、鼻、口は小作りで、両眼だけは大きい。まるで、金魚の出目金のような愛らしい容貌である。一様にグレーのつなぎのような衣服をまとっている。

今のところ、意思疎通は、彼らが昔、地球に飛来した時学んだというモールス信号を介してのみ可能である。室内では発光信号は相応しくないので、机等を指で叩いて発する。面倒だが仕方がない。分散収容されたテラミス人は抵抗する様子もなく、一様にしおらしい。ただ、擬態かもしれないという疑念は常に付きまとう。油断は禁物だ。とはいえ、小柄な体型は肉体的能力に欠ける。その分、何らかの特殊能力を持っている可能性がある。

◎

火星改造プロジェクトは、思わぬ異星人の存在によって、一時中断のやむなきに至った。下手をすれば、惑星間戦争に発展しないとも限らない。身柄を確保されたテラミス人は、ほんの一握りにすぎない。本星から後続の部隊が来ないとも限らないのだ。加えて、我々は彼らテラミス人のことを何一つ知らないのに対し、彼らは比較的地球人のことをよくつかんでいる。彼らは、今後あらゆる手段を用いて火星を手に入れようとするに違いない。ただ、こちらが力の裏付けがあって強気であれば、彼らは急に下手に出るようになる。こちらの力が弱まれば、真逆になる。力関係を常に気にしなければならない。厄介な相手がいたものだ。

先述の通り、コンボイを襲ったのは、彼らテラミスに操られた地球人だった。その中に先に拉致された貨物船のクルーも交じっていた。しかし、その大半はテラミス人によって「採集」された素人だった。中には宇宙船どころか、自動車のライセンスすらない者もいる始末。脳波コントローラーで操られただけのマリオネットだった。キャプテン・ケンの吹っかけ話は的を射ていたことになる。これにはいくつかの例外がある。これまで、二回遭遇戦をやった、あの手ごわい相手である。これの他にも、どうも手練《てだ》れが複数いるらしい。この連中は、本気で火星改造を阻止しようとしているらしい。分の悪さを何とかするためテラミスの手を借りたのか、はたまた、テラミス側が利害の一致したことで手を組んだのか知る由もない。どっちにせよ、地球外生命体とこんな形で接触することになるとは、皮肉なものだ。


「俺らがめっけたあの恐ろしく堅い構造物が、またとんでもないことになったもんよ。異星人の移動装置とやらだそうな」

「そこを通って大軍団がやって来るなんてこたあねえやな？」

「まさかな」

◎

「おっと……！　気を付け！　キャプテンに敬礼！」

しばらく、サザンクロス号の出番がなく、手持ち無沙汰になっていたクルーは、キャプテン・ケンの登場に色めきたった。彼はここ二週間ほど、ムーンタウン基地に詰めっきりだったのだ。

「みんな、しばらく留守にしていた。すまない。軍の方針が決まった。基本テラミスとの友好関係を保ちつつ、プロジェクト再開の機会をうかがうことになった。ただ、領有権というものは力関係でどうにでも動く。軍は新型艦の開発に全力を挙げるそうだ」

「ハイパー・トンネルの存在ですな」

「そうだ。あの装置は、一三〇万光年という途方もない距離をわずか三日で走破できるという。火星に目をつけて、彼らは本星と地球圏周辺を往来し、下工作をしていたのだ。ところが、サザンクロス号の攻撃で時空間にゆがみが生じ、テラミス人は、近距離を移動中にいきなり地球圏にフェード・アウトしてしまったらしい」

「トラブルだったと？」

「まあ、そんなもんだ。彼らは、威嚇しようにもろくに装備もないままこっちへ飛ばされたというわけだ。どうりで、しどろもどろな文句を並べていたわけだよ。まあ、彼らにとっては災難でも、こちらにはラッキーだった」

「奴ら、軍人ではないんですかい？」

「というより、ほとんどは商人だな」

「軍隊なら、俺ら勝ち目はあるんですかい？」

「とにかく今は何も分かっていない」

「もし、軍隊が来たら……？」

「そうならんことを祈るのみだよ。ただし、我々がゆがめた時空間はそう簡単に戻るものではないらしい」

「時間稼ぎができると？」

「そういうわけだ。今、軍が必死にハイパー・トンネルを解析しているところだ。原理が解明できれば、こちらもその技術を応用できる。それができないと、大挙して奴らの本隊が来れば、こっちが万事休すだ」

「なんか、やばい話っすね」

「どんなのが来ても大丈夫！　……と言いたいところっすが……。我が船の一五サンチ砲じゃ、ちと頼りないっす」

「私は、また基地に戻らねばならん。いつ出動がかかるか分からん。準備だけは怠るな」

「アイ・サー！」

キャプテン・ケンの話で、クルーは一息ついたが、分かったような、分からないような奇妙な気分だけが漂っていた。

◎

テラミス人は、何のために人間採集をしたのか。採集した人間に脳波コントローラーを埋め込んで、マリオネット化した真の目的は何か。火星改造反対派に加勢するためだけでないことは確かだ。あくまでもそれは副次的なものである。賊に拉致された六隻分のクルーのうち、賊との三回のやり取りを経ても、あと一〇〇名あまり行方不明なのだ。疑念は晴れない。

一方、ハイパー・トンネルの技術解析は順調に進んでいるようだ。全く気の遠くなるような距離を一気に飛び越える技術である。軍が欲しないわけがない。テラミス人を促して理論を説明させたりしているようだが、虚実の判別の困難な彼らの言動からは、とても信用に足る情報が得られないだろう。そうなると我が技術陣の解析のみが信ずるに足る。どうも時間との勝負になりそうだ。

◎

「諸君、次の任務だ」

キャプテン・ケンが言った。船の掃除と基礎訓練に明け暮れる単調な日々に、食傷気味だったクルーは、飛び上がらんばかりにテンションが上がる。

「例のハイパー・トンネルな、どうやら次元空間が修復したらしい。テラミス人は、増援が来るとか言って、近頃鼻息が荒いそうだ。そうなる前に、こっちから出向くという寸法だ。人質として、彼らのリーダーを一人連れて行く。残りの連中は、行方不明の貨物船クルーと交換する」

「そりゃまたどえらい任務ですなあ」

「それくらいで、へこんではくれないだろうがな。危険な任務だ。みんな、引き受けてくれるか?」

「命令して下せえ。キャプテンと一緒なら、どこへでも行きますぜ。なあ、みんな?」

「勿論でェ！　でも、『生還は期しがたし』でしょ。キャプテン?」

「そうだ。だが、希望はある。だから、私もこの任務を受けたのだ。他のテラミス人がどんな態度を示すか、興味があるしな」

「俺だって見てみてえ。自分の目でね」

「俺もだ」

かくて、サザンクロス号は、決死の覚悟でハイパー・トンネルに突入することに決した。

◎

「前進微速。これより、ハイパー・トンネルに突入する。各員、警戒を厳とせよ」

「ようそろ」

予定通り、サザンクロス号はハイパー・トンネルに向かった。統合地球艦隊の艦船が見送っている。

「貴艦の武運を祈る」

発光信号が送られる。一同、決意も新たに前方を見つめる。その時のことである。

『ワレワレニ敵ウワケガナイ。無駄ナ抵抗ダ。……合理的ニイウト降伏スルノガ、ヨイゾ』

突然、同乗させられたテラミス人が言った。

「何だ、こいつ、態度がでけえな。捕虜なんだから、ちょっとはしおらしくしろい！　翻訳機もないくせに、威張るなよ」

『フン、翻訳機クライハアル。ソチドモノ言ウコトハ、一通リワカル』

「この野郎、翻訳機を出してみろよ。出せないなら嘘ってことにならあ。この嘘つき野郎め！」

『コレガソウダ。ソチドモニハ作レマイ。ワレワレハ嘘ツキデハナイ！』

「ちょっと、借りるぜ」

『アッ！　何ヲスル！』

「ふふん、こんなのでいけちゃうのかね……？」

『ヤメヨ！　返セ、野蛮人メ！』

「待てよ、俺様が使ってやらあ」

テラミス人は、ブラッドレーに指で頭を押さえつけられた。その隙に、サムソン機関長が機械をいじった。すぐ使いこなし、テラミス語で言った。

「おい、テラミス人、名前くらいあんだろ？　名乗れよ」

『野蛮人ニ名乗ル必要ハナイ』

「ははん、名前がないほど、身分が低いんだな」

『無礼ナ！　余ハ「ルキアン」デアル。先遣隊指揮官デアルゾ。官位ハ、一品《いっぽん》デアル。頭ガ高イワ！』

「ほう、その一品の先遣隊長様が、そんなに偉いのか？」

『余ハ王族ナノダ。副官以外ノ他ノ者ドモハ、平民ノ商人デアル。一緒ニスルナ』

「それで、ぎゃあぎゃあ騒いでいたのだな」

サムソンは尋問官の一人と懇意にしていた。この情報は彼からこっそり仕入れたものである。テラミス人は、すっかりサムソンの術中にはめられていた。個人的なことから、組織的なことまでペラペラ喋ってしまった。そして、ついに、ハイパー・トンネルを通って銀河の果てまで飛ばされたのは、左遷だろうと言われて激高する。

『今ニ見ヨ。我ガ艦隊ガ大挙シテ、ヤッテ来ル。ソノ時、泣キヲ見テモ知ラヌゾ。余ヲ、必ズ助ケニ来ル。余ハ、ソレホド高貴ナ身分ナノダ』

「お前がそんなに偉いなら、なぜすぐ助けに来ない。トンネルはもう修復できたのだろう？　第一、お前の艦隊は、そう簡単に助けられるのか。お前の身柄は、我々が預かっている」

『フン、艦隊サエ来レバ、テレポートスルマデノコト』

「嘘つきめ。そんなことが、できるものか」

『ソコマデ、イウナラ、見セテヤロウ。シッカリ見テイルガヨイ』

そう言うと、ルキアンは、ブラッドレーに頭を押さえつけられている状態から、瞬間に、キャプテン・ケンのそばに移動した。一様に驚きを見せる一同に言った。

『見タカ、野蛮人ドモ。余ノ技ヲ』

「ほー、凄い。でも、俺にでも使えるぜ」

サムソンはいつの間にかルキアンの頭を押さえつけて言った。今度はルキアンの方が驚く番だった。

◎

テラミス人の翻訳機は、瞬間移動装置も兼ねているようであった。サムソンはいとも容易に使いこなしたのである。かくて、テラミス人は、隠し持っていた予備の翻訳機も取り上げられてしまう。そのしょげ方は見るも哀れである。子供のようにふてくされて口もきかなくなった。それを全く意に介さず、サザンクロス号は、ハイパー・トンネルに入っていく。次第にトンネル入り口の大きな穴が迫ってくる。

「トンネルに入ります。各員、ショックに備えベルト着用」

『フン、ショックナド、アルモノカ。我ガハイパートンネルハ、完璧ナ通リ心地ダ』

「お前は黙って見ているんじゃないのか」

サムソンに頭をグリグリされて、ルキアンは泣きべそをかいたような表情になった。どうも、この男の言動に振り回されている感がある。

◎

サザンクロス号はついにハイパー・トンネルに突入した。ルキアンの言った通り、普通に通過できる。初めて、この小柄なテラミス人は掛け値なしで、本当のことを言ったようだ。通過中は外宇宙からの干渉は一切受けない。ただ、問題はテラミスの増援艦隊と遭遇した時、いきなり戦闘になる確率がないとはいえないことだ。こちらはただ一隻、勝ち目はない。ルキアンが本人の言う通り、偉い人であることを祈るしかなさそうだ。

単調な宇宙の旅である。自前で航行しているのではなく、決められた軌道上をただ転がっているにすぎない。そんな中で、サムソンと、ルキアンとの間では、はた目には冗談とも本気とも取れる掛け合いの中で、友情めいた感情が生まれつつあった。

◎

予定通り、三日後、サザンクロス号はトンネルの向こう側に出た。しかし、テラミス側の「お出迎え」はない。拍子抜けがした。堪えられなかったのはルキアンである。友軍が勢ぞろいするものとの期待が見事外れたのだ。サムソンに慰められる始末。珍妙な光景である。

『余ガ帰ッテキタトイウニ、ナゼ迎エニ来ン？　マサカ……』

ルキアンの表情は冴えなかった。彼は彼で、地球人には分からない事情があるのだろう。向こうの出方が分からない。ハタと困った。こっちとしては拉致された（と断定してもいいだろう）遭難貨物船のクルーと、捕虜にしたテラミス人との交換さえできれば、目的を達する。それには、交渉の場が不可欠だ。向こうから何らかの接触がない以上、敵地に乗り込んだサザンクロス号は、どうにも打つ手がない。

サムソンは、ルキアンの『マサカ……』という言葉尻が気がかりだった。大概その後にはよくない意味の言葉が続くものだからだ。下々の反乱か、はたまた、No.2が彼の跡を襲ったのかいずれにせよ、我々地球側にとっても、よろしくない事態が起きたのかもしれない。

「どれが『テラミス』なんだ?」

サムソンが言った。

『正面ノ青イ惑星ダ』

ルキアンが指さして応じる。そこには、地球にも似た少し陸地面の多い惑星があった。険しい山が多く見える。水を求めて交易に来たという最初の文句は、あながち嘘でもなさそうだ。分析によると大気はほとんど地球型であり、宇宙服なしでも行動できる。有害物質等も全くない。実に驚きであった。

◎

サザンクロス号は、しばらく惑星テラミスの静止衛星軌道に乗って、相手側の出方を待つことにした。全く地の利がないところに強行着陸することは、流石にためらわれた。時間の経過につれて、ルキアンの表情は、次第に焦燥の色を濃くしていった。

『ナゼ来ンノダ。執事ナダールハ、何ヲシテオルノカ。近衛師団長バジルメ、怠惰ノ罪デ、鞭打チノ刑ダ！』

交流を深めたサムソンによると、ルキアンは、このテラミスの連合王という地位なのだそうな。三つの王国が連合して一人の王を戴いている。基本的に三国の王家から一家の適任者が推戴《すいたい》される。連合王は、三つの国家の上に乗っかる組合長のような存在である。ただし、王である以上、任期六年（地球の概念では九年に相当する）の間は、絶対的な権限を有する。三国の代表からなる王国議会がこれを補佐する。任期が来ると、三国の国民投票により、信任・不信任が決定する。過半数を取って信任されれば、任期が更に六年延び、不信任となれば、辞任するか、対立候補との決選投票に移行する。これに勝てば、王として再任されるが、権限は、議会がこれを大幅に制限する。負ければ王としての地位を失い、国家裁判にかけられるのだ。無罪であれば元王族として遇される。有罪なら、国家に対する反逆と同罪とされ、最高刑は死刑となる。王の施政が、そのまま自己の運命につながるため、任期にある間は少しも気が抜けないという。

今回、連合王であるルキアンが、自ら近衛兵ではなく、商人を率いたのはなぜなのか。王らしく巨大戦艦でなく、小型艇で地球圏に来た真の理由は何なのか。どうもそこまでは聞き出せてはいないようだ。とにかく、この惑星国家の政治機構に、何らかのトラブルが生じているらしい。

◎

サザンクロス号はテラミスの静止衛星軌道に三日留まった。本来ならスクランブルをかけるなり、連絡してくるなり、何らかの反応があって然るべきなのだ。それが一向に何の反応もない。この星はどうなっているのだろう。キャプテン・ケンは、ついに意を決し、サムソンを長として、ルキアンを道案内に立て、保安部隊員一五名からなる使節を派遣することとした。その間、機関部は副機関長の瀬尾《せのお》が機関長代理を務める。やがて出発準備ができると、まずテラミス本星に向かってメッセージを送る。…何の反応もない。意を決して、各員、軽武装した連絡艇（シャトルα）に乗り組み、大気圏突入を図る。

「シャトルα発進する」

「サザン了解。何かあれば緊急ボタンを押せ。艦載機で応援に行くぜ。グッド・ラック。発進ゲート開いた。いつでもどうぞ」

「感謝する。警告灯全てグリーン。発進！」

シャトルα号は、後方の発進口から滑るように飛び出す。そのままバーニアを吹かせつつ降下に移った。

◎

シャトルは、テラミス本星王都オルテ・ランバを避け、二〇㎞郊外の中堅都市リポスに降下した。ここで町外れの森の中にシャトルを擬装して隠し、搭載していたエレ・カー（電気駆動の探検車・三〇〇㎞はチャージなしで移動可能）に乗り換える。この車には引き込み式の一二・七ミリレーザーマシンガン旋回式銃塔が装備されている。装甲も張ってあり、銃撃程度には十分耐えられる。気休め程度には頼れる代物だ。

降下部隊は、王都に向かって進んだが、街には人影すら見当たらず、気配もない。まるで死の街だ。ルキアンの案内で車は静かに地を滑っていく。間もなく、中央病院だという建物に近づく。何気なくそこを見ていると、まずルキアンが悲鳴に近い声を上げた。何と、折り重なるように多くのテラミス人が倒れていたのだ。

◎

『マサカ、ガ、現実ニナッテシマッタ』

ルキアンがつぶやくように言った。

『余ハ落第王ダ。不信任ヲ出サレ、決選投票デ、生キ残ッタモノノ、レイム・ダックトナッテシマッタ』

「何を言い出すのかね、ルキアン、おっと王様だったたな」

『権限ガホトンドナイママ、機械ノヨウニ承認スルダケノ状況ニ嫌気ガサシテ、余ハ逃ゲ出シタノダ。近衛師団ニ内緒デ、商人ドモノ商談ニ付キ合ウ振リヲシテナ。ハイパー・トンネルガ不調デ、移動途中ニ、次元空間ノユガミカラ放リ出サレタラ、オ主タチノ縄張リダッタ。慌テテ商人ドモト相談ノ上、弱ソウナ船ヲ襲イ、命ヲツナゴウトシタノダ。ソコニ同ジ地球人ノクセニ、オ主タチト対立スル連中ガイタ。何ヲ言ッテイルノカ半分シカ分カラナカッタガ、力ヲ貸シテヤッタ。アトハ、オ主タチモ知ッテイル通リダ。ハイパー・トンネルノ不調ハ、オ主タチノ砲撃ノセイデハナイ。アノ装置ハ、ソンナニ、ヤワデハナイ。シカルニ……』

ルキアンは静かに続ける。

『本星デハ余ガ行方不明トナリ、大騒ギトナッタ。近衛師団ノ一部ガ、ハイパー・トンネル通過記録ヲ調べ、余ノ後ヲ追ッタ。ソノ時、愚カニモ直接オ主タチノ同類ニ触レ、ワレワレガ全ク未知ノ細菌ニ感染シテシマッタノダ。連絡ヲ取ルタメニ、数名帰シタノガ、コノ国ヲ滅ボス原因トナッテシマッタヨウダ』

意外な話だった。ルキアンが尋ねられてもいないのに、ここまで話すとは。サムソンは、思わず彼の小さな体を抱きしめた。

『イタイ。体ガ壊レル。キショウメ！』

二人は目が合った。どちらからともなく微笑んだ。ルキアンの笑みはひきつったようで変なのだが……。これがテラミス流というやつである。

◎

一行はついに王都オルテ・ランバに入った。状況はリポスと大差なかった。大量のテラミス人の遺体のみが出迎えてくれた。王宮に足を入れる。シェルターに連絡をしてみた。みるみるルキアンの大きな目から涙があふれた。

『余ノ家族、主ダッタ者ドモハ生キテイタ。シカシ、多クノ民ヲ死ナセテシマッタ』

念入りに殺菌消毒をして、ルキアンが家族と再会を果たすまで多くの時を要した。彼は特異体質なのか、サザンクロス号に乗り組んで、クルーと同じものを食べて共に生活をしても平気である。これは、彼の両親が、まだ幼かった彼を連れて星々を旅して回った経験がものを言っているようである。事実、現地の風土病にかかって、何回か死にかけているのだ。テラミス人は、衛生的すぎて、地球人なら何でもない細菌に対して、無防備なのであった。

◎

時間の経過と共に、近衛兵たちのミスで地球の細菌に感染して倒れたテラミス人の惨状が明らかになってきた。三王国のうち、主だった者が無事だったのは、ルキアンの王家のみ。あとの二王家は、適齢者が罹患して死亡してしまっていた。決選投票でルキアンと次の王を争った若者も死んだ。国民全体の七〇％に及ぶ罹患者が出て、そのうち三分の一が死亡した。国の機関は麻痺状態となり、各地の病院は患者であふれ、重篤の者から次々に死んでいった。国民生活は破綻した。ルキアンは王の緊急権限を発動して、他王家にも働きかけ、王室の蓄えを放出し、当座の飢えをしのがせた。国民は優柔不断だとして、一旦不信任を出した王の、素早い対策に感謝した。

◎

この矢継ぎ早の対策は、降下部隊隊長にして、サザンクロス号副長兼機関長サムソンの入れ知恵であることは言うまでもない。地球では災害時まずとられる緊急対策の一つである。次に、隔離されていた遭難貨物船のクルーをサムソンに引き渡す。これで、まずは、今回の作戦の目的は果たされた。サムソンは、捕虜交換のような形をとれるように交渉に来たつもりだったが、ルキアンがサムソンとの個人的な交誼《こうぎ》をもとに、先に引き渡しに応じたのである。サムソンは、サザンクロス号に連絡を入れ、大型ランチを二隻ばかり派遣するよう要請した。キャプテン・ケンは快諾し、郊外のリポスに隠したランチと共に、地球人全員を乗せるべく、撤収の手配をした。

「それにしても、キャプテン、テラミスは、何のために地球人を拉致したり、脳波コントローラーを埋め込んだりしたんでしょうね」

ブラッドレーが言った。

「少なくとも、彼らに地球侵略の芽が全くなかったかと言えば、それは嘘になるだろう」

ケンが答えた。

「どこまで真実か未だ腑に落ちないことが多いんだが……」

「これで、友好の絆ができるんでしょうか」

「それも、サムソンと、あっちの連合王との個人的な信頼関係だけが頼りなのだ。固く結ばれることは、あり得るが、決定的ではない」

「それじゃ、これからどうなるのか……」

「そう、さっぱり分からんことばかりだよ」

ブラッドレーは大きくため息をついた。

◎

サムソンら降下部隊と、拉致されていた貨物船クルーの一行はやがて回収部隊と共に船に戻ってきた。宇宙服を着たルキアンも一緒だった。ようやく、彼の近衛師団が活動を始めたらしく、全長三〇〇㎞、全幅四〇㎞、全高一〇㎞という機動要塞を従えていた。これで、小型だという。こんなのとまともにぶつかれば、統合宇宙艦隊ですら全くお話にならなかったろう。ルキアンは友好の証として、サムソンに自らの装飾首輪を与えた。王族しか持てない逸品だという。これがあれば、王と直通の通話が可能で、ハイパー・トンネルはフリー・パス、テラミス本星にも許可なしで降り立つことができる。ただし、その際は、殺菌消毒をしない限り、「宇宙服を着て」という条件がつきはしたが……。

『シバシ、オ別レダ。サムソン、ソノ前ニ、オ主ニ言ッテオカネバナラナイコトガアル』

ルキアンが言った。

『テラミスハ、コレカラ復興ニ躍起トナロウ。シカシ、力《チカラ》ヲ取リ戻シタラ、ヤハリ火星ヲ狙ウダロウ。コレハ先代王カラノ決定事項ダカラダ。地球ハソレマデニ、我々ガ諦メルクライノ力ヲ付ケテオイテ欲シイ。今回ノヨウナ偶然ハ、滅多ニナイダロウカラ』

「今度は、対等な形でまた会いたいものだな。王様、元気でな」

『短イ間ダッタガ、楽シカッタゾ。翻訳機ハ、再会ヲ期シテ、オ主ニ預ケテオク。大切ニ持ッテイテクレ』

二人は、しばらく時を惜しむように、抱き合った。やがて、ルキアンは、迎えのランチに乗って去った。

◎

サザンクロス号は、何の憂いもなく、再びハイパー・トンネルに入った。たちまち地球圏目指して時空間を飛び越える。三日後、懐かしい地球と、月の姿を目にした時、ハイパー・トンネルの出入り口は霧が晴れるように消滅した。ルキアンが言うところの「座標」を外したのであろう。こちらからテラミス方面に向かうルートは閉ざされたのだ。あとには、ここを守っていた統合地球艦隊の艦艇のみが漂うように残されているのみである。何はともあれ、作戦目標を達成して、サザンクロス号は生還した。

◎

三日後、C空域に、再びハイパー・トンネル出入り口が出現した。テラミス人捕虜の引き取りに来たのだろう。現れたのは砲艦程度の小型艦に護衛されたランチだった。どうやら、あちらで見た巨大な機動要塞は、トンネル内を通過するには大きすぎるらしい。テラミス人は、どこか抜けているのだろうか。地球人なら絶対犯さないミスをしているのかもしれない。テラミス人捕虜は一様に元気で、平気で地球人と同じものを食べ、交流し、暮らした。彼らは、環境に対する耐性が強いようだ。

大半が宇宙を渡り歩く商人だったこともあろう。

ランチは、居室が隔離室のようになっていて、クルーと直接交わらないような構造だった。流石に用心している。一方、地球型の暮らしにすっかり馴染んだ者は、帰るのをしぶったくらいである。環境の変化に対しては、地球人と何ら変わらない適応力である。見送る側、送られる側双方の悲喜こもごもは、昔から繰り返されてきた光景そのものであった。テラミス人が去ると、やがてハイパー・トンネル出入り口も消えた。

◎

次元航行を体験した唯一の地球艦、サザンクロス号は注目の的となった。地球側技術陣は、ついにハイパー・トンネルの技術的解析ができなかった。その、基本原理はおろか、出入り口構造物の材質すらも判明させられない状態なのだ。重巡洋艦の砲撃と駆逐艦の雷撃にびくともしない構造物の頑丈さ。地球では全く未知の素材であるとしか言えない。テラミスの艦艇より大きなサザンクロス号が無事通過できたのなら、テラミス側はなぜ同程度の艦をよこさなかったのか。全く謎ばかりである。それだけにサザンクロス号のクルーによる体験談は貴重であった。

しかし、次元航行の存在そのものを知った以上、実現を目指すのが人類の意地とでもいうべきものである。科学陣の粋《すい》を集めて研究が始められた。光速を超える新型エンジンの開発も本腰を入れ始めた。今度、テラミスが地球圏を訪れた時、これらの技術が開発できていなければ、本気で地球征服を狙うかもしれないのだ。悠長に構えていることは許されなかった。加えて火星の開発である。テラミス騒ぎで、作業が中断されていた。終息を見て、再開されたものの、今般の輸送妨害事件については、未だ解決を見たわけではない。もうテラミスの干渉はない。となると、少数ながら手ごわい連中との遭遇戦が今後まず考えられる脅威である。彼らは、サザンクロス号と二度渡り合っている。お互い手の内を知っている仲だ。彼らの目的が、火星開発反対にあるにせよ、なぜそうなのかは未だ分からない。

「クルーの諸君、テラミス行きの際は、ご苦労だった。休暇も終わったところで、新たな任務だ」

キャプテン・ケンが言った。それを遮るようにサムソンが言った。言いにくそうにもごもごしながら口を開く。

「キャプテン、ちょっと小耳に挟んだのですが、軍はハイパー・トンネルの技術的解析ができなかったようですな」

「うむ。そうだが……」

「すっかり失念していましたが、実は、ルキアンが俺に預けた格好になっている翻訳機が二台ありまして……。一台を解析用に軍に預けてもいいですぜ。これだって短い距離なら、瞬間移動できるんです。何らかの参考になりはしないかと……」

「えっ、本当か。それは助かるよ。これが終わったら私と同道してくれ。そこで、話を戻すが……」

キャプテン・ケンはコホンと咳払いをして言った。

「輸送が中断している間、火星の開発は既に運搬済みの資材を用いて密かに行われたが、それも底を尽きかけている。第二コンボイを発進させねばならんのだが……」

「また、用心棒の役ですね」

「そういうわけだ。ただ、今度は、護衛艦隊の出動は期待できないのだ」

「ムーンタウンの一般居住区でのテロですかい？」

「察しがいいな。賊は、外にばかりいるわけではなさそうなのだ。護衛は、我がサザンクロスと、同級の仮装巡洋艦が他に一二隻というところだ。他の艦は艦齢が三〇年近い老朽艦もある。戦力として当てになるのはせいぜい八隻。他は足を引っ張りそうなので、断ろうと思う。船足が遅くなると、プロに襲われたら、確実に食われるからな」

「そりゃ、お寒いことですな」

「でも、やんなくちゃなんねえ」

「そうと決まっちゃ、準備にかかろうや」

「機関長、細かい準備はやっておきます。後でチェックをお願いします」

「オーケー、瀬尾、よろしく頼むぜ」

キャプテン・ケンは、テキパキと動き始めたクルーを満足そうに眺め、目でサムソンを促してムーンタウン宇宙軍基地司令部に向かった。

◎

サムソンは司令部で、ルキアンから預かった翻訳機の使用方法を一通り説明し、実演もして見せた。一様に驚きを以て迎えられた。統合宇宙軍・宇宙艦隊司令長官の命令により、この翻訳機は直ちに技術本部に回された。これから解析作業に入ることになる。この機械は、ハイパー・トンネルと異なり、大きさも手ごろで扱いはずっと簡単だ。しかし、原理は同じ可能性があった。技術陣の選りすぐりが集められ、解析専門チームが組織された。ただし、先に結成された超光速エンジンの開発チームとはメンバーが異なる。既に出来上がった物を試験し、性能を解析する専門家のチームである。

◎

キャプテン・ケンとサムソンは間もなく船に戻る。サザンクロス号は出港準備が整っていた。艦長と機関長の帰りを待って出港と相成る。コンボイは今回も四〇隻。これを九隻の仮装巡洋艦が護衛する。ただ、員数が見劣りする分、宇宙軍も考えた。仮装巡洋艦には、元来輸送船・貨客船だったものが多いので荷室が大きいという特徴がある。ここに小型の戦闘機を潜ませたのだ。一隻当たり、三機～五機の積載が可能であった。ランチの発進口からの射出ができるので、運用上不便はない。サザンクロス号には、五機の運用が任された。航宙戦闘機隊が結成され、パイロットが乗り込んできた。

「サザンクロス号航宙戦闘機隊α隊五名、ただ今着到いたしました」

いかつい表情の一癖も二癖もありそうな連中である。隊長はザック・デ・ロイ大尉。以下、二番機、サメロ・カンパニョール少尉、三番機、デュラー・エース少尉、四番機、ロメオ・アルファード曹長、五番機、ロバート・スフラン伍長と続く。これに機と武器の整備兵六名が加わり、結構な大所帯になった。空っぽの荷室は機材と予備部品、弾薬が積み込まれ、一杯になった。荷室はランチ発射口に通じている。被弾の際は自動で防護隔壁が閉まるように設計されている。軍艦として最低限要求される性能は満たされていた。

一方、サザンクロス号は、艦長キャプテン・ケン、副長兼機関長サムソン・ブロイ、副機関長、瀬尾昭、メイン・パイロット、ゴードン・ブロック、ガンナー、ステファン・ブラッドレー、航法レーダー士、武藤佐吉をメインに、通信士ジェフ・ウェーバー、サブ・パイロット、リード・ロメロ、サブ・ガンナー、ハンス・エッティンガー。保安部二〇名の構成である。保安部員は、敵が乗り込んできた時、艦内の守備に当たる他、被弾箇所の応急修理、メインクルー非番時の交替要員、更に、各部署に欠員が生じた時の補充員にもなる。まさに船の黒子役であった。彼らが暇であれば、船は安泰ということになる。

◎

「さあ、出るぞ」

　キャプテン・ケンが言った。既にコンボイは、次々と発進している。前回のコンボイ護衛からいくらも時間が経過したわけではないのに、クルーは随分たくましくなっていた。徹底した基礎訓練と実戦の賜物である。それまでの貨物船時代の十何年分以上の経験を積めば、わずかな時間でも人は鍛えられる。キャプテンの一言で、クルーは的確に動く。その動きがどんな意味を持つのか、彼らは経験によって自覚している。

　サザンクロス号は、第二ゲートを出るや、急速に加速し、コンボイを追った。今回行動を共にする僚艦八隻も、両翼に展開している。キャプテンが自ら選んだ一応頼りにはなる連中だ。だが、軍の護衛艦並みにとはいくまい。キャプテン・ケンは今回のミッションに厳しいものを感じていた。ただ、この度乗り込んできたパイロットたちが、どのような働きをし得るのか。不確定要素が吉と出るかそれとも……。ここまできたら天のみぞ知るである。ただ、賊の方も、数を揃えるには至るまい。前回は、ほとんど全滅だった。何しろ、テラミス人によってロボット化された者が操る船がほとんどだったのだ。所謂、手練れのプロはただ一隻。テラミス人が去った今、脅威を感じるのは、まさにこのプロの存在なのだ。キャプテン・ケンはここまで考えた時、思考をやめた。腹をくったのだ。

◎

「間もなくC空域に入ります」

レーダー士、武藤が言った。メインクルー一同に緊張感がみなぎる。

「レーダーに感なし。今のところ順調だ」

どこかで、ため息が漏れた。護衛部隊はコンボイを翼でかばう親鳥のように、サザンクロス号を要《かなめ》にして「く」の字に展開している。艦載の戦闘機隊も、いつでも発進できる。早期警戒のため、既に数機が展開中である。

「そろそろ、賊が出るかね」

ゴードンが独り言のようにつぶやく。

「警戒厳重なところにのこのこ出るほど、連中はバカじゃないだろう。緊張がちっと緩む、その瞬間を狙うね。俺なら」

と、ブラッドレー。

「いや、バカだよ。前方一二時の方向に未確認飛行物体。今識別中だ。識別に反応なし。賊艦だな。真正面から来るぞ」

武藤が叫んだ。

「コンボイ全船団に告ぐ。賊艦一隻、真正面から接近、因縁浅からぬ奴だ。心して防御に徹せよ」

すかさず、キャプテンの檄が飛んだ。

「アイ・サー！　サザンクロス戦闘機隊、お待ちー！　出番だぜ。スクランブル発進せよ」

サムソンが命じた。

「α隊了解、発進する」

着到して、まだ二か月程度。その間訓練に明け暮れたが、行動を共にする母艦、サザンクロス号のクルーとは、さほど打ち解けているわけではない。「借りてきた猫」そのものであった。今は、その「猫」が「虎」にでも変身したか。α隊五機は両舷のランチ発進口から次々と飛び出していった。

◎

「賊艦から通信、

『こちらタスマニア解放戦線所属戦列艦、ボルガーナ二世号。艦長ロナルド・ダンカンだ。統合宇宙軍護衛艦隊の諸君、これより貴艦隊の護衛する輸送船団を攻撃する。けが人が出てもつまらん。直ちに抵抗を諦めて、船を棄てよ』だとよ」

「各戦闘機隊は警戒しつつ賊艦を牽制せよ」

ゴードンはぎょっとした顔をして、キャプテンを見た。

「キャプテン、賊艦の艦長は……」

「君がぶん殴って病院送りにした本艦の三代目だな。おっと、まだ『本艦』でなかった頃の最後のキャプテンだったな」

「まさか、賊艦の指揮官たァ……」

「ジェフ、賊艦に連絡、『単艦での襲撃痛み入る。こちらにぶん殴られないうちに退散されたし』以上だ」

「アイ・サー」

「戦闘機隊各隊に告ぐ、賊が仕掛けてきたら、一斉攻撃だ。奴を近づけるな」

「さあ、奴は今度こそ本気だ。気を抜くなよ、野郎ども！」

「アイ・サー！」

サザンクロス号は、戦闘機隊、コンボイ、護衛隊を巧みに操り、単艦で迫る賊艦を牽制した。賊艦は、相手の戦意盛んな態勢を見て、戦闘を覚悟したかのように、急加速した。お得意の高機動戦術であろう。戦闘機隊が三派に分かれて行く手を遮ろうとした。賊艦はまず、艦体をひねりざま、発砲。エネルギー弾道は幾筋にも分かれて着弾する。幸い、これは目標を捉え損ねた。

◎

戦闘機隊は賊艦の頭を抑えにかかった。レーザーマシンガンを放ちつつ、行く手を遮ろうとする。一派がかわされると、二派目がこれに代わる。見事な機動戦だった。彼らも伊達に訓練していたわけではなかった。賊艦は次第にコンボイから引き離されていく。焦った賊艦は猛烈な火箭を見舞い、戦闘機隊を追い払おうとする。そこに、護衛船団から発射された対艦レーザー砲のエネルギー弾が襲いかかる。弾が狭叉《きょうさ》するが、賊艦はそれをするりと抜け、反撃に転じた。更に幾条ものエネルギー弾。これに戦闘機隊が放った対艦ミサイルが襲いかかる。流石に全てはかわし切れず、数発命中した。

◎

ところが、着弾の閃光が薄れてみると、賊艦に何の損傷もない。

「何だい？　それ」

「奴《やっこ》さん、エネルギー・シールドを持ってやがるか！」

「現在我が軍でも研究中だとかいう、防御システムさ。奴さん、実用化してたんだ」

「ますますただ者じゃあないな」

「単独でもやれるってか。気に食わねえな」

「数発はもつだろう。ただ、それ以上となるとどうかな」

「キャプテン！」

「ここが正念場だ。確実に当てろ！」

「アイ・サー！」

戦闘機隊は、三派に分かれて、同時に三方向から対艦ミサイルを放つ。護衛隊は、それらと連動して、賊艦の退路を断とうと動く。コンボイは、賊艦の接近を防御砲火で巧みにかわす。賊艦はそれら全ての挑戦をするりと抜け、火箭を見舞う。

ブラッドレーが歯噛みして言った。

「ゴードン、一瞬でいい、艦を賊の傍につけてくれ」

「よっしゃ、任せな！」

かなりのGを伴い、サザンクロス号は急速旋回する。賊艦顔負けの高機動戦術。クルーは耐えた。

賊艦が真正面にいた。

◎

「たっぷり食らいな！」

寸時の間合いで、ブラッドレーは渾身の一撃を放つ。全ての砲が賊艦に火を噴く。次の瞬間でサザンクロス号は横滑りして離脱。間髪入れずに僚艦が斉射。……この間、いかほどの時間であったろう。

クルーは、賊艦が炎に包まれるように燃え上がる光景を目にした。

「やったか？」

「まだだ。次発装塡、……撃て！」

賊艦は、エネルギー・シールドの一部を破られたか、艦体から煙の尾を引いている。追い討ちをかけるように、サザンクロス号から放たれたエネルギー弾が襲う。先ほどのパンチが効いたのか今度は賊艦の動きが鈍い。身をかわすどころか、まともに受けてしまった。胴震いしたかと思う間に、賊艦から火の手が上がった。

キャプテン・ケンが言った。

「ジェフ、賊艦に連絡。先ほどのパンチの味はいかがなりや。ここらで降伏するのもまた勇士の決断なり」

「アイ・サー」

僚艦が既に包囲態勢を取っていた。コンボイとは安全な距離を保ち、たとえ賊がやけくその一弾を放っても有効弾とはなりにくい間合いである。その時であった。レーダー士武藤が叫んだ。

「レーダーから賊艦消滅！」

「何だって!?」

「賊艦をロスト！　賊は消えちまいました！」

「キャプテン、これは……」

「瞬間移動したのか。賊艦は」

捕まえかけた大物に逃げられた時の悔しさが全艦を覆った。

◎

「荒川大尉、それは本当かね」

「はっ。賊艦に見事に逃げられました。瞬間移動装置を彼らは実用化しているようです。エネルギー・シールドらしき対弾防御装置も持っていました。タスマニア解放戦線と賊艦は名乗りましたが、未だその目的、組織の実態はつかめません。単艦での襲撃でしたので、余程の自信ありとは思っていましたが……」

「当局では、君のクルーが提供してくれた小型瞬間移動装置を解析中だが、今のところ確かな結論を見たわけではない。しかし、悪意のある組織が、我らを凌ぐ力を持っているのは、厄介だな。君の艦にはこれからも負担をかけるがよろしく頼む」

「それでは、荒川大尉、退出させていただきます」

「ご苦労だった」

統合宇宙軍第一地球艦隊司令長官が、一大尉に直接会うことは滅多にない。それが直接会って慰労したいとの意向であった。キャプテン・ケンがそれだけ期待に足る成果を上げたということである。今回の護衛戦闘は賊艦を逃がしたとはいえ、成功だった。コンボイが無事目的地に到達し、荷を届け終えたのだから。しかも、無傷で帰還すら果たせたのだ。

しかし、キャプテン・ケンは今一つ腑に落ちなかった。いつの間に賊艦は宇宙軍を凌ぐ技術力を身につけたのか。先般のテラミスといい、まだ賊に加担する有力な勢力（それも地球外の）があるのかもしれない。

◎

サザンクロス号クルーに、久しぶりの休暇が与えられた。まずは、半舷上陸。船を空っぽにはできないので、動かせる最低限の人数だけ残している。居残り組の中に、キャプテン・ケンとサムソンがいた。主だったクルーは三日間の休養が許された。作戦行動続きでへばり気味だったので、揚々とムーンタウン基地周辺の保養施設を目指して船を出て行った。ブリッジは艦長と機関長の二人だけ。

がらんとした空間で、二人が差し向かいで一杯やっていた。

「この船が艦になってまだ一年そこそこなのに、何か一〇年も軍人やってる気がしますよ」

「きつい作戦が続いたからなあ」

「それだけじゃありませんよ。キャプテン、あんたがこの船に来てくれたからかもしれません。みんなも、あんなに一つになって……。ちょっと前までいがみ合いばっかでしたから……」

「俺は、みんなにきついことばかり要求してきたんだぞ」

「同じような徴用船の連中は、儂らを羨ましがってやすぜ。やっぱり違うってね」

「なにが？」

「艦長が、です」

「宇宙軍から来た艦長は、どうしても、民間上がりの儂らを上から目線で扱うそうです。でも、あんたは違う。それに、あのこうるさいゴードンの野郎がぞっこんだ。ご存知でしょう？　あやつの抗命事件。船長を病院送りにしたのは、一回や二回では……」

「はっは、三回だろ。三回目のが今や賊艦の艦長ときている」

「因縁を感じますわい。二回目のは、昔ゴードンの奴が宇宙軍パイロットの試験を受けた時の試験官だったそうです。一回目のは……」

「パイロット訓練学校の教官と……。ゴードンは根に持つタイプなのかな」

「それはどうでしょうか」

「まあいい、奴は腕がいい、凄い男だ。命を預けられるパイロットだ」

「キャプテン、そこまで奴のことを……。ゴードンの野郎が惚れるはずだ」

「はっは、男に惚れられてもなあ、俺は美人に惚れられたい」

「まあまあ、キャプテン、まだ酔うのは早いですぜ。ささ、一杯……。そのうち、いい女が現れやすよ」

◎

三日はあっという間だった。サザンクロス号に休暇を終えた連中が帰ってきた。十分リフレッシュしたとみえて、つやつやした顔色の者が多い。副長代理としてレーダー士武藤がブリッジに詰め、先の居残り組、キャプテン・ケンとサムソンはそれぞれ休暇を取って退艦した。

「それじゃ、キャプテン、良い休暇を」

「グッド・ラック、サムソン」

それぞれ思い思いのところへ行って休暇を過ごす。キャプテン・ケンは、急ぎ足で、ある場所を目指した。

『勇敢なる信号士、マルガレーテ・シモンここに眠る』

墓標に向かってキャプテン・ケンは黙祷した。その女性はケンが将来を約した人だった。ムーンタウンの宇宙港で信号士をしていた。彼がプロポーズをしようと心に決めていたその日、帰らぬ人となってしまったのだ。火星発ムーンタウン空港行きの中型惑星間旅客船の中でトラブルが起こり、流血騒ぎとなった。これがきっかけで、コントロールを失い、空港に着陸し損ねた同船は、駐機中の他の宇宙船に接触、爆発こそ免れたが、船体損傷、パーツが四散し、多くの死傷者が出る惨事となった。マルガレーテはこの船を誘導していて、命を失うことになってしまった。長距離の宇宙の旅は単調極まりない。旅に慣れていない者は、よく情緒不安定になり、騒ぎを起こす。着陸時に極端な破壊行為に至った場合、比較的外壁の薄い民間船は、思わぬ損傷がもとで、制御を失うことがあった。この事故以降、民間宇宙船の構造が見直され、より強化されることになった。加えて、ロボット頼りのサービスが見直され、人間のクルーが乗り組むようになった。安全性は向上した。

しかし、亡くなった人は帰らぬ。

キャプテン・ケンは、人の気配を感じて振り返った。

「美華……」

「健一郎さん、休暇なの？」

「ああ、三日だけね」

「私じゃ話し相手にもならないわね」

「いや、いい。そばにいてくれ」

「今日で五年になるかしら」

「うん」

「マルガレーテさん、幸せね。こんなに想ってくれる人がいて」

「でも、生きてて欲しかった」

「私もよ。たまの休暇なのに、お墓参りなんて……」

「……」

「私たち、グループ交際から始まったのよね」

「うん」

「正直言って、私、あなたたちが羨ましかったの」

「……」

「でも、マルガレーテはいい子だった。だから……。こんなことになるなんて……」

「人はいずれ死ぬ。ただ、彼女は早すぎた……」

「そうね。冥福を祈りましょう……」

民間の旅客船が空港から飛び立った。その轟音が二人の祈りをかき消すようだった。

◎

「キャプテンに敬礼！」

「直れ！」

「諸君、少しは骨休めできたことと思う。これからの任務を伝える」

一同、シーンと静まり返って次の言葉を待つ。

「前回取り逃がした賊艦の軌跡が判明した。奴は、次元空間を飛び越えて逃げたが、損傷もあって、そう長い距離、ジャンプできなかったとみえる。レーダーの追跡記録と、アメリカ製エンジン特有の噴射ガスをたどると、何と、ここの丁度裏側に痕跡があった。月の開発は地球から見て裏側が遅れている。未踏の土地も多い。適正化工事が進む火星と比べても、ここ数日間は、月周辺を往来する船の数は限られたものだ。アメリカ製エンジンを積んだもので絞り込むと、一〇隻しかない。調査によるとこのうち九隻は所属が判明した。ただ一隻、所属先・行き先不明の船がある。そいつをたどっていくと、月の裏側で足取りが消えたというわけだ」

「するてえと、賊は月の裏側をねぐらにしているということですかい。そこへ殴り込みをかけるちゅうことですな」

「まあ、そういうことだ。今回は、軍の戦列艦も出るらしい」

「そうと決まれば、みんな、準備だ、準備！」

「アイ・サー！」

「出撃は明後日だ。艦載機の弾薬補給も忘れるなよ」

「了解」

俄かにあわただしくなった。軍が出張るということはかなり大規模な作戦になることを意味する。

キャプテンによれば、サザンクロス号は、搦め手から包囲の輪を狭める役回りという。戦列艦が正面から圧力をかけるのだ。どう転んでもこれはただでは済みそうもない。一同、武者震いを禁じ得なかった。

◎

「第二ゲート、オープン。サザンクロス号、発進します」

サブエンジンが轟音を発する。ゆっくり船が動き出す。大がかりな包囲戦が今、始まろうとしていた。統合宇宙軍全五艦隊のうち、二艦隊が出動した。戦列艦二〇、重巡三五、軽巡二〇、駆逐艦六〇、フリゲート三六、補給艦三〇、総勢二〇〇隻を超える大部隊である。各艦は、自前の戦闘機隊も持っている。更にこの中に、サザンクロス号も名を連ねていた。種別は、仮装巡洋艦、軽巡相当となる。

相手は得体が知れないだけに、そのねぐらを潰すことには念を入れねばならない。次元移動ができ、防御シールドをも装備する相手だ。数で圧倒しなければ、まんまと逃げられる恐れがある。そうなれば、折角つかみかけた賊の尻尾をつかみ損ねることになりかねない。軍も、本腰を入れたということなのだろう。

それにしても、これだけの規模の艦艇が展開することは、滅多にない。サザンクロス号のクルーたちですら、気圧される感があった。

今次作戦は、賊の根城の制圧が目的である。そのため、艦隊で一気に賊の根城正面に圧力をかけると同時に、搦め手からサザンクロス号が突撃、対空砲台を無力化する。次いで、空間突撃隊所属の強襲揚陸艦一〇〇隻が作戦に参加する段取りである。これには機動装甲歩兵三個師団が搭乗していた。

所謂パワードスーツに身を固めた重武装重装甲の部隊である。月の裏側は凸凹の多い地形であり、通常の装甲戦闘車両には向かない。そのため、二足歩行で二次電池を動力源とし、フルパワーモードで五時間駆動できる機動歩兵の存在は次第にクローズアップされている。勿論、この部隊には予備のパーツ・電池・弾薬を携行し部隊をサポートする支援部隊も後続している。

作戦開始のカウントダウンが始まった。

◎

「時間だ、これより空間突撃隊の降下を支援する。主力艦隊の攻撃と同時に、我が艦は賊の基地一帯を掃討し、周辺の砲台を無力化する」

キャプテン・ケンの命令一下、サザンクロス号は突撃態勢に入った。賊も黙って見逃してはくれない。反撃の対空砲火の火箭が猛烈に襲ってきた。賊の根城は、小規模ながら、地形を巧みに利用した宇宙要塞である。一〇か所の堡塁《ほうるい》に、確認できるだけで、大小五〇門以上の砲台を備えている。隠された仕掛けも当然あるべきものと考えねばなるまい。

「艦隊主力、攻撃開始、賊の艦と交戦の模様」

「頃はよし。まず、前方のこうるさい砲台から潰すぞ。出力は三、これだとメカ部分だけ潰せる。ブラッドレー！」

「アイ・サー！　目標、前方に展開する賊砲台、距離八〇〇〇、出力三、ロック・オン、発射！」

砲火を巧みにかわしつつ、サザンクロス号は渾身の一撃を見舞う。前方指向する一五サンチレーザー砲四門が火を噴いた。たちまち砲台は沈黙する。目標を変え、更に三斉射。狙い違わず周辺砲台は沈黙した。

「我が艦隊主力、賊艦と引き続き交戦中。我が方に被害が出た模様です。駆逐艦三隻被弾、損傷。賊艦は一三隻、高機動戦術でどうもかき回しているようですな」

「サザンクロス号の任務はあくまで空間突撃隊の支援だ。ジェフ、戦況の中継は無用だ」

「アイ・サー、キャプテン」

「地形が込み入っている。ゴードン頼むぞ」

「任して下せえ」

　地表の凸凹を上手く捉えて低空をなめるように飛ぶ。ゴードンは相当な技量を要するこの行為を、いとも簡単にこなしている。必死で撃ち落とそうとする賊の砲台だったが、空しく付近の岩山に着弾するばかりである。ただ、岩片が飛び散るとビーム弾より恐ろしいことになる。油断は禁物だ。

　ゴードンの巧みな操艦で、辺りの対空砲台がサザンクロス号によって制圧されるまで、ものの三〇分足らずだった。あとは、空間突撃隊の出番である。

◎

「こちら、揚陸艦隊旗艦アリゲータ、連絡サザンクロス号宛、空間突撃隊、α小隊から順次降下する。貴艦には援護を頼む」

「了解した。武運を祈る」

「感謝する」

　バックパックの圧搾空気を噴射し、降下速度を緩衝しつつ、機動装甲歩兵の一斉降下が始まる。一面が花のようにきらきらと輝き、一瞬これが戦闘行動中であることを忘れさせる。

「キャプテン、統合宇宙軍艦隊旗艦、ロイヤル・オークより入電、賊艦一三隻中、一〇隻を無力化。残り三隻は包囲をすり抜けてこっちに向かったそうです。足の速い駆逐艦五隻が追跡中。加勢を求めています」

「数では高機動戦術を破れなかったか。手ごわいぞ。歩兵さんが降下中だ。邪魔はさせん」

「戦闘機隊、スクランブル！　全機発進！」

　食べかけのホットドッグをくわえながら、デ・ロイ大尉が舌打ちした。

「飯を食いかけたらこれだ。みんな、いくぜ！」

「おうさ！」

　サザンクロス号戦闘機隊五機は、両舷のランチ発進口から次々と飛び出していった。

◎

「賊艦、単縦陣で突っ込んできます！」

「戦闘機隊、賊のケツから一発かましてやれ！」

「ラジャー！」

　サザンクロス号の主砲射程距離まで、まだ間があった。戦闘機隊は速力で勝る分、有利なポジションにつける。たちまち賊の殿艦《しんがりかん》に食らいついた。牽制のレーザーマシンガンを放ちつつ、ミサイル発射の機会をうかがう。賊艦は、彼らを振り切ろうと縦横に艦をくねらせ、ビーム弾を放った。隙間を縫うようにして、追跡してきた軍の駆逐艦が砲撃と同時に宇宙魚雷を放つ。命中すれば、賊艦とてただでは済まない。その一弾が、的確に殿艦を捉えた。一瞬まばゆい光が辺りを覆う。見事に賊艦のエンジンを射抜き、これを無力化した。動力を失ったら、もう塵のように宇宙空間を漂う他はない。他の賊艦は止むを得ず単縦陣を棄て、さっと放射状に散開する。この間も、機動歩兵の降下は続いている。既に降下した部隊は、賊の根城に向かってじりじりと包囲の輪を縮めていく。際どい状況はまだ続いている。

◎

「砲の射程距離に入った。これより賊艦を攻撃するぜ」

「遠慮するな、思いっきりやれ！」

「アイ・サー」

サザンクロス号は賊艦めがけて全速で突撃をかける。相手は放射状に散ったとはいえ、目指すはただ一つ。例の因縁浅からぬ奴だ。舳先《へさき》に金色の盾を持つ女神のシンボルを戴いている。実によく目立つ。軍の駆逐艦も二隻が目標とした模様である。第一線の駆逐艦だけあり、サザンクロス号より船足は速い。彼女が砲を放つより早く、砲雷撃を始めた。これは賊艦にかわされた。が、割って入った戦闘機隊の連携攻撃を食らう。対艦ミサイルが二発横腹に直撃した。しかし、効果がない。防御シールドが、まだ生きているのだ。狙いすましてブラッドレーがトリガーを引いた。エネルギー弾は賊艦のブリッジ付近を直撃した。彼は、エネルギーレベルをキャプテンの当初の指示でなく、独断で最大の五にしていた。これが奏功したらしく、賊艦はがくっと動きが鈍くなった。同時に内部に火災を生じたらしい。よろめくように逃げにかかる。

「一気に無力化しろ!」

すかさず、キャプテン・ケンの叱咤が飛ぶ。

ブラッドレーは第二斉射、第三斉射を見舞う。ところが、弾道は空しく空を切った。またもや、賊艦は次元移動を行い、遁走を図っている。状況不利とみたらさっと引く。敵ながら見事な判断である。

「また逃げられたか!」

「奴は損傷している。そう遠くまでは逃げられまい。よく探すんだ」

「アイ・サー」

「他の三隻の駆逐艦が、残る賊艦を無力化した模様です」

「そうか。これで、奴だけだ。逃がすなよ」

「戦闘機隊から連絡」

「読み上げろ」

「空間座標ポイント3に反応あり。急行する」

「すぐ後に続け。エンジンフルパワーだ!」

「アイ・サー」

「キャプテン、ちょっと待ってください」

　レーダー士武藤が言った。

「賊はレーダー攪乱剤を散布したようです。レーダーが乱れ始めました」

「戦闘機隊、賊艦をロストしたようです。ポイント3にはダミーが置かれていたと言っています」

「上手い。実に見事な逃げっぷりだな。仕方ない、戦闘機隊に帰艦するよう伝えよ」

「アイ・サー」

　一同、誰からともなくため息をつく。賊の根城上空での戦闘は終息した。軍の駆逐艦は本隊に戻るべく反転した。サザンクロス号は間接援護のため、引き続き上空に留まる。

◎

　この間、機動歩兵は全兵力の降下に成功した。しぶとく生き残っている砲台や、隠蔽された自動防御システムの反撃を一つ一つ潰しながら本拠に向かって慎重に進む。最近は続発する破壊工作対策に駆り出されることが多くなっている。本格的な戦闘になることも少なくない。実戦経験はそれなりに積んでいる。ただ、大規模な動員となると、今回の出動が初めてとなる。多少のぎこちなさはあるが、そこは訓練を積んだ精鋭部隊である。すぐに互いを補完しながら油断なく進む。三方向から同時に攻め込まれた賊こそたまったものではない。もはや上空を守る味方もいない。あちこちの堡塁で、降伏の白旗が揚がった。血で血を洗う凄惨な戦闘にならずに済んだのはまだしも幸運である。これで本作戦の主目的は完遂される見通しとなった。

◎

「またしても逃げられてしまったな」

　キャプテン・ケンが言った。例の賊艦のことである。もう少しのところで次元移動されてしまった。今のところ、これに対抗する手段がない。

「前回の遭遇戦からいくらも時間が経っていません。損傷を完全に直せたか怪しいもんです。ということは、どっかでまた尻尾くらいはつかめそうですがね」

　と、サムソン。

「ところでボルガーナ二世号と名乗った賊艦ですが……、これで、味方を二回も失ったっちゅうことです。立ち直りはしましょうが、多少時間はかかるでしょうな……」

「賊の根城は、これでほぼ抵抗する余力はなくなったはずだが……」

「キャプテン！　賊は一部で頑強に抵抗しているそうです。艦砲射撃の要請が入っています」

　通信士ジェフが割って入る。

「ん？　降伏したんじゃないのかい」

「根城の中枢部だけがしぶとく、機動歩兵にも損害が出ているそうです」

「了解した。ブラッドレー、砲、照準合わせ！　出力三だ」

「アイ・サー」

「距離一万二〇〇〇、俯角一〇、目標、賊の根城中枢付近、エネルギー榴弾、発射！」

鈍い振動を伴い、主砲が火を噴く。目標となった構造物は、ドーム状で、頑強な装甲シャッターに守られている。エネルギー弾は浅い放物線を描きながら、目標に殺到する。目標上空で手のひらを広げたように炸裂したかと思うと、光がドームを包み込むように展開した。次の瞬間、装甲シャッターは吹き飛び、周辺のまだ生きていた砲台は沈黙する。すると機動歩兵の一群が、群がる蟻のように突撃を開始した。最後の手段が尽きた根城はこれで全面降伏に追い込まれた。

◎

機動歩兵の被弾による擱座《かくざ》二三、そのうち修復可能な機体二〇、全損三、戦死はゼロ、負傷五、全員が全治二週間程度の軽傷。至近弾によるバッテリー損傷のため、擱座したもの二一、機械的故障により擱座したもの一一。揚陸戦の結果である。対破壊工作戦に比べ、損害は大きいが、相手が相手だけに奇跡的に軽微と言える。賊の根城は完全に制圧された。

サザンクロス号は、戦後処理立ち会いを空間突撃隊司令官から要請され、キャプテン・ケン、サムソン、保安部員一〇名がランチで降下した。それもそのはずで、降伏した賊の根城で最後まで抵抗していた張本人が意外な人物であったからだ。

「ルキアン」

サムソンがつぶやくように言った。テラミスの翻訳機をこっそり操作して続ける。

「お主は、ルキアンなのか」

「テラミスノ言葉ガ分カルノカ。朕ハ、現連合王デハナイ。引退した前王デ、ルーキンデアル。現連合王ノ叔父ニアタル」

「その前王が、なぜ地球の衛星に、いるのか」

「ココガ暮ラシ易イカラダ。誰モイナイ。朕ノモノニシテモ、文句ヲ言ウ者ハ少ナクトモ、オ主タチノ時間デ、一〇年ハ、イナカッタ」

「一〇年も住んでいるのか？」

「ソウダ。今更文句ヲ言ワレテモ困ル」

「抵抗したのは、なぜか？」

「イキナリ攻メ込マレタラ自己防衛クライスルダロウ。当然ノ権利ダ。居住権モアルダロウ」

「上空防衛の艦に、次元移動装置を装備させたのは、お主だな？」

「否定シナイ。朕ハ引退ノ身デアル。ハイパー・トンネルヲ自由ニ使エルトイウワケニハイカンノダ。朕ニハ、必要ナ移動手段ダ」

「ボルガーナ二世とは、誰の名前だ」

「朕ノ王位ニアッタ時ノ正式ナ名乗リダ。今ハ引退シテ元ノルーキンニ戻ッタガナ。船ノ名前ニスルノハ、オ主タチノ習慣ジャナイノカ。失職シテ困ッテイタ、ロナルド・ダンカン、トイウ地球人ヲ雇ッタ。高慢デ誇リ高イ男ダガ、見所ノアル奴ダ」

「なぜ、火星に向かう輸送船団を襲った？」

「ナニ、ホンノ気マグレダ。後ニ甥ノ連合王マデ絡ンデ、実ニ面白カッタゾ。ルキアンノ友トハ、オ主ノコトカ」

「そうだ。王の首輪もある。これが証拠だ」

サムソンは懐からそっとルキアンからもらった装飾首輪を出した。連合王直通通信とハイパー・トンネルフリー・パスの機能があると聞いている。試したことはないが……。彼は続ける。

「お主の変ないたずらで、テラミス人が大勢死んだのだぞ。知っているのか？」

「知ッテイルトモ。朕ハ、ソレダケヲ気ニ病ンデイル。マサカ近衛兵ドモガ、アンナ阿呆トハ思イモヨラナカッタ。トコロデ……、朕ハ、コレカラドウナルノダ？　殺サレルノカ？」

「地球人は、そんな野蛮人ではない」

「嘘ヲ言ウナ。歴史ノ長イ期間デ、同族同士デ殺シ合ッテイルデハナイカ」

「過去の話だ。それに……連合王の叔父なら、そう無茶な扱いが、できないではないか」

「何ヲ言ウカ。朕ノ家ハ滅茶滅茶ダ」

「家？　それこそ嘘だ。地球侵略の前哨基地じゃないか。ここは……！」

「マア、半分ハ否定シナイナ。オ主タチガ、我ガ近衛兵並ミニ阿呆ナラ、地球ゴト、モラッテイタダロウナ。シカシ、スッカリ壊サレテ台無シダ。アンナニ大勢デ来ルトハ、予想デキナカッタ。卑怯ジャナイカ」

「お主に、その言葉は使って欲しくない。ダンカンの船は、どこに行ったのだ？」

「修理ノタメ、アルトコロニ避難サセタ。何シロ、朕ノ自家用ダカラナ。沈メラレルト朕ガ困ル」

「あるところとは、どこだ？」

「言エバ、沈メルダロウ。回答ハ拒否スル」

「どうやって手に入れた？」

「地球人ノ船ヲ、コピーシタノサ。単純ナ構造ダ。ワケハナイ。資材ハ、輸送船ノ積ミ荷ヲイタダイタ」

「一〇年も住んでいて、なぜ今頃、海賊騒ぎを起こしたのか」

「朕ノ決メタ火星中継基地計画ガ、ルキアンニヨッテ実行サレルト思ッタカラダ。タダノ勘違イダッタガナ。オ陰デ、一〇年ノ積ミ重ネガ、パアダ。ソレニ、ダンカンガ、火星改造プロジェクトニ反対ナノダ。自然ノバランスヲ崩スト言ッテナ。辞メラレタラ朕ガ困ル。仕方ナク奴ノ言ウコトヲ聞イテヤッタノダ」

「地球の艦隊に対抗した船に乗り組んでいたのは誰だ？」

「ダンカンノ指揮デ動ク、レーバロイドダ。朕ハ引退シタト言ッタハズダ。部下ナドイナイ。タダ、仕様ヲ変更デキルレーバロイド、マア、オ主タチノ世界デハ、人型ロボットダナ。プログラムデ対応デキナイ、イレギュラーナ動キニハ、オ手上ゲナノガ難点ダガナ」

会話の中で、数々の謎が次第に一つになりかけていた。

◎

ルーキン前テラミス連合王は、月の表側、ムーンタウン宇宙基地に連れて行かれた（厳密には統合宇宙軍ムーンタウン基地である）。いやしくも、一連の海賊騒ぎの首謀者であり、二個艦隊に加え、空間突撃隊機動装甲歩兵三個師団を動員までして、戦火を交えた相手なのだ。ルキアン率いるテラミスとの交誼を差し引いても国賓扱いはできなかった。しかし、それはあくまでも軍人レベルの話である。当然政治的戦略が介入してくることになると、また違った動きになる。

地球統合政府大統領の方針で、この一件は不問に付されることとなった。テラミスとの関係を殊更に荒立てないというのがその理由である。前王を丁重に故郷にお送りする（早い話が強制送還である）。代わりに、次元移動の技術をいただくこととした。その一方で、地球人ロナルド・ダンカンは、捕縛対象に指定された。彼は、事実上地球にいられなくなったのだ。ただ、彼は戦線を離脱して以来、行方をくらましたままだった。

ところで、誰が前王を送還するかということになる。この問題に関しては誰も異見を唱える者はいない。一度テラミスに行った経験がある唯一の船、サザンクロス号と、そのクルーである。準備を急がせると同時に、クルーには休暇が与えられた。

◎

サザンクロス号の民間時代、来賓用（たまに荷主が乗船することがある）一等客室だったところが、改造後は士官室になっていたが、二室を一つにしてルーキン専用とした。あぶれた二名は旧船長室の隣にある控え室に移動。進んで割を食う役に甘んじたのが、ゴードンとサムソンだった。

次に機関室である。今のエンジンは三代目だったが、テラミス行きには能力不足である。ルーキンのレーバロイドで技術プログラミングされた個体を使い、次元移動エンジンに改造する工事が行われることになった。宇宙軍の軍事技術者、ルーキン本人立ち会いで工事が進められる。その間、クルー全員は来《きた》る大航海への英気を養うべく、工事完了まで休暇となったわけである。

◎

「キャプテン、ちょっと話があるんですが……」

「どうした、サムソン……？」

「今度はハイパー・トンネルで三日の船旅ってわけにはいきませんな。多分それなりの日数はかかるでしょう」

サムソンは威儀を正して言った。

「何が言いたい？」

「せっかちですな、キャプテンは。それじゃ、遠慮なく言わせていただきやす。この機会にあの人に気持ちをお伝えになったらいかがです？　あの人はずっと待っているんですぜ」

「何っ！　サムソン、誰のことを言ってるんだ」

「美華さんのことじゃないですか。とぼけないでいただきやしょう」

「ううむ……！」

たちまち、キャプテン・ケンは赤面した。しどろもどろになった。

「掃討戦前の休暇で……。悪いと思ったものの、どうも気になりまして後をつけさせてもらいやした。マルガレーテさんは気の毒でした。しかし、もうこの世の人ではありやせん。しかし、同じくらい、いやもしかしてそれ以上にあんたを大切に思っている女が、ずっと待っているんですぜ。あんたが振り向いてくれるのをね。儂はもう、切なくて泣けてきやしたよ。今どきじっと待てるなんて……！　儂だったらカミさんと一緒になってなきゃあ、絶対離さんですよ！」

珍しくサムソンが取り乱していた。

「キャプテン、あんたはあんたを大切に思っている女をもう一人泣かせる気ですかい?!」

「ううむ……！」

キャプテン・ケンは、初めて彼を人生の先輩と認めた。

「思いを伝える覚悟が固まったら、儂に言ってくださいよ！　僭越ながら媒酌人を務めさせてもらいやす。いいですね！」

「分かった……」

サムソンのダメ押しだった。キャプテンは、もう言葉が続かない。日頃の豪胆さは、すっかり影を潜めていた。

統合宇宙軍仮装巡洋艦サザンクロス号艦長、キャプテン・ケンこと、統合宇宙軍荒川健一郎大尉と、統合宇宙軍ムーンタウン基地所属オペレータ宇津井美華少尉との婚約が整ったのはそれから間もなくのことである。いや、婚約が整ったというには語弊がある。とにかく、サムソン副長に促されて、決死の思いで本人に意を伝えたというのが的を射ていよう。キャプテン・ケン一世一代の賭けではあった。

【Ⅱ】地球への脅威

次元航行可能な出力増幅装置、ハイパー・ドライブ・チャージャー（略してハイパー・チャージャー）を従来のエンジンに装着する工事は無事終わった。これに伴い、対障害物用にエネルギー・シールドをも装着。来るべき大航海に備えた。例の賊艦の装備とこれで一応同等になったわけだ。出力の大幅アップに伴い、引き込み式のレールカノンも、一番砲の前に、一門取り付けられた。中口径ながら強力な質量弾の発射が可能な砲で、火力増強が多少は見込める。工事は思いの他早く終わった。サザンクロス号は、再就役した。

「サザンクロス号、これより次元航行テストに入る」

「ようそろ」

「目標、座標A8ポイント地点。火星開発局ダイモス指揮所上空だ。各員、ベルト着用。次元レーダースタンバイ」

「アイ・アイ・サー！」

聞きなれない声がする。次元レーダー担当として今般乗り組んできた若いオペレータである。キャプテン・ケンは、いつもと異なり、どことなく落ち着きがない。副長兼機関長サムソンだけ、にやにやしている。

「ハイパー・ドライブ移行二〇秒前。機関全速！」

メインエンジンが一段と唸りを上げた。

「シールド展開！　続いてチャージャー接続！」

「ようそろ」

急に周囲の星々がゆがんで見える。次に周囲が真っ暗になり、何も見えなくなる。次元空間に入ったのだ。そのまま、時空間の狭間をすり抜けていく。

「次元レーダー感なし。順調です」

サザンクロス号は一気に時空を飛び越え、ものの五分足らずで火星の衛星ダイモスに達した。

「うええ、気持ちわりィ！　頭がくらくらしますぜ」

「こんなのを何回繰り返さなきゃなんねえんですかい？」

初のハイパー・ドライブを経験したクルーの感想である。

◎

「諸君、次元航行テストが先行して、新しいクルーの紹介が遅れた。航法レーダーの隣に新設されたブースが、次元レーダーである。この先任士官が宇津井美華少尉である」

「ヒュー！　べっぴんさんだぜ」

キャプテン・ケンは、コホンと咳払いをして言った。

「ムーンタウン基地の司令部からの転任である。尚、保安部も若干の異動があった。保安部長佐々木達也中尉に代わり、新部長として、キャサリン・ブラハム中尉、B小隊長石田次郎少尉に代わり、桜田美里少尉、艦付き軍医として現在の風間哲治大尉に加え、メイア・ブロッケン中尉がそれぞれ着任した」

「我がサザンクロス号へようこそ」

サムソンが割って入る。ニューフェースは若い女性ばかりである。否応なくクルーはテンションが上がった。間もなく今次の大航海の主役、テラミス前連合王ルーキンが、彼のレーバロイドたちと乗り込んでくる予定だ。勿論、ザック・デ・ロイ大尉率いる艦載機隊の面々も引き続き乗り組んでいる。

サザンクロス号は、白銀色のフットボール状の艦体を直立させて、時を待っている。

◎

「ナニ？　ハイパー・ドライブノ後デ気持チガ悪イ？　ソンナコトハナイ。ハイパー・トンネルト同等トハ言エナイガ、乗リ心地ハ快適ノハズダ」

乗り込んでくるなり、サムソンから苦情を聞き、テラミス前連合王ルーキンは鼻白んだ。早速レーバロイドたちに指示して、サザンクロス号の点検をさせた。慌てたのは地球統合政府から派遣された特使、サザーランド大統領補佐官である。事実上の強制送還になるとはいえ、相手は一惑星国家の前首長なのだ。粗相があってはならないのは勿論である。彼が何か言おうとした時、キャプテン・ケンが機先を制した。

「ハイパー・チャージャーは、私たち地球人にとっては未知の技術です。宇宙軍挙げて解析を試みましたが、未だ成し得ない装置なのです。これに関しては、彼らに任せる他ありません。艦内の機器再配置も、彼らの提案に従っています」

補佐官は、発しかけた言葉を飲み込んで自室へ戻った。

間もなく、ルーキンがブリッジに戻ってきた。

「次元安定板ノ取リ付ケヲ忘レタ。サムソンガ言ッテクレナカッタラ、遠距離ハイパー・ドライブノ途中デ迷子ニナッテシマウトコロダッタ」

ルーキンはホッとして言った。何となく間の悪さが残った。

◎

追加工事の発生で予定が三日遅れたが、サザンクロス号はようやく発進準備が整った。問題は同号がテラミス製でないことである。テラミスのそれと比べて、船体構造が脆弱なため、ハイパー・ドライブ一回で飛び越える時空間に限界があった。加えて、食料や水、燃料の補給をどこかでしなければならないという難問がある。全てを勘案するに、一三〇万光年の彼方にあるテラミスまで少なくとも三〇回の燃料補給と、三年の月日がかかるということになった。地球人にとってそれは、非現実的に思える案件であった。しかし、当のルーキンは平気である。曰く、『方向サエ確カナラ、大丈夫。目的地ヲ見据エテ、只管《ひたすら》目指セバヨイノダ。我ガテラミスハ偉大ダ。中継基地モアル。補給ノ心配ハ無用ダ』と。

◎

いよいよ出航という日の前日、キャプテン・ケンは、プライベートで宇津井少尉に会った。目前にプロポーズを果たせなかったマルガレーテの墓標がある。時折宇宙港を発着する軍・民の地球～ムーンタウン往還船が轟音と共に上空を駆けた。

「君に話しておきたいことがあった。私は今でもマルガレーテを忘れることはできない。しかし、彼女はもうこの世にはいない。私は生きている。生きている以上、過去のことだけを見ていることはできないんだ。虫のいい話だがね。サムソン副長にも尻を押されたんだが……」

「私は二番目でもいいのよ。全然気にしてない。ただ、荒川健一郎の生き様を傍で見ていたいの。少しでもサポートできればそれでいい」

「今度の航海、長くなるかもしれない」

「だから、こうやってあなたの船に来たのよ」

「よく、君の父上が許してくれたもんだよ」

「私は子供じゃありません。自分の人生は自分が決めます」

「まだ挨拶にも行けていないんだが」

「そんなの航海が終わってからで十分よ。全く知らない仲ではないんだし」

「君ん家は、軍人一家だからなあ。父上は統合宇宙軍第一地球艦隊司令長官、宇津井大将ときた。プライベートでお会いしたことはないが、任務では幾度となく目をかけてもらっている。ただ、君との結婚の話となると……」

「何よ、今更、しっかりしなさいよ。キャプテン・ケン」

「何だか急に強くなったな」

「茶化さないで！」

また、天駆ける宇宙船の轟音が響いた。そのあわただしさが任務の重大さをも予感させる。

◎

キャプテン・ケンは、突然のけたたましい警報音で、眠りを破られた。間もなくサザンクロス号のクルーがやって来た。

「キャプテン、保安部の設楽《したら》副長であります」

「入りたまえ」

「失礼します」

設楽副長はさっと敬礼して言った。

「居住区から宇宙船駐機場に至る通路を何者かに占拠されました。このままでは港そのものの維持が危うくなる恐れがあります。ただ、相手が何者かまだつかめていませんので、防衛隊は通路の両側を固めています。我々保安部は、船を守るべく待機中であります」

「他のクルーは？」

「緊急呼集をかけましたので全員揃っています」

「そうか。ここの管轄は基地防衛隊だが、実質的な主力は空間突撃隊だ。守備は彼らに任せる他はない。我々とすれば船を一刻も早く安全な場所に移動させることが第一だ。保安部の諸君はよくやってくれた。早速船に向かうぞ」

「はっ！　キャプテン、念のため銃をお持ちになってください」

「ああ、有り難う」

キャプテン・ケンは、上着を羽織るや一気に駆け出した。設楽副長が後に続く。クルーの待機場所は駐機場に隣接しているので、侵入者に直接襲われる心配はない。ただ、相手が強力だったら、現有勢力で制圧できるか否かは分からない。

◎

数分後、キャプテン・ケンは、ブリッジに達した。

「エンジン・スタンバイ、サザンクロス号発進」

「微速前進、第二ゲートオープン」

「ゲート開きません。動力を切られたかもしれません」

「止むを得ん。レーザー砲発射準備」

「えっ。キャプテン？」

「非常時だ、始末書は私が書くよ」

「アイ・サー」

「砲への回路開け。エネルギー出力は二番に固定。ゲート扉中央に照準合わせ」

「アイ・サー。合わせやした」

「よし、撃て！」

前方指向する四門の砲が火を噴いた。一瞬のまばゆい光が行く手を覆う。それが消えると、前方にぽっかりと大きな穴が開いていた。サザンクロス号は易々と発進した。

「何か、俺ら扉ばっかり壊してるような気がしますぜ」

「ブラッドレー、そうむくれるな、港を襲った奴が何者かもうすぐ分かるさ。ゴードン、面舵一五度、地表すれすれに飛べ」

「アイ・サー」

サザンクロス号は軽く弧を描いて、何者かに占拠されているという居住区A通路付近に迫った。

◎

「恐らく機動歩兵の一種だな。A通路六〇〇〇m手前で静止。高度八〇〇」

「アイ・サー」

「砲発射準備、出力は二番のまま」

「アイ・サー」

「よし、撃て」

四門の砲からエネルギー弾が一斉に飛び出す。狙い違わずA通路めがけて殺到した。出力を抑えているとはいえ、軽装甲でしかない通路はたちまち蜂の巣のようになった。よろぼいながら得体の知れない機動歩兵のようなものが出てくる。それを見て、通路両側に防衛線を張っていた空間突撃隊が一斉射撃。腹背に弾を受け、それらはたちまち動かなくなった。あっけなくA通路占拠事件は幕となった。

◎

検証が始まった。破壊された機動歩兵らしき装備からは、何も出てこなかった。乗員がいないということは、ＡＩによる自動制御兵器ということになる。何者が放ったのかまるで不明である。少なくとも、統合宇宙軍に所属する機体ではない。

「コレハ……」

テラミス前連合王ルーキンは顔をゆがめて言った。

「コンナ所マデ、ヤツラガ来ルトハナ」

「王様、そりゃあどういう意味だい」

サムソンが応じる。

「我ガテラミスト長年イザコザヲ続ケテイル、アマルーナ、ノモノダ。朕ガ家ニイタ時モ、時々邪魔サレタ。ソノ時ハ、忠実ナル下僕ノオ陰デ、追ッ払ッタガナ。今ハ、コノ月ノ裏側ニハ、奴ラヲ妨ゲル者ハ何モナイ」

「テラミスの他に、別の地球外勢力がいるということか」

「ソウダ。ソレモ、奴ラハ厄介ナ連中ダ。話ガ通ジル相手デハナイナ」

「時々、ムーンタウン居住区を襲撃したのとは違うよな」

「サムソン、ソレヲ言ッテクレルナ。陽動ノツモリデ朕ガ命ジタ。アマルーナハ純粋ニ、ココヲ取リニ来テイル。ソウ思ッタ方ガヨイ。今回ハ、ホンノ小手調べニ、スギナイノダ」

どうも、奇妙な展開になってきたようだ。

◎

第二の地球外勢力、アマルーナがどんな種族なのか、地球人にとってはまるで知識がない。しかし、相手はどうもこの月の裏側に橋頭堡《きょうとうほ》を築いたらしい。この情報が統合政府にもたらされた時、やんわり「強制送還」ということになっていたテラミス前連合王ルーキンの処置が改めて協議された。アマルーナについては、今はともかく彼の他に知る者はいないのだ。

結論は意外に早かった。送還措置は一時保留とされ、対外顧問という身分で、サザンクロス号乗り組みとなった。サザーランド大統領補佐官が当面の世話役となり、更にサムソン副長兼機関長が彼を補佐する。サザンクロス号は、統合政府の特別出張所のような存在になってしまった。アマルーナのＡＩ機動歩兵の襲撃の際、機敏に反撃し得た船はただ一艦、サザンクロス号のみであった。当時宇宙軍港には、他に六隻の軍艦がいたにも拘らず、である。その際止むを得ずゲートを破壊したが、緊急事態下である。不問になった。このような経過を鑑み、統合政府は先の決定に至ったというわけである。キャプテン・ケンが少佐に栄進し、仮装巡洋艦四隻編制の第一独立遊撃艦隊司令に就任したのは、むしろ遅すぎたといってよいくらいである。彼の昇進パーティーをする間もなく、サザンクロス号は、次の任務を命じられた。

◎

「諸君、先のAI騒ぎではご苦労だった。未然に襲撃を防ぐことができた。その相手が何者か分からんのが難点だが、どうもこの基地の裏側に拠点があるらしい。そこでだ、新たな任務というわけだ。これから内容を伝える」

「キャプテン、昇進おめでとさんで！」

「おめでとうごぜえやす！」

合いの手が入り、拍手が起こった。キャプテン・ケンは、少しためらった。照れたのだ。宇津井少尉がくすくす笑う。

「コホン、諸君、有り難う」

照れ隠しの咳払いをして、キャプテンは言った。

「本艦は僚艦三隻と共に、月の裏側、まあつまり、テラミスの前の王様の家に向かう」

「それって、総攻撃で廃墟になったはずじゃありやせんかい？」

「その廃墟に行くんだよ。軍のスキャンによると、何らかの熱反応があるらしい」

「廃墟に熱源があるわけないでやすね」

「その通りだ。だから調査が必要というわけだ。ただし、何が起こるか分からん以上、統合宇宙軍総出の大作戦となろう。我が艦隊の後詰に、今動員できる全戦力を控えさせるという」

「それはまた凄いことで……。まるで想像できやせんがね」

「間もなく僚艦が到着する。本艦も同時に出撃だ。諸君、心してかかってくれたまえ」

「アイ・サー！」

クルーは、キャプテンに敬礼すると素早く持ち場につく。先ほどのほのぼのした空気が、たちまちピンと張り詰める。

「僚艦着到しました」

「よし、サザンクロス号発進。ゲート穴より出る。ゴードン頼むぞ」

「アイ・サー、任して下せえ」

「微速前進、ゲートから出たら雁行《がんこう》隊列で目標に向かう」

「ようそろ！」

サザンクロス号はゆっくり動き出した。

◎

「ハイパー・チャージャースタンバイ三分前」

「ハイパー・チャージャースタンバイ三分前、ラジャー」

「メインエンジン点火」

「ようそろ。点火します」

サザンクロス号はぐんと速力を増す。

「メインエンジン出力最大へ」

「ようそろ、出力最大」

「前のテラミス王邸跡に、座標合わせ。次元航法用意」

「アイ・サー」

「ハイパー・チャージャー接続。シールド展開、次元レーダースタンバイ」

「ラジャー」

「アイ・アイ・サー」

サザンクロス号は、一気に時空を飛び越える。時を同じくして、僚艦三隻も次元航法に入った。

ちゃっかり地球人はこの技術をものにしたのだ。

◎

目的地であるルーキン旧居上空に達したのは、わずか一〇秒後のことである。僚艦三隻もほぼ同時に追随した。

「見渡す限り、廃墟のままだが……」

「熱センサーも感なしです」

「センサーの作動範囲をもう少し広げてみたらどうだろう」

「やってみます。まずは、二〇％アップします」

「うーむ、センサーに感なしです」

「キャプテン、次元レーダーに感あり。何者かがこの辺りの亜空間に潜んでいます」

「それだ。こちらも座標合わせ、その誰かさんと同調させろ」

「アイ・アイ・サー」

「万が一のこともある、レール・カノン発射準備」

「アイ・サー」

「ハイパー・チャージャーに接続、座標軸固定、亜空間に突入する。いきなり攻撃されるかもしれん、シールド出力を最大にせよ」

「アイ・サー」

　サザンクロス号は、亜空間に突入した。これは、ハイパー・ドライブ発動で、作り出された時空の狭間である。近道をしてすり抜ける、路地裏と考えれば分かり易かろう。そこに潜む相手は、何者か分からない。ただ者ではないことだけが確かなことである。

◎

「前方に巨大な質量反応！　ざっと全長五〇㎞はありやすぜ」

「次元レーダーも同反応、巨大な船……というか、機動要塞のようなものでしょうか」

「その誰かさんから発光信号、モールス信号です」

「読み上げてくれ」

「アイ・サー、『我々のところへやって来られるとは、諸君を文明人と認めざるを得ないようだ。これから三日後、諸君の長が認めた場所にて、交渉することを要求する。然るべき代表権を持った人物との会談であれば尚よい。要件は、諸君が月と呼んでいるこの衛星の使用権について、である。我々は、惑星アマルーナから来た。見ての通り、我々には強大な船がある。間もなく後続部隊が来る予定だ。諸君が交渉を拒めば、この船がものを言うことに、なるだろう。よく考えて返答されよ』てか、まるで脅しですぜ」

「前のテラミス王が言ってたことと、ほぼ一致するな。厄介なことだ」

キャプテン・ケンは、ため息をついた。

「ただ、このままおめおめと引き下がるわけにもいくまい。サザーランド補佐官をお呼びしてくれ」

「アイ・サー」

間もなく統合政府大統領補佐官その人が姿を現す。

「アマルーナと称する未確認船から我が政府の全権代表との会談申し込みがありました。当方が会談を拒否すれば、武力の行使も辞さないと言っています。問題は会談云々ではなく、地球圏を力ずくで奪いに来たのか否か、向こうの政権の正式な代表であるか否かです。あくまでも意思疎通はモールス発光信号でしかできていません」

「正式な使者なら、国書なり、何なりそれらしき証を示すはずだ。今のところそれはないのかね？」

「ありませんな」

「それなら、この案件は出先の君たちに全て任せよう。向こうからコンタクトしてきた以上、いきなり戦はないだろうが、油断はできんよ。心してかかってくれたまえ」

「アイ・アイ・サー！　ジェフ、返信だ。『貴方の趣旨は理解した。ただし、貴方がアマルーナ政権の代表であるのか否か、当方は確認のしようがない。貴方が代表権を持つ正規の使者である証、もしくは、国書を示されたし。さすれば、すぐにでも会談に応じる用意がある』とな」

「アイ・サー。……誰かさんから応答、『今般は、正論で来られたら当方の負けである。ただ、いきなり戦をするために来たわけではない。我々の目的は、まずは交渉である。取りあえず諸君らのいう国書を持参して出直すとしよう。今から一年後、国書を持って必ず来よう。それまでに、この衛星の半分の租借《そしゃく》について、国論をまとめて、おきたまえ』と言ってます」

「承知したと伝えたまえ」

「アイ・サー」

　返信とほぼ同時に、巨大な未確認船は次元航行に移った。意外とあっさり引き下がってくれたものだ。その代わり、一年後と期限を切って月の裏側（地球側から見て）をそっくり租借させろというとんでもない宿題を置いて行ったのだ。地球側の対応は統合政府にボールが投げられることになった。

「本当ニ何モナカッタノカ?」

　ルーキンが言った。
◎
「アマルーナノ連中ガ、一発モ撃タナイデ帰ルナンテ、アリ得ナイ。少ナクトモ我々テラミストハ、話シ合イノ余地ハナカッタ。打チ負カサレテ逃ゲルノハ、イツモ奴ラダッタガナ」

　ルーキンが続けて言う。

「ソモソモ、テラミスガパンデミックニナッタタメ、パワーバランスガ崩レタノガ、アマルーナガ出シャバッテキタ原因ダ。当然、アマルーナガ来タトイウコトハ、他ノモット厄介ナ奴ラガ来ル可能性ダッテアル」

　サムソンが問う。

「厄介なのがまだいるのかい?　テラミスだってそこそこ厄介だったがねえ」

「マタ茶化ス、サムソン……!」

「いやあ、悪かったな。つい言いたくなるのさ、王様。大体、テラミスとアマルーナの関係が僕らに分かるわけはないのだ。何もかも初めて尽くしでね、で、なぜテラミスはアマルーナとやらと仲が悪いんだい?　そこから説明してもらわないと、まるで、面食らうばかりだよ」

「ズバリ容姿ダヨ。互イニ気ニ入ラナイ外見ニ尽キル」

「それだけかい?」

「ソレダケダ」

「そりゃあ儂らも気に入らねえ奴はいるさ。肌の色がどうだこうだでトラブル続きだった時代もある。マジで殺し合いさえしているさ。でもな、この船のクルーを見たら分かるだろう。皆出身地はバラバラ、肌の色もまちまちだ。それでもお互い信頼し、命を預けている。見てくれの違いは克服できるはずじゃあないのかい？　どうにも惑星国家同士でのイザコザは考えられねえや」

「何モ違ワナイ。少シダケ規模ガ大キクナッタダケ、ナノダヨ」

「そんなもんなのかしらん？」

「アマルーナハ、君タチノ世界デハ『トカゲ』ト呼ンデイル生物ニヨク似テイル。直立歩行デキル点ダケ異ナルガナ。ダカラ、胎生デナク卵生ダ。我々ハ、ソノ『トカゲ』ガ大嫌イナノダ。我々ノ大切ナ家畜ヲ食ラウカラナ。我々ノ家畜、ソウダナ、君タチノ世界デハ豚ガ一番近イダロウ。ヨリニヨッテ、アマルーナノ奴ラハ、ソレヲ盗ミ、食ラウノダ。大好物トキテイルカラ始末ガ悪イ」

「もしかして、イザコザの原因って……？」

「ソウダ、生キル手段ガ違ウコトカラ来ル、食糧絡ミノ問題ヲ含ンデイル。相互ノ生存ガ、カカッテイルト言ッテモ過言デハナイ。奴ラヲ追ッ払ウコトガ、デキナケレバ、我々ハ飢エルノダ。奴ラノ生活圏ニハ『豚』ハイナイ。トックニ食イ尽クシテイルカラナ。地球ニ奴ラガ来タノモ同ジ理由ダ」

◎

情報は直ちに統合政府にもたらされた。これが真実なら遠からず地球も、生存権を賭けてアマルーナと雌雄を決しなければならなくなろう。年限は一年。政府緊急議会が招集され、喧々《けんけん》諤々《がくがく》の議論が交わされた。容易に結論を見るような案件ではないが、すぐまとまったのは、地球艦隊の増強策である。何十㎞もあろうかという巨大なアマルーナ艦に対抗する手段があるのかという疑問に対し、小振りでもそこそこ強力な艦を数多く揃える策が多少は有効であろうと認定された。艦の建造、乗員の訓練、就役までを一年で賄うのは至難の業であるが、相手が待ってくれない。できる限りやるしかない。まだしも、今すぐ相手が攻めてこないだけましである。ただ、艦は就役したら終わりではない。大半はVRシミュレーション訓練で賄えるが、それでも、それなりの戦力にするためには実艦による艦隊訓練は必要だ。当然相応の時を要する。それを含めると、最悪、数はあっても、頼りになる戦力は現有艦隊のみということになりかねない。

政府首脳は恐怖した。できる限り仕様を揃え、量産できる合理的設計、主要装備の共通化、考え得る最新のシステムを備えた艦を量産することに決するまで、そう時を要しなかった。多少の外観デザイン上の違いを除き、性能は共通化されたいわば姉妹艦が、統合政府下の各州の造船所でほぼ同時期にキールを据えられた。できる限り早く建造し、戦力化訓練に、より多くの時間が割けるように……。宇宙艦隊クルーの募集が大々的に始まった。航宙機パイロット候補生の育成にも拍車がかかった。共通の敵を迎えて、ぎこちなさが残っていた統合政府の各機関がやっと一つになる兆しを見せた。

◎

「急に世間があわただしくなったがよ、大丈夫かねえ」

ゴードンが言った。

「にわか作りのおもちゃの艦隊がいくらあっても、ほんの気休めにすぎないのによ」

「その気休めこそお偉いさんには必要なのさ。俺らが見たアマルーナ艦はそりゃデカいが、テラミスの小型機動要塞とは比較にならねえ。お偉いさんは、そのどちらも自分で確認したわけじゃねえ。想像の果ての妄想は、どんどん膨らむものさ」

ブラッドレーが応える。

「それにしても、アマルーナの連中、ほんとに一年したら来るのかねえ」

「来ると言ったんだから来るさ。はったりだといいんだがよ。直接アマルーナ人と会ったわけじゃあないから、何とも言えんがな」

「ま、俺らとしちゃあ、キャプテンにくっついていくしかないんだがね」

「そりゃそうだ」

「おい、そのキャプテンのお出ましだ。整列、……敬礼！」

サムソンが割って入る。

「諸君、待たせた。本艦の新しい任務だ」

キャプテン・ケンが言った。

「アマルーナ絡みの昨今の騒動は諸君も知っている通りだ。世界中で建艦競争が始まっている。早いところで半年後には何隻か竣工するようだ」

「そんな突貫工事で大丈夫なんですかい？」

「最新の自動建艦システムが稼働しているところは、ほとんどＡＩで組み立ててしまう。人間の仕事は、制御装置が正常に動いているかどうかチェックすることくらいだ。で、任務だ」

キャプテンは一息置いて言った。

「資材を積み込んで、前のテラミス王旧宅跡に行き、再建工事の片棒を担ぐ。以上だ」

「何ですぃ？　そりゃあ？」

「要するに、対アマルーナ前線基地用の資材運びさ」

「上等だ。それじゃあ、元の運び屋に戻ったようなもんで」

「……もんじゃなく、運び屋そのものさ。で、艦載機隊はしばらく訓練のため艦を降りることになった。整備班や補修パーツ一切も抜ける。空いた格納庫に資材を満載する。燃料節約のため、ハイパー・ドライブも封印だ。非常時ではないからな。あ、忘れていた、テラミス前王とレーバロイドたち、サザーランド補佐官も本艦の今次任務中はムーンタウン基地詰めとなった」

「アイ・サー。これよりサザンクロス号クルーは、運び屋の新任務に邁進しやす」

「分かった、ゴードン、不服だろうが頑張ってくれ」

「キャプテン、心配ご無用、こいつ嬉しいんですよ。戦の心配しないで久しぶりにゆっくりと航海できますからね」

「えへへ、副長には何もかもお見通し……たまらんねえ」

クルーに笑いが戻った。

◎

「サザンクロス号発進、微速前進」

「微速前進、アイ・サー」

「第二ゲート穴通過後、半速にアップ」

「アイ・サー」

サザンクロス号はゆっくりゲート穴を抜けると、少し加速して前テラミス王旧宅跡に向かった。ゲートは修理がまだなので、同号が緊急発進した時に開けた穴がそのまま残っている。それを横目に見つつ、同号は、更に加速、月の周回軌道に一気に乗るや、制動をかけて降下態勢に入った。もう眼下に目的地が望める。

「目標到達まであと二分、各員ベルト着用、着地に備えよ。着地脚出せ。姿勢制御、逆噴射八秒……!」

既に建設準備のため先行した工兵隊が、展開中。サザンクロス号を所定の位置に誘導する。間もなく同号は無事着地した。フットボール状の白銀色の船体を屹立《きつりつ》させて、エンジン停止。着地完了である。ほぼ同時に、船体中央の荷下ろしハッチが開く。するするとレールが伸びて、受け入れ側のキャリアーの荷台に届く。丁寧に梱包された資材が手際よく下りてくる。荷下ろし終了まで二〇分を要した。受け入れ側の工兵大佐が、荷物を確認し、受領証をサムソン副長兼機関長に手渡す。これで任務完了である。これまで危険な任務が続いたサザンクロス号クルーにとっては、妙にほっとするひとときであった。

◎

サザンクロス号の運び屋任務中、ムーンタウン基地に移されたサザーランド補佐官は、通された一室で前テラミス連合王ルーキンと初めて話す機会を得た。彼は勿論、テラミスの翻訳機は持っていない。ただ職責上、サザンクロス号副長サムソンが、解析用として一台基地に提供した情報を得ていた。基地司令官と掛け合ってそれを借用したというわけだ。解析専門チームが束になってかかっても目的を果たせなかったことも……。ただ、操作方法をきっちりものにしていたことは言うまでもない。彼は言った。

「テラミスは、どうやって今までアマルーナを撃退していたのかね？　戦になってしまえば双方無事というわけにはいかないだろうに」

「地球ノオ偉イサンノ聞クコトハ、誰モ同ジダ。軍人タチニ既ニ〇回クライ聞カレタ。イイ加減ウンザリダ」

「少なくとも私は初めてのはずだ。これでも一応ここの軍人たちより地位は上だが」

「仕方ガナイ。一一回目ノオ答エダ。アマルーナハ地球ノトカゲニ似テイルトイウ情報ハ……？」

「無論キャプテン・ケンから聞いている」

「奴ラハ、体温ヲ自分デコントロールデキナイ。ダカラ、常温ヲ保ツタメニ、保護服ハ欠カセナイ。

コノ保護服ノ機能ヲ駄目ニスレバヨイノダ」

「具体的に言うと？」

「熱線カ、冷線カデ、熱スルカ冷ヤスカスルトヨイ。奴ラハ逃ゲダスシカ、方法ガナクナルダロウ。ダガ、地球ニハナインダッタナ」

「アマルーナの保護服の機能を無効にするには、どれほどの性能が必要なのかな？　巨大な船に乗っているんだが……」

「朕ノ要望ヲ満タシテクレルナラ、製造ニ協力シテモヨイゾ」

「要望を聞こう」

「朕ハ地球圏ガ気ニ入ッテイル。事ガ収マレバ、引キ続キ住ミタイト思ウノダ。ドウセ引退シタ身デアル。静カニ過ゴセレバ、ソレデヨイ」

「必ず政府に伝えよう。実現に向けて前向きに取り計らうことは約束する。ただそうなる前に、一悶着あるだろう」

「イヤ、『二悶着』ニナルダロウ」

「アマルーナの他に、まだ悶着のもとがあるのか？」

「アル。ソモソモ、我ガテラミスガ、パンデミックニナッタノガ全テノ原因ダ。ソレニ朕モ責任ヲ感ジテイル。アマルーナト競イ合ッテイル、ゾクド人、コレガマタ厄介ダ。イツ来テモオカシクナイ。コヤツラハ、精神生命体デ、別ノ生命体ニ憑依シテ支配スル特徴ガアル。通常ハ、ロンバ、トイウ家畜ニ憑依シテ生活シテイル。ロンバガ地球人ソックリダカラ、地球ニイル限リ見分ケガ付カナイダロウ」

「ロンバと地球人の決定的な違いはあるのか、少なくとも外見上の違いはないのか？」

「ロンバニハ、第二ノ口ガアル」

「第二の口？」

「後頭部ニナ。コヤツラ、以前カラ、タビタビ地球圏ニ来テ悪サヲシテイル。一部ガ妖怪伝説トシテ残ッテイヨウ。ソレガ、ロンバノセイデアルコトハ、アマリ知ラレテイナイ。マ、当然ノコトダガナ。外見デハナイガ、ロンバハ、精神的耐久性ガ非常ニ強イ。ダカラ、ゾクド人ニ支配サレテモ平気ダ。地球人ハ、ソウモイクマイ。意思ニ反シタコトバカリ強イラレタラ、精神崩壊ノ果テニ死ニ至ルダロウ」

「で、第二の口はどんな機能があるのかね？」

「ゾクド人ガ言ウコトヲ、ヨク聞イタ褒美ニ餌ヲ与エル時、ロンバニ乗ッタママ、後頭部ノ口ニ入レテヤルノサ。ソノ回数ガ多イホド、ロンバニトッテ喜ビトナルノダ。ロンバハ、ゾクド人ノ体ソノモノナノダ。タダ、アマルーナト比較シテ、圧倒的ニ軍事力ガ優レテイルワケデハナイ。問題ハ、数ダ。地球ノ軍隊アリナ、アレトソックリダ。ナマジナ防衛線デハ、押シ切ラレル」

　補佐官は、ここまで聞いて、空恐ろしいものを感じた。

◎

運び屋の任務を久しぶりに果たして、サザンクロス号が帰投したのはそれから間もなくのことである。しかし、今回の任務はただ一回の運びで終わり……では勿論ない。動員できる船が限られているので、所定の資材を全て運び終えるまで、何往復も必要なのだ。一息つくまでもなく、同号は、新たな資材を積み終えるや、出発した。その間、同号と艦隊を組んだ仮装巡洋艦三隻もピストン輸送に駆り出されていた。戦のように、敵弾は飛んでこないものの、これはこれで結構ハードな仕事である。連続五回の任務を終えると、別チームと交替する。その間小休止というわけだ。

「五回目終了っと。ちっと休めるぜ」

「どんな基地ができるのか分からんが、俺らが運んだ分で全体の五％だってよ」

「余程でかいのを作るんだろうな。配備が間に合うんだろうか？」

「さあなあ、何でもソーラー発電所とエネルギー増幅装置、これ、ハイパー・チャージャーの応用らしいが、そいつも同時に作るんだとよ。これ作ってみて所期のエネルギーが得られれば、ムーンタウン基地の防御も安心ってね」

「あのテラミスの王様の入れ知恵かい？　それ」

「さあなあ、まあそんなとこじゃないかな」

「おい……！　キャプテンだ」

「気を付け……！　敬礼、休め！」

「諸君、ご苦労だが、今日はもう一セット、まあ、五往復ということだが、仕事だ。一頑張り頼むぞ。

もう荷物は積み終えた。発進だ」

「アイ・サー」

「よっしゃ、サザンクロス号発進」

サザンクロス号はゆっくりとゲートを離れていく。

◎

「で、ゾクド人には、弱みがあるのかね」

サザーランド補佐官が言った。

「今聞いた情報だと、地球にはまるで勝ち目がないように思えてしまうが……。軍隊アリのように怒涛の進軍をされては、我が宇宙艦隊では止められないようにも思えてしまう」

「地球軍ノ武器ハ、有効ダ」

ルーキンが言った。

「我ガ住処ヲ攻撃シタ、アノ艦隊ガアレバ、十分対抗可能ダ。タダ、作戦ガマズイト、ザット半分ハ、ヤラレルダロウ。ゾクド人ハ突進型ダ。最初ノ一撃デ出鼻ヲクジケレバ、スピードガ鈍ル。ソコヲ分断シ、各個撃破スレバヨイ。奴ラノ武器ハ、射程ガ短ク、命中率モ良クナイ。間合イヲ保チツツ、ドレダケ先鋒ヲ潰セルカニ、カカッテイル。我ガテラミスハ、コノ手デ、奴ラヲ追ッ払ッテキタノダ。イツモ同ジ手デヤラレルゾクドノ奴ラ、進歩ガナイトイエバ、ソレマデダガナ。ソロソロオ開キニシヨウ。少シ疲レタ」

ルーキンは、背伸びをすると、大きく欠伸をした。

◎

ムーンタウン基地は、ルーキン前連合王の貴重な情報によって防衛力強化がなされていた。新たな艦船の建造、クルーの徴募と訓練、航宙機パイロットの育成、機動歩兵の鍛錬……。アマルーナの再訪までの残された期間にやれることはやらねばならない。月の裏側の前衛基地整備も着々と進んでいた。既に外郭は出来上がっている。対アマルーナの切り札となる装備の組み立てがルーキンお抱えのレーバロイドたちによって行われていた。ルーキンは、今地球で入手できる素材リストから、地球に技術供与、製造協力する武器を決めた。それが、フリーザーカノンだった。一方統合政府は、議論の末、ルーキンのささやかな要望を呑んだ。その見返りに、アマルーナ撃退の切り札を手に入れたというわけだ。

それに対して、ゾクド軍団を退けるには、相当な叩き合いが必要なようだった。地球人には未知の生命体だけに、相手がどれくらいの規模で、いつ来るのか皆目見当がつかない。しかし、備えないわけにはいかなくなった。彼らはイナゴのように星から星へ転戦し、食糧を略奪し、街を破壊し、動くものは皆殺しにし、一つの星の営みを何もかも破壊し尽くしてしまう。全てが荒野と化した時点で、一切を放棄して次に移動する。「宇宙の破壊者」とでもいうべき存在だと言われている。それだけに、他の星系からは蛇蝎《だかつ》のように嫌われ、共同して排除される対象になっていた。過去何回かの会戦で、複数の星系の連合軍によって、壊滅寸前に追い詰められたというが、その都度何事もなかったように甦ったという。固《もと》より地球人はそんな宇宙の彼方の出来事など、知る由もない。断片的な情報に怯えつつ、必死に防衛準備をするしかないのだ。

◎

異星人勢力が複数、地球人の勢力圏を脅かす可能性が高まってきた今、地球から距離のある火星は、その防衛作戦上ネックになってきた。衛星ダイモスの火星開発局は勿論、本星のベースキャンプにも、それなりの防衛システムが備えられてはいたが、未だ開発は緒についたばかり。とても、仮想敵の進軍は止められそうにない。いざとなったら、焼け石に水の例え通りになるだろう。

統合宇宙軍総参謀本部は、連絡員数名を地下シェルターに残し、その他は総引き揚げする旨を政府に進言した。で、残る連絡員は、まさに決死隊そのものなのだ。侵攻を受ければ真っ先に血祭りにあげられる。具体的な敵情と引き換えに……。政府首脳は、大いに悩んだ末、その提案を許諾、直ちに火星開発局一切の引き揚げを命じた。連絡員は五名、全員志願者であった。地球軍にとって最悪のシナリオは、アマルーナがやって来るのと同時にゾクド軍団の侵攻があった場合である。とても二者同時に相手をするのは現実的でない。逆に、最良のそれは、アマルーナとゾクドが鉢合わせになり、突然両者が争う展開になることである。今後何が待っているのか、それは神のみぞ知るである。生存権を巡って、地球人は初めて異星人と争う状況に追いやられつつあった。

◎

「何かえらいことになってきたなあ」

ゴードンが言った。

「戦が始まる前夜のようなムードだぜ。荷物運びの任務が終わったと思ったら、今度は戦かよ」

「得体の知れねえ連中が、アマルーナの他に、もう一ついるんだとよ」

と、ブラッドレー。

「むしろ、そいつの方が厄介なんだと」

「一年の刻限がそろそろ迫ってきているからなあ」

「おもちゃの艦隊はできてんのかねえ？」

「各艦種が一個艦隊分竣工したそうだ」

「あ、キャプテン……！」

「そのまま、皆聞いてくれ。アマルーナの件はまず、直接関わったからいいとして、もう一つの地球外勢力のことだが……」

「ゾクド人のことで？」

「そうだ、そのゾクド人だ。基地の大型索敵レーダーに多数の所属不明機が検知されたようだ。ざっと一万以上の個数が確認されている。ほぼ同時に、火星の連絡員から通信が入った。我々が苦労しながら運んだ資材で作ったベースキャンプ、これがあっという間に破壊されたようだ。連絡員はシェルターにいたから今のところ無事だ。これより、我がサザンクロス号は彼らの救出に向かう。勿論ハイパー・ドライブでな」

「正体不明機はどの辺りにいるんですぃ？」

「火星を通過して、地球を目指しているようだ。ただ、スピードは、我が艦の通常航行時とさほど変わりはない。統合宇宙軍、全艦隊で迎撃することになる。無論、出来立ての艦隊は今回は予備兵力に留められる。で、我が艦は、連絡員救出後、ムーンタウン基地上空を僚艦と共に守る。以上だ。質問は？」

「キャプテン、前の王様や、補佐官は留守番ですかい？」

「間違いなく、今回は戦闘になりそうだからな。デ・ロイ大尉以下の戦闘機隊も乗艦が間に合いそうにない。よって、今回は、このままの状態で出撃だ」

「アイ・サー！」

「微速前進、第二ゲートオープン」

「ゲート開きます」

「通過、確認」

「半速へアップ」

「アイ・サー」

サザンクロス号は、徐々にスピードを増す。

「これより、即座に次元航行に移行する。ハイパー・チャージャースタンバイ！　メインエンジン出力最大へ。目標座標合わせ。火星本星ベースキャンプ上空だ」

「ようそろ！」

「メインエンジンフルパワーに達しやした、チャージャーに接続一〇秒前。シールド展開、確認」

「次元レーダー、異状なし」

「よし、接続！」

サザンクロス号は、一気に時空を飛び越える。

◎

眼下に、破壊されたベースキャンプが認められる。周囲は荒涼たる火星の光景が広がっている。正体不明機は、ピンポイント攻撃で、地球人の施設のみを破壊した模様だ。周囲には弾痕が認められないからだ。サザンクロス号からランチを降ろし、シェルターに籠る連絡員を救出する。彼らは勿論軍人ではない。作業員が三名、技術者二名の構成だった。キャプテン・ケンは、彼らの胆力に賞賛の念を覚えた。

「まさか助け舟が来るとは夢にも思わなかったよ」

技術者の一人、デュランが言った。

「いきなり、雲霞《うんか》のようにやって来て、一瞬でぼこぼこにされたんだ。自動防御システムが作動したのは確認したが、奴らの方が圧倒的な数で、どれほど効果があったのか分からない。シェルターの存在が知られなかったのか、地下には関心がないのか分からないが、とにかく我々は、見逃してくれたようだ」

彼は一息に喋ると、疲れたと言って、休憩室で横になった。

他の四人もぐったりしている。キャプテン・ケンは、保安部員に指示をして、同様に休ませた。民間人が初めて異星人の攻撃にさらされたら、こうなるのも仕方がない。それにしても尋常ならざるはゾクド軍団だ。地球軍宇宙艦隊がどれほどの力を発揮し得るのか……。全てはそこにかかっている。

◎

ゾクド軍団は、ほとんどが中型の戦闘艦。大型の戦闘母艦も認められるが、少数だ。この構成で、どうやって気の遠くなる距離を渡ってきたのか不明である。所謂鋒矢《ほうし》状になって進んでいるが、速度は地球側で言う第一戦速程度。ただ、数は一万三〇〇〇を下らない多さである。これに対して、地球軍は、全五艦隊総数でも、その一割強。全航宙戦闘機を加えてようやく数が拮抗するにすぎない。テラミス前連合王ルーキンの言う通り、距離を置いて、できるだけ敵を叩くのが得策だろう。戦端はゾクド側の砲撃によって開かれた。牽制の砲撃である。これを機に、地球側はレールカノンの一斉射撃、次いで第一、第三艦隊が変針、次元移動して、ゾクド艦隊の両側面を衝く。連射はできないが、レールカノンの威力は十分で、鋒先の敵艦を粉砕した。側面に食らいついた艦隊は少しずつ攻撃角度をずらし、敵を引き裂いていく。ゾクド艦隊がたまらず側面に対応しようとした時、再びレールカノンの斉射が来た。これで、ゾクド軍団は、先鋒、次鋒を相次いで失った。ここで、側面攻撃の用を終えた、第一、第三艦隊は再び変針、次元移動して、二艦隊が一丸となり、敵の頭を抑えにかかる。レーザー砲の連射、宇宙魚雷を一斉に放ち、更に戦果を拡大する。相手が変針すると、そこへ地球軍正面の本隊からのレールカノンの斉射。戦況は一見有利に見えた。

◎

「キャプテン、始まったようです。通信が混濁してますが、切羽詰まった様子が感じ取れます」

「ジェフ、艦隊司令部からこちらに指示はないか」

「今のところありません」

「あ、待ってください、デ・ロイ大尉から通信が入っています」

「読み上げてくれ」

「『置いてけ堀は、つれない。僚機、整備班と資材を積んだ貨物用ランチ、合わせて八機、着艦許可を求む』以上」

「許可すると伝えてくれ」

「アイ・サー」

「保安部にも連絡、着艦受け入れ態勢を整えるように」

「アイ・サー」

「武藤、レーダーに敵影は確認できるか？」

「今のところ、本艦の守備範囲内は異状なしです。あ、本艦に接近する八機を確認。艦載機隊が帰ってきたようです」

「戦闘機隊は通常着艦、ランチ三機は中央貨物用ハッチから収容しろ」

「キャプテン、貨物用ランチは規格外です。荷下ろしさせて、帰投させた方がよくありやせんかい」

「それもそうだな。サムソン、そっちの指揮は任せた」

「アイ・サー」

「僚艦が三隻、着到しました。戦闘配置完了」

「敵の数が圧倒的だ。主力艦隊、持ちこたえてくれればいいが……」

キャプテン・ケンは、ちらっと次元レーダーブースに視線を送った。宇津井少尉と目が合った。どちらともなく、かすかに頷き合う。彼女の父君が今、未知の敵とあいまみえているのだ。

◎

ゾクド艦隊は、地球第一、第三艦隊に頭を抑えられ、順に命中弾を食らい続けていた。第七、第二、第四の本隊は、間合いよろしく効果的にレールカノンの猛射を浴びせていた。しかし、いかんせん相手の数が半端ではない。次第に撃ち負けるようになってきた。急遽、接近戦を止め、第一、第三艦隊は次元移動で後方に下がる。本隊の効果的な援護射撃で、ゾクド艦隊は中央を分断される。この機に、地球軍は艦載機隊を発進させた。レールカノンの発射で、エネルギー消耗が激しい本隊は、補給の要があったのだ。その時間稼ぎのためである。本隊の代わりに、エネルギー残量に余裕のある第一、第三艦隊が、レールカノンで援護射撃をした。すさまじい数の質量弾、エネルギー弾が飛び交う。ゾクド艦は、どうも質量弾の命中時、ダメージが大きそうである。エネルギー弾の場合、対応ができているようで、前者と比べて効果が薄いようだった。

一方、ゾクド艦から放たれたエネルギー弾は、命中率こそ高くはないが、当たればフリゲート艦・駆逐艦クラスなら一発で轟沈する威力があった。これまで、地球側は第一、第三艦隊のフリゲート艦一三、駆逐艦八、軽巡洋艦三、重巡洋艦一、合計二五隻を失った。小型艦艇に損害が集中しているのは、接近戦により、ゾクド軍団の艦砲の射程内で戦ったためである。地球軍が、地球外勢力と交戦して被った初めての損害だった。敵艦隊への側面・肉薄攻撃は、効果はあるものの、リスクが高い結果となった。

激しい消耗戦になれば、数に劣る地球側が不利なのは言うまでもない。手早く補給を終えた本隊は、間合いを取っての遠距離砲戦に徹した。レールカノンであれば、それが可能である。今のところ、ゾクド艦隊に対して有効な手段であった。しかも、航宙戦闘機のような小型で身軽な武装はないようだった。ゾクド艦隊は、地球軍航宙機の、素早く各隊連携した動きに翻弄され、隊列の一部に乱れが生じ始めた。そこを本隊のレールカノンが衝く。ゾクド艦の数隻が命中弾を食らってデブリと化した。するりと身を翻した航宙戦闘機隊は、数派にわたって宇宙魚雷を見舞った。これも密集隊形のゾクド艦を捉えた。動力部を破壊され、力なく漂い始める。これが、他の艦の障壁となり、衝突を招く。ゾクド側も損害が相当数出ていることは間違いない。それでも戦闘はまだ続いている。

◎

「ムーンタウン基地から入電、『基地艦隊と合流し、戦域左側面に展開せよ』……返信はどうします?」

「命令の発信源は何処《いずこ》なりや、とでもしておけ」

「アイ・サー」

「……また、入電。『統合宇宙軍艦隊司令長官からの命令なり』と言ってます。我が軍の戦力は敵方の一割ちょいなのだそうです。全ての戦力を投入しても厳しいのだそうです。出来立ての艦隊も動員命令が出たようです」

「文字通りの総力戦だな。ここを破られると、地球まで一直線か。どうしても踏ん張らねばならない土俵際というところだ」

「オゥ、スモウレスリング……！　いや、えへん、僚艦に連絡し、指定の空域に向かいやす」

「頼む。……サザンクロス号は、これより戦域左側面に向かって次元移動する。五秒後には戦場だ、各員心してかかれ！」

「アイ・アイ・サー」

一同気合がみなぎる。サザンクロス号は、僚艦、ミシシッピ号、横浜丸、ゼーアドラー号と同調し、次元移動した。

数瞬後、ムーンタウン基地艦隊と合流。

戦列艦一〇、重巡一三、軽巡二四、駆逐艦四〇、フリゲート艦五五、ミサイル艇六〇、突撃艇一〇〇、航宙戦闘機六〇〇、航宙攻撃機三五〇、航宙雷撃機四〇〇、補給艦四〇、工作艦一三、強襲揚陸艦一六〇、機動装甲歩兵五個師団、予備兵力として、機動装甲歩兵三〇〇、サポート部隊二個師団、航宙戦闘機一二〇……基地艦隊の総力をこぞっての出撃である。これでも、地球艦隊全体としては、わずかに総数の底上げをしたにすぎないのだ。

◎

新手として、出来立ての艦隊、即ち地球第五艦隊が戦場に姿を現す。ムーンタウン基地艦隊とほぼ同じタイミングであった。流石に新造艦だけあって、レールカノンの搭載数、ハイパー・チャージャーのエネルギー増幅性能、いずれもが大幅に増強されていた。加えて、自動化された部分が多く、未熟なクルーでも、何とか扱えるように、最初から設計されていた。より長い射程を活かして早速撃ち方を始めた。ゾクド艦隊からすれば、前方左翼からの新手となる。ムーンタウン基地艦隊は、ゾクド艦隊の右翼から現れた。古参艦が多いので有効射程が幾分か短いため、距離は最もゾクド軍団に近いが、彼らの砲は射程外であった。

「レールカノン発射用意完了」

「発射!」

サザンクロス号も他艦に負けじと、奮闘し始めた。ただ、一発発射すると次発まで、三分五〇秒もかかる。レールカノンが一門しかないのと、ハイパー・チャージャーの増幅性能が艦種に合わせたものであることから、遠距離砲戦は苦手なのである。第一、第三艦隊が接近戦を試みて、損害を出したことから、司令部は素早く戦法を切り替えた。苦手でもやるしかない。質量弾を使用する砲は、サブ・ガンナー、ハンスの担当である。ブラッドレーが手持ち無沙汰なのを尻目に彼は張り切っている。

「悠長な砲撃戦だぜ、全くよ」

ブラッドレーがぼやいた。

◎

「ゾクド艦隊右二五度変針、我が方の包囲を逃れようとしているようです」

「艦隊司令部より命令！　全艦隊左二五度回頭、宇宙魚雷発射！　レールカノン撃ち方……！　始め！」


数に勝るゾクド艦隊が、全て変針し切らないうちに、素早く回頭し、地球艦隊は所謂、砲雷撃戦を仕掛けた。敵艦隊の中央から後《あと》の艦は、地球艦隊に横腹をさらす格好になった。航宙戦闘機に加え、更にムーンタウン基地所属の航宙攻撃機、同雷撃機が、四方八方から襲いかかる。それに対し、ゾクド側は、航宙機はともかく、地球艦隊に対しては、砲の射程外で全く撃てない。一方的な地球軍の攻撃にさらされ、空しく漂う艦が続出する。対航宙機戦で、数機撃破したに留まった。ゾクド艦隊の動きがやや鈍さを増した感があった。

◎

ムーンタウン基地、戦時宇宙艦隊総司令部では、戦況を詳しく分析していた。これまでのところ、ゾクド艦隊は動きが鈍く、速度は注目に値しない。主たる砲は威力は大きいが、射程が短い。命中率は、九〇〇〇m辺りの砲撃戦に限り、事前情報よりも高い。防御力に関しては、地球側のそれを上回る。エネルギー弾よりも、質量弾の方が効果的である。問題なのは、その数である。半数潰しても、まだ地球軍宇宙艦隊総数より多いのだ。実質地球軍の戦果は敵の三分の一程度であり、どこまでやれたら、ゾクド艦隊が撤退してくれるか分からない。既に出張った艦全てが最低三回はエネルギー補給を受けている。質量弾の補給は四回にも及ぶ。

彼らに航宙機がないのが幸いしている。補給中に襲われたらひとたまりもないからだ。まだホームグランドで戦っているからいいものの、エネルギー消費の多いレールカノンは、改良の手を緩めるわけにはいかないだろう。最前線で戦う部隊が健在なうちに、有効な手立てはないものか。……で、結論を見たのが、テラミス前連合王ルーキンの協力で、アマルーナ対策として設置したフリーザーカノンである。射程が長いのが特徴である。月の裏側の前衛基地から、ゾクド艦隊の現位置までなら十分届く。設置門数は五門にすぎないが、威力次第では、相手を怯ませるに足るであろう。

早速、フリーザーカノン発射準備が下命された。

◎

「例の王様のフリーザーカノンが来るそうだ」

サザンクロス号通信士ジェフが言った。

「大砲が来るのか？　んなはずないわな」

サブ・パイロット、リード・ロメロが混ぜ返す。

「お主、真顔で言うなよ、つまらん冗談を……！」

「とにかく暇なんだよ。ただ、大砲撃ってるだけ。高機動運動も、レーザー砲連射もなし。これ、戦闘なの？」

「相手が相手だからな。できる限り有利なポジションで一方的にやるに限るだろ」

「来た……！」

モニター画面を、斜めにエネルギー弾道が走る。それはゾクド艦隊の後方数十隻を捕捉した。たちまち凍り付いた各艦は、塵のように宇宙空間を漂い、互いにぶつかって四散した。続いて第二弾、第三弾が来た。回避しようとした数艦が激しくぶつかる。容赦なくそこへフリーザーカノンのエネルギー弾道が……。それらは全て宇宙塵と化す。

「恐ろし……！　すげえ威力だぜ」

「敵艦隊、コースターン！　遁走を図っているぞ！　レールカノン発射だ。敵との距離はこのまま」

「アイ・サー」

サザンクロス号は僚艦と競うように全力射撃を続行した。

◎

「マア、初メテニシテハ、上出来ダナ」

テラミス前連合王ルーキンが言った。

「欲ヲ出シテ、接近戦ニ出ナケレバ、パーフェクトダッタガナ」

「このままゾクド軍団がすんなり引き下がってくれるのだろうか」

「補佐官殿、ソウ簡単ニ、イカナイノダ。ゾクドハ、何回デモ来ルサ。基本的ニ懲リナイ連中ナノダ。

何カ、モット魅力的ナ目標ガデキタラ話ハ別ダガナ。前線ノ部隊ニ忠告シテヤッタ方ガヨイゾ。油断ハ禁物ダト」

「有り難く受け取らせてもらおう。何しろ、王様、あんたを含めてこの短期間にあり得ないことが起こりすぎた。私の頭じゃ整理しきれんくらいだ。ゾクドとやらは、いきなり攻撃してくるし、アマルーナときたら、巨大戦艦で脅しだ。地球人は、異星人にすら慣れていないというのにな。全く訳が分からんよ」

「ソウ、ボヤクモノデハナイ。朕ハ、コウシテココニイル。幻ナンカデハナイ。現実ヲ素直ニ見レバ、冷静ニナレル。方策ハ、ソレカラ考エルトヨイ」

「有り難う。王様、あんたにフリーザーカノンを提供してもらって、少しは地球の力になれたかと思うよ」

「朕ガ、地球圏ニ住メルヨウニシテクレタオ礼サ。オ安イ御用ダ。オ主ラノ一番大キイ船ニ搭載スレバ、モウ少シ使イ易カロウ。小型化ガ必要ダガナ。オ主ラノ技術力ナラ容易ナコトダロウ」

サザーランド補佐官は、この小柄なテラミス人がとんでもなく大きな包容力の持ち主であることに感動していた。しかし、同時に鉄のような意志が潜在していることにも気づいていた。惑星国家のトップだったのもむべなるかな……である。彼は、密かに前のテラミス連合王に尊敬の念を抱いた。

◎

ゾクド艦隊は、月の裏側から攻撃されたことに少なからず脅威を覚えたようだった。しばらく射程外に去って再び反転し、様子をうかがっているようだ。

地球艦隊は防御態勢のまま補給を受けている。補給艦が忙しく各艦の周りを駆け巡る。ムーンタウン基地からも補給艦、貨物専用ランチが出動し、員数不足を補っている。艦隊司令部は、サザーランド補佐官からの忠告を受けていた。撃破された宇宙艦のクルーは、原則敵味方の別なく全員救助することになっていた。しかし、ゾクドだけはそれは禁物であると。彼らは、精神生命体である。生物であれば、何でも憑依することができる。うっかり助けたりすれば、たちまち人間に憑依し、コントロール下に置いてしまう。放置しておけば、時間と共に衰弱して消え去る。ゾクド人の特性を理解して対処すべしと。この情報源が、テラミス前連合王であることも……。

よって、撃破された第一、三艦隊の補助艦艇を回収、生死を問わず全員を救出するに留めたのだ。結果、接近戦で、ゾクド艦隊の頭を直接抑えにかかった第三艦隊の損害が大きいことが判明した。その外側に位置した第一艦隊は、フリゲート艦二隻の喪失に留まった。第三艦隊は損傷艦も多く、修理、再編制のため、一旦ムーンタウン基地に引き返すことになった。その穴を、初陣でいきなり戦果を挙げた第五艦隊が埋めることになる。緒戦で戦死三二一名、戦傷五一三名を出した。地球軍は不退転の決意を新たにした。

◎

「第一ラウンド終了というところだな。奴ら、態勢を立て直したらまた来るぞ」

「まだ、奴らの方がはるかに数が多いから厄介でやんすね。キャプテン」

「この船の攻撃力では、あまり戦力にならんのが心苦しいがな。遠距離砲戦中心の戦術では、雨だれと同じようなもんだ」

「我がサザンクロス号は、軍艦籍には一応入ってやすが、あくまでも徴用貨物船改造の仮装巡洋艦です。そのうち相応しい出番が回ってきやすよ。焦らないことです」

「ゴードン、君に慰められるとは思わなかったよ。我が艦で一番喧嘩っぱやい奴にな」

「でへへ。たまには言いたくなるんでさ。いつも皆に言われっ放しなもんで」

「質量弾、エネルギー、いずれも補給完了しやした。艦載機隊、いつでも出撃可能です」

サムソン副長兼機関長がわざと大仰に割って入る。キャプテン・ケンは、コホンと咳払いし、言った。

「腹が減っては戦ができん。今のうちに、非常戦闘食を配れ」

「アイ・サー」

厨房であらかじめ用意されたサンドイッチかおにぎり、コーヒーかグリーンティーが配られた。各自好きな方を受け取っていく。見事に、希望通りに配布し終える。きちんとクルーの好みを把握しているからこその芸当である。サザンクロス号には、専任シェフが乗り組んでいるわけではない。保安部員、磯部忠伍長が調理に堪能なので、主に艦内の食事は彼の仕事のようになっていた。船に乗り組む前、彼は一流ホテルで調理人をしていた経歴がある。どういう経過で現在の仕事に就いたのか誰も知らない。船の民間時代からの最古参クルーなので、聞きたくとも聞きにくいムードなのである。とにかくさりげないメニューだが、ただ、空腹を満たすだけに留まらない隠し味があった。一口ほおばったら、たまらずガツッといく。しばし、艦内に食事の音以外何も聞こえなくなった。

◎

「ゾクド艦隊に動きあり。鋒矢《ほうし》の態勢で、接近中。二、三〇〇隻程度が一つの鋒矢になり、更に組み合わさって大きな鋒矢を形作っています」

「連中、考えたな。戦闘単位を細かく区切ってきた。より、動きが予測しづらくなるぞ」

「艦隊司令部より命令！　防御態勢Bを取れ」

地球艦隊は所謂鶴翼《かくよく》の構えを取る。各艦少しずつ位置をずらし、お互いがカバーし合うマルチ隊形である。航宙戦闘機が先陣を切って突撃する。補給を終えた基地航宙機隊も後に控える。一度干戈《かんか》を交えた相手である。双方必勝を期して組み直した戦術になるだろう。地球艦隊は、激しく動くのはもっぱら航宙機で、艦は、さながら浮かぶ砲台と化している。

間もなく、ゾクド艦隊の間合いに割り込んだ航宙戦闘機隊は、縦横に展開して相手に的を絞らせない。反撃の時間的余裕を与えないまま、宇宙魚雷を放った。各隊一斉にそれぞれの鋒矢の先を狙う。要の艦が宇宙の塵と化すや、さっと身を翻し、別働隊が入れ替わって鋒矢の中央を攻撃する。比較的密集しているゾクド艦は、これで衝突が相次ぎ、たちまち混乱、そこをレールカノンの猛射が襲う。

次は基地航宙機隊の出番である。雷撃機は、戦闘機より更に威力の高い宇宙魚雷、攻撃機は、宇宙爆雷をそれぞれ装備している。後者は、敵艦至近で爆発、敵艦の耳目を潰す機能がある。電波、レーザー波を利用する装置を無力化するのだ。彼らの攻撃で、ゾクド艦の損害が続出する。しかし、ゾクド艦隊は巧みに月の裏側の前衛基地と距離を取っている。フリーザーカノンの射程に入らないように気を付けているようだ。これさえ食らわなければ艦を一度に多数失うことはない。戦闘中、一〇や二〇失っても、損害のうちには入らない。そんなことが見え隠れする戦いぶりであった。鋒矢が一つか二つ消えてもお構いなしに、ゾクド艦隊は進んでくる。

◎

「ゾクド艦隊、三つの鋒矢に分裂。こっちの隊形に対抗して三段構えで、距離を詰めてきます」

「奴らの陣形などまやかしだ。僚艦がやられようが、脱落しようがお構いなしだ。死兵だな。結果として、目的を達成すれば良しなのだ。フリーザーカノンとの距離は？」

「まだ、射程外です」

「恐らく、これ以上接近はせんだろう。そのように見せかけて、我々に接近戦を仕掛けさせようという魂胆だな」

「ゾクド艦隊一八〇度変針。また横腹を見せています。誘ってますなあ。我が航宙機隊、新手と交替しました」

「戦闘機隊、突っ込みます」

「三つの大鋒矢の先頭艦、被弾……！　後続艦と接触、混乱しています」

「目標は最上段二番艦。今だ！　レールカノン発射！」

「アイ・サー」

サザンクロス号は、たった一門のレールカノンに全てをかけた。質量弾が砲口から飛び出す。最上段の鋒矢の二番艦に命中。比較的小型の艦である。容易く装甲を貫通して内部で爆発し、艦体後部を切断する。動力部を失い、その艦は漂流し始める。途端に後続艦が接触して、何重にも衝突が起きる。同様なことが、何回でも繰り返された。

「あいつら、バカなのか？　艦の開距離が近すぎるんだ。なぜだか知らんが、一〇〇〇ｍも離れてないぜ」

「前のテラミス王様が言ったとか。ゾクドは懲りない連中だとさ。ゾロゾロ親分の後をついていくだけなんだと。だから目視が利く距離でないと不安なんだと」

「先頭を潰せば混乱を極める原因は、案外それかもな」

「本隊の航宙機帰ってきます。今度は、我が艦隊の艦載機の出番です」

「艦載機隊、スクランブル！　発艦せよ！」

これを受けて、サザンクロス号艦載機隊が、デ・ロイ大尉機を先頭に、次々と飛び立っていく。

「サザンクロス号艦載機隊、これより、基地艦隊旗艦クレマンソーの艦載機隊に合流、指揮下に入る」

「こちらサザンクロス号了解した。健闘を祈る」

「ラジャー」

戦はまだ終息を見ない。

◎

「ゾクド艦隊、更に六つの鋒矢に分裂、それぞれの鋒矢が、放射状に展開し始めました。同時多発的に異なる目標を設定したように見えます。我が艦隊には三つの鋒矢が、月の裏面の前衛基地方面には一つ、ムーンタウン基地方面に二つ、向かう模様です。月の基地上空には、第三艦隊の無傷の艦が二手に分かれて防衛線を張っています」

「鋒矢一つで、ざっと一五〇〇から二〇〇〇隻はいるな。それだけでも、まだ、地球艦隊より多いが、我が方にとっては、一塊になって来られるよりまだ対応の仕方がある。奴ら、ちょっと焦ったかな」

「キャプテン、敵の戦闘母艦らしき大型艦が、まだ後方に控えています。ここから、新手が続々と出てきています。現時点でも、敵が失った隻数を穴埋めした上に、もっと数が多くなっています」

「結局、母艦を潰さねば、弾が切れたらこっちの負けか。よし、旗艦に連絡、敵の母艦攻撃を進言しろ」

「アイ・サー」

サザンクロス号からの進言は、旗艦クレマンソーから総司令部に中継された。総司令部は直ちに検討の上、テラミス前連合王ルーキンの意見も聞いた。彼は言う。

「ゾクド軍団ハ、地球圏ニ興味ヲ失ワナイ限リ、撤退シテクレナイダロウ。テラミスハ、熱線砲、フリーザーカノン、超磁力砲ヲ駆使シテ追ッ払ッタガ、地球ニハ、今、フリーザーカノンガ五門アルノミダ。基地据エ付ケダカラ、機動性ハナイ。母艦潰シハ、リスクハ大キイガ、効果モ期待デキル。タダシ、相手ハ巨大ダ。我ガテラミスの機動要塞ホドデハナイガ、アマルーナノ、スターバトルシップヨリ、少シ小サイ程度ノ大キサハアル。コレヲ破壊スルニハ、内部カラヤルノガ一番合理的ダ。艦ノ発進口ガ空イテイル時、航宙機デ侵入シ、動力部ヲ破壊スル。地球艦ハ、陽動デ母艦ヲ攻撃スル。母艦ノ基本構造ハ、ホボ、地球艦ト同様ダ。動力部ハ艦尾ニアル。テラミスデモ、切リ札ガナカッタ時使ッタ手ダ」

ルーキンは続けた。

「注意シナケレバナラナイコトハ、敵ノ内部ニ侵入スルコトデ、ゾクド人ニ直接接触スル恐レガ生ジルコトダ。前モ言ッタガ、最悪ノ場合、体ヲ乗ッ取ラレル危険ガアル。地球人ハ、精神的耐久性ガナイカラ、セイゼイ持ッテ三〇分。確実ニ死ヌ。ゾクド人ガ憑依デキナイヨウニ、生身ヨリ、機械ニ乗ッテイル方ガ安全ダ」

この言を受けて、総参謀本部は作戦を練り直しにかかった。同時に、接近するゾクド艦隊への対処として、予備兵力投入を決定した。

◎

ゾクド軍団はそれでなくても圧倒的な数を誇る。それが三方面に分かれて別々の目標を設定した模様だ。地球艦隊がその全てに対処しようとすると、ただでさえ少ない戦力が分散して防壁が薄くなってしまう。宇宙艦隊総司令部は、全力で敵正面に当たり、月面の基地は、ムーンタウン基地予備兵力と、第三艦隊の無傷の艦に委ねた。五門しかないが、少なからずゾクド軍団を怯ませたフリーザーカノンの底力にも期待した。一方、敵の戦闘母艦は、確認した数が三隻。流石に巨大だ。主力の中型戦闘艦は、楕円形のシルエット、地球艦隊的に言うならば重巡と軽巡の中間くらいである。全長に比して全幅の割合が長いずんぐり型だ。母艦の規模からして、今展開している艦の全てを収容できるというわけではなさそうである。どうやって地球圏まで来たのか、その秘密は乗り込んでみても、綿密に分析する時間がなければ分からないだろう。

母艦攻撃部隊は、強襲揚陸艦部隊と機動装甲歩兵を主力に、陽動部隊として第一〇一、第二〇二、第三〇三独立遊撃戦隊が充てられた。通常はムーンタウン基地艦隊所属ではあるが、非常時、本隊とは別行動を許された部隊である。キャプテン・ケンの部隊は第一〇一であり、遊撃艦隊拡張の際、旧名第一独立遊撃艦隊から改名されたものである。名前こそ勇壮だが、要するに仮装巡洋艦四隻を一組として、総数わずか一二隻の部隊にすぎない。総司令部は、この程度の戦力で母艦を潰せるとは、勿論考えてはいない。機動装甲歩兵の実力も強敵相手となると未知数だ。相手の肝を多少なりとも寒からしめればそれでよい。相手が慌てれば少なからず勝機が生まれる。それに賭けようとしたのである。

それに対し、強襲揚陸艦隊は、端《はな》から敵の母艦を落とす気満々である。宇宙空間での作戦なので、モジュール装備を宇宙戦用に換装していた。機体要所に姿勢制御用のスラスターが追加装着されている。主兵装のレーザーマシンガンに加え、各小隊の狙撃専門機に小型レールガンを装備する。各機、予備エネルギーパック、予備マガジンを腰部に吊す。これで一機当たり、一〇〇〇発のエネルギー弾または、一〇〇発の質量弾を発射できる。ムーンタウン基地所属正規部隊五個師団を投入、これだけで本気度が分かる。総司令部と微妙な温度差があるが、これが吉凶いずれに転ぶかは、やってみなければ分からない。双方、第二ラウンド突入という段階になった。

◎

遊撃戦隊全体の指揮は、キャプテン・ケンに委ねられた。彼は事前に入念な打ち合わせを済ませた。各戦隊指揮官は、第二〇二が、キャプテン・サンダース、第三〇三が、キャプテン・バッテン各大尉である。

作戦のあらましはこうである。まず、全遊撃戦隊が同調して次元移動し、敵の母艦一隻の側面につく。ほぼ零距離で一斉にレールカノンを放ち、更にその破孔にレーザー砲を見舞う。次に反対側に次元移動し、同様に穿《うが》つ。第三に、目標を変え、同様の攻撃を繰り返す。強襲揚陸艦隊は、状況を見て次元移動し、機動装甲歩兵を繰り出して敵の母艦に一斉に取り付く。次に、破孔から内部に突入し、母艦の機能を停止させる。狙撃専門機は、距離を保ちつつ火力支援する。ポイントは、短時間での機動戦と、機動装甲歩兵の展開速度、面火力の集中度である。ただし、敵が戦闘艦を発進させるのに遭遇した場合は、発進口攻撃を優先する。攻撃のカウントダウンが始まった。

◎

「各戦隊、次元移動一〇秒前、同調装置スタンバイ」
「ラジャー」

「ハイパー・チャージャー、接続！」

まず、遊撃戦隊一二隻が、一斉に次元移動した。五秒後、ゾクド母艦の殿艦左舷後方に食らいつく。既にチャージ完了のレールカノンを放つ。中口径砲だが、至近からの発射により、外板に大穴が開いた。レーザー砲で更に穴を拡大してゆく。

「第二フェーズへ移行する。各艦同調、反対舷へ！」

数瞬後、一二隻は敵の殿艦の右舷に次元移動した。レールカノンのチャージが間に合わないので、宇宙魚雷を放つ。通常の熱感知センサーは、切られていた。レーザー波誘導で敵艦の外板に導く。宇宙魚雷はゾクド艦の舷側装甲を容易に打ち破り、内部で爆発、大きな穴が開いた。

「第三フェーズだ。敵の先頭艦へ……！」

遊撃戦隊が次元移動するや否や、強襲揚陸艦隊が亜空間から現れた。各艦にも小口径ながらレールガン二門が装備されている。交互撃ち方で援護しつつ、機動装甲歩兵各隊がたちまち散開、破孔めがけて殺到する。ゾクド軍団は迎撃に出るでもなく、地球軍のなすがままにされている。そのうち、先頭艦の横腹にも大穴が開いた。後部動力部に、宇宙魚雷が流れ弾となって刺さり爆発、失速気味になる。中央艦がつんのめって先頭艦に衝突する。今度は、中央艦に攻撃が集中、横腹に大穴が穿たれた。

機動装甲歩兵は、全戦力が散開し、あらかじめ示された目標に向かって殺到する。どうも、戦闘母艦には防御兵器が存在しないらしい。攻撃されることをまるで想定していないようにも思える。破孔から突入した機動装甲歩兵は、隔壁を破壊し、後方の動力部に向かう。邪魔するものは皆無。無人の荒野を往く戦士そのものである。

◎

「敵の戦闘艦の一部が引き返してきます。母艦を守ろうという動きですな、こりゃあ」

サザンクロス号レーダー士、武藤が言った。すかさず、キャプテン・ケンが応じる。

「鋒矢の一つでも一五〇〇は下らないぞ。全攻撃部隊に撤退を命じよ。このままじゃ包囲されるぞ」

「アイ・サー」

「遊撃戦隊全艦に連絡、『残りの宇宙魚雷で、敵母艦の戦闘艦発進口を狙え』とな。本艦も直ちに行動に移れ」

「アイ・サー」

サザンクロス号を先頭に、一二隻の艦が敵母艦艦首部の発進口めがけて宇宙魚雷を放つ。それは的確に目標を捉えた。まばゆい光の後、変形した発進口が認められる。と、殿艦後部で爆発が起こった。動力部が破壊され、引きちぎられた。破孔から機動装甲歩兵の一群が脱出してくる。相前後して、先頭、中央の敵母艦からも爆発が起こり、敵母艦三隻は、漂流し始めた。動力部を無力化したのだ。もう長居は無用である。全部隊撤退も次元移動である。

地球艦隊が姿を消して、しばらく経った頃、ようやくゾクドの鋒矢の一つが引き返してきた。そこにはもう地球側の艦船の姿はなく、彼らの母艦が漂っているだけであった。

母艦攻撃とほぼ同じ頃、戦線正面では、ゾクド艦隊の動きに変化が見られていた。急に距離を詰める動きを止め、反転したのだ。それは、ムーンタウン基地、月の裏側の前衛基地でも同様である。総司令部では、彼我の距離を縮めず、レールカノンで圧倒できる状態のまま総攻撃を命じた。それは、つまるところ相手が引いた分だけ、前進して撃っているだけのことである。ゾクド艦隊の意外な動きにいぶかしがったが、間もなくサザンクロス号のクルーなら見覚えのある巨大艦の出現によって、納得させられてしまうことになる。約束の一年が来たのだ。

◎

ゾクド艦隊は、三つの鋒矢が一群となって一隻の母艦を曳いている。よろぼうようにすごすごと引いていく。その様子は敗軍そのものである。彼らを押しのけるように亜空間から出てきたのは、全長五〇㎞はあろうかという巨大艦。言うまでもなく、アマルーナの使者である。前回と異なるのは、三隻の艦隊であること。より地球側を威圧したかったのか、真意の程は分からない。意外にも多数の地球艦隊の出迎えを受けて、彼らは少し勝手が違ったことは間違いない。

引いていくゾクド艦隊の様子を見るに、どうも一戦あったようだ。どう見ても、地球側が、ゾクド軍団を撃退したように見える。宇宙に悪名高いゾクドを地球単独で退けるとは、もしかすると、とんでもない相手ではないか。アマルーナ使節団長、マクギャルンは思った。臆する心を奮い立たせて、彼は地球側に呼びかけた。モールス発光信号である。

『地球の諸君、約束通り地球時間一年を経て我々は再びやって来た。月の裏側租借の件について地球政府の返答をいただきたい』

これに対し、統合宇宙軍総司令部は、返答した。勿論、中にサザーランド補佐官も一枚咬んでいる。

『まず、貴艦が、アマルーナ政府の代表である証を示されたい。話はそれからだ』

『了解した。諸君の言う国書をこれから送る。自動操縦のランチに国書を載せ、諸君らの艦の手前で停止させよう。あとは、諸君が回収してくれればよい。ランチは用が済めば、自動で戻るようセットしてある。お気遣いは無用である』

『了解した。ただ、気がかりな件がある。ご存知だろうが、我が方は、ゾクドなる宇宙勢力から突然攻撃を受けた。正当防衛のため、戦闘になった。双方に少なからず損害が出ている。たまたまこちらの作戦が奏功して一時相手が引いたところだ。隙を見せれば何回でも攻めてくるだろう。まだ相手と講和したわけではないし、一方的に攻めてきたのは相手方だ。戦を止めると言ってきたわけではない以上、貴方と悠長に交渉している暇はないように思われる』

『分かっている。ゾクドは我々共通の敵といってよい。我がアマルーナも長年、生存権を賭けてゾクドと争っている。敵の敵は味方という。何なら、地球の諸君と共闘してもよい』

『無条件でないなら、お断りだ。中立を保ってくれれば、その方がむしろ有り難い』

『とにかく、諸君らのいう国書を受け取ってもらいたい。そうでなければ、役目を果たしたことにはならないのだ』

『その件については承知した。いつでもどうぞ』

巨大なアマルーナ艦から、米粒ほどに見えるランチが発進した。

ゾクド軍団は、火星の手前まで引いたことが確認された。ただ、再攻勢に出る素振りはまだ見られない。アマルーナの巨大艦は、二日居座って会談を望んだが、ゾクドと交戦中であることで、地球側は突っぱねた。何を思ったか、アマルーナ艦はそれ以上の交渉を諦めてくれた。後日再訪するとして、次元移動に移り、地球圏から去った。その様子は逐一ムーンタウン基地のレーダーで追跡されていた。

◎

アマルーナ艦隊は、ゾクド軍団の留まる火星手前の空間に突如現れるや、巨大だとはいえ、たった三隻の艦隊でゾクド艦隊を攻撃したのだ。不意を突かれたゾクド艦隊は、鋒矢の中央を一度に撃破され、混乱に陥った。ゾクド艦の射程外ぎりぎりの間合いである。そこには地球軍に動力部を破壊され、動けなくなって曳航《えいこう》されている母艦があった。アマルーナ艦に勝るとも劣らない大きさの母艦は、中央の一隻が真っ二つになった。轟沈である。後部の一隻も舳先を切断され大破、先頭の母艦は後部三分の一を切断、これも大破である。残った中型戦闘艦など蝿でも叩くように落とされ、わずかな間にざっと半分が宇宙の塵と化した。手負いのゾクド軍団は、勝手の悪い敵に追い討ちされる羽目になり、流石に踏みとどまれなかった。残存勢力は、小鋒矢の単位でバラバラになって逃げ出した。うがった見方をすれば、地球に対するアマルーナの示威行動ともいえる。交渉を妨げるものはこれでなくなったと言わんばかりである。第二ラウンドは、相手を代えて始まろうとしていた。

◎

会談の場所は、月の裏側の前衛基地となった。地球側は、前衛基地から少し離れた場所に、会談用の臨時会場を設営した。その日、アマルーナのスターバトルシップからランチが出て、正使一行が降りてきた。前衛基地からその巨大な艦影が望める。

アマルーナ側の希望で、地球側の使節メンバーに、キャプテン・ケンと、サムソンが加えられた。ファーストコンタクトした相手が交ざっていた方が、何かとやり易いとのことだった。長テーブルを挟んで向かい合った両使節、申し合わせにより、双方宇宙服を着用している。

「率直に申し上げる。いきなりやって来て、ここをよこせは、ないだろうと私は思う。ゾクド人のように、布告なしの攻撃より少しましというにすぎない」

全権委任されたサザーランド補佐官が口火を切った。

――いきなりではない。地球時間で一年前、地球使節に布告済みである。我々は、地球側の返事を聞きに来たのだ。

アマルーナ使節団長マクギャルンが応じる。ごついデザインの宇宙服を着用しているので、表情は読み取れない。身長は、一九〇㎝を超えるサザーランドと同等である。会話は、テラミスの翻訳機で成立している。

「ノーと言えば、力ずくでというなら、ゾクドとどこが違うのか。現に、我々が脅威を感じるほどの艦で貴方は来ている。ゾクドを追っ払ったのはいいが、彼らは再攻撃してくる可能性が高い。はるかに多勢でと付け加えておこう。その時、貴方がいなければ、今度こそ我々は押し負けるかもしれない。なまじな介入は事態を悪化させる可能性が高いのだ。これは、あくまでも個人的な経験則と断ってお

く が……」

——介入ではない。ゾクドは、我々アマルーナ、というより、全宇宙の生命体にとって排除すべき存在である。ゾクド人の存在自体が、生命の法則に外れているといってよい。

「だから、攻撃したと……？」

——その通りだ。我が艦隊は、我が政府よりゾクド排除の認可を得ている。

「地球政府は認可してはいない。そもそも貴方が一年前地球圏にやって来たことが、ゾクドの追随を誘発したのではないか」

——憶測では、会談は成り立たない。

「数多くの地球外勢力が、今までもやって来たが、直接地球圏を現状変更しようとする者はいなかった。我々が、これ以上の会談を拒否すれば、貴方は力ずくでも目標達成する意思があるのか」

——我々は、あくまでも今後の行動のために中継基地を欲している。そのために紳士的に会談を持ちかけているのだ。脅しているわけではない。

「なぜここなのだ？　この基地ができる前に、何があったか知っているか」

——知っている。ここにはテラミスの地球侵略前衛基地があった。我々は何度も排除を試みたが、成功しなかった。テラミス基地を潰したのは地球軍か。

「そうだ。いきさつは長くなるので容赦願いたい」

——少なくとも、ここは、地球人の勢力外だった。我々が中継基地を作っても、地球人の邪魔にはならない。そう判断したのだ。我々の仇敵、テラミスの基地を潰してくれた地球に、むしろ親しみを感じている。しかし、この基地は何だ。まるで我がアマルーナを敵視しているようではないか。地球人のすることは理解できん。

「前回の使節は、ものすごく脅しをかけてきた。地球政府は脅威を感じて対応したまでのこと。戦意はない。それでなくとも、ゾクドが素直に引っ込んでくれるとは思えないのだ。貴方まで相手にするのは荷が重すぎる」

――前の使節は軍人だったからな。必要以上に圧力をかけたかもしれない。私が正使だ。信じてもらってよい。アマルーナは名誉にかけて、力ずくの略奪はしないと。

「それについては、一つ疑問がある」

――聞こう。

「ここの反対側にある我が拠点に、ＡＩ操縦の機動歩兵を向かわせ、襲撃させたのはなぜか」

――それは、地球の出方を探るためだ。軍の先走りといってよい。友好的とは言えぬ行為だった。謝罪する。

「アマルーナは、文官と武官で対応が違いすぎるのではないか。交渉相手次第で話が通じたり、通じなかったりするのは困る」

――今後の交渉相手は、私、マクギャルンが請け負う。軍人が出張らないように私が責任を以て仕切る。

「了解した。詳細は後日詰めたい。明日、ここで続きをしたいがいかがか」

――よろしい。今日はお開きとしよう。

会談初日は、かくして終了した。アマルーナ全権一行は艦に戻った。

キャプテン・ケンは、サザーランド補佐官に言った。

「アマルーナの態度は、前回と随分違いますな」

「それだ。どっちを信じていいのか、今後の展開次第だな」

◎

交渉二日目、丁々発止の駆け引きが行われた。地球側もテラミスとの交流を敢えて隠して臨んだ。わざわざアマルーナの敵愾心《てきがいしん》を煽《あお》る必要を感じなかったためである。結果、前衛基地から八〇㎞離れた場所に、アマルーナ中継基地を設営することに決した。それに対し、アマルーナは地球側に、年間一万tのアマルニウム鉱石、同鋼板の提供と、加工技術の伝授、精製・加工プラント建設協力をすることになった。アマルニウムは、彼らのスターバトルシップを構成する金属である。地球の宇宙艦を劇的に頑丈にする可能性を秘めていた。決して悪い話ではない。だが、テラミス人は別だった。

「アマルーナゴトキニ、軒下ヲ貸シテヤル必要ガ、アルカ。地球人ハ、ドコマデ、才人良シナノダ」

話を聞いた前連合王ルーキンが言った。本気で怒ったが、彼に地球の帰趨《きすう》を左右する権限は勿論ない。会談終了後、部屋をのぞきに来たサムソンになだめられる。

「テラミスとアマルーナの経緯はともあれ、ここは地球だぜ、王様。地球は地球のやり方があるんだよ。ゾクド軍団の今後の出方が不明なんだ。この状況で、地球人は敢えて敵を作りたくないのさ」

「フン、我ガテラミスト、アマルーナノ技術ノ良イトコドリハ、ナイダロウ。後悔スルコトニナッテモ朕ハ知ラヌゾ」

「リスク分散ってことだよ。どうせ、俺らには分かんない技術だからね。理屈はどうあれ、使い物になればそれでいいんだよ」

「勝手ニスルガヨイ」

なかなか怒りが収まりそうにない。

◎

交渉三日目。ゾクドを巡って今後の双方の立ち位置が話し合われた。アマルーナは、攻守同盟を結んでもよい由、切り出してきた。月の裏側に基地を得る以上、何某かの防衛力を持たさざるを得ない。然るに、ゾクドという共通の敵に対して、地球側とバラバラの対応をしてもあまり効率がよいとは言えない。そこで共同作戦を行うための何らかの関係を結ぼうというのである。地球全権は、性急すぎるとして、この一件は拒否した。ただ、修好通商条約を締結し、お互いの往来を認めること。その窓口が前衛基地となることに合意した。正直なところ、月の裏側半分をよこせという当初の主張は、アマルーナの吹っかけだったことになる。地球側全権は少しほっとしていた。

交渉の間、戦闘はしばし止んでいる。この間に、各艦は整備と補給に大わらわとなった。いつゾクド軍団の再襲撃があるかと思うと気が気ではなかったのである。ムーンタウン基地の整備ドックは満杯となり、一定数の哨戒艦艇を展開させつつ、作業を急いだ。比較的大型の戦列艦は、テラミスから技術供与されたフリーザーカノンを小型化したモデルを搭載するため、艦首を改造する工事が行われた。小型化したといっても、地球艦に積むには、艦体を砲台として充てるしか方法がなかったのだ。しかも、比較的艦齢の若い艦に限られる。ただ、これから完成予定の新造艦はこの限りではない。初めからフリーザーカノン搭載を前提に設計すればよいからだ。既に完成間近の艦は仕方ないが、これからキールを据える艦には、若干の設計変更が加えられた。バージョン2の新造艦がロールアウトするのは、約四か月後の予定である。

◎

この間、ゾクド艦隊撃退の契機を作った三つの独立遊撃戦隊に対して褒賞が与えられた。総合指揮を執ったキャプテン・ケンは、中佐に栄進、他の戦隊指揮官も各々少佐に補せられた。強襲揚陸艦隊指揮官も一階級上がって大佐に、各クルーも、それぞれが一階級昇進となる。破格の扱いである。それは、彼らが期待以上の働きをした証でもある。作戦目標は達成したのに、被害はゼロというのも激賞された一因である。たまたまゾクド側に何の備えもなかったからなのだが、抵抗を受けていればそうもいくまい。今にこやかに笑っている者も、いなくなっていたかもしれないのだ。

キャプテン・ケンは、戦なら犠牲はつきものだとする上層部の考えには賛同できなかった。指揮官である以上、作戦目標達成を果たし、最小の損害で切り抜ける責任がある。そのための相応の装備が必要だが、不十分な準備しかできなければ、それででき得る最大限の効果を狙って作戦を練るが、相手次第では、戦略的撤退も柔軟に考える。彼のこの基本的な考え方が、必ずしも上層部に認められていたわけではない。事実、部下を必要以上に危険にさらす不条理な命令に反対し、小隊長を解任されている。その後しばらく謹慎とされ、サザンクロス号に乗り組む前は、地球の僻地の通信基地指揮官にすぎなかったのだから。

海賊騒ぎが起こり、正規の宇宙艦隊が多数出張っても賊の尻尾すらつかめないでいる時、たまたま出した上申書が、第一艦隊司令長官宇津井大悟大将の目に留まったのだ。これを契機にキャプテン・ケンの経歴に焦点が当たる。イレギュラー事態専門の特殊部隊に所属し、実戦経験もあった。こんな人材を僻地に埋もれさせるのは勿体ないとばかりに、徴用船改造の仮装巡洋艦を彼に与えることにした。正規の軍艦でないのは、上層部の猜疑心を和らげるためである。むしろ、その方がキャプテン・ケンにとって自由に動き易かろう。

宇津井大将は、キャプテン・ケンの性格を娘の美華から聞いていた。本来剽軽《ひょうきん》でムードメーカーを以て任じていたことを……。グループ交際の事実も知っていた。いずれ、軍の組織に収まらなくなるだろうことも予測できた。加えて、キャプテン・ケンが将来を約そうとした女性に死なれ、人が変わったようになったことも……。そんな彼に娘が接近し、惹かれていることも……である。何もかも承知の上で、彼は、娘をキャプテン・ケンに託す覚悟を決めたのである。

然るに、キャプテン・ケンの部隊が目覚ましい活躍をするや、上層部は、手のひらを返したように激賞した。それは、失敗すれば、弊履《へいり》のごとく捨てられることと同義である。キャプテン・ケンとその指揮下の部隊は、成功し続けなければならないのだ。そんなことはあり得ない。何よりキャプテン・ケン本人が自覚している。だから、細心の注意を払って準備する。部下にも、生き残るためにできることをできる限りやれるように、訓練を強いているのである。

◎

何はともあれ、アマルーナとは友好的な交流ができることとなった。問題はアマルーナの使者が、今回の会談の成果を持って本星に還った後のことである。ゾクド軍団の今後の動向次第では、地球は、再びピンチになる。この度の来襲では、戦闘艦大小一万三〇〇〇余りの戦力を動員してきた。これで苦戦したとあれば、アマルーナの加勢も考慮して、更に多勢の戦力を動員しないとも限らない。激しい消耗戦になれば、地球軍は絶対的に不利にならざるを得ない。新造艦が戦力になるのは時間がかかる。初陣を果たした第五艦隊ですら、この度の戦闘では高機動戦術は必要なかったから、ボロが出なかっただけとも言える。

なぜか、ゾクド艦隊はスローであり、砲の射程も短く、地球側が付け入る隙がいくらでもあった。母艦に防御兵器がなく、護衛も皆無というのも、信じられない備えである。弱点を突かれた以上、次も同じ手は使えまい。当然対抗策を講じてくるはずだ。地球統合政府は統合宇宙軍と諮《はか》り、考え得るネガ部分を全てクローズアップし、改善を図った。マンパワーを最大限発揮させなければ、最新の装備も効果を上げ得ないとの考えからである。その中で、最小の損害で最大の戦果をモットーとするキャプテン・ケンの部隊は、サザーランド補佐官の報告もあって、政府首脳の注目するところとなっていった。

◎

「アマルーナは、正使座乗の旗艦のみ成果報告に帰国し、他の二隻は、ゾクド再来襲に備え中継基地建設予定地に留まるそうだ」

キャプテン・ケンが言った。初回の会談以降、彼は同席を許されていない、細かい交渉事は、文官のみで行うことをアマルーナ側が要望したためである。

「攻守同盟は結ばなかったんでしょう?」

サムソンが応える。彼もキャプテンと同様である。

「一応、友好の証を見せるためと言っているらしい」

「それって、胡散臭くないですかい? そのまま居座って前衛基地をそっくり乗っ取るってことも考えられやすが……。こっちが油断するとやばいですな」

「正使は文官、居残り組は全員軍人だ。正使が帰ってしまうと、態度がころっと変わる可能性がなくはないな。今のところ、地球全権が意を通じたのは文官であって、武官ではないからな。補佐官とも話したんだが……、アマルーナの国家機構は、かつての中華帝国に似て、皇帝が君臨し、文武百官がこれを補佐する。文官が武官の上位にある。シビリアンコントロールが徹底した政治機構のようだ。明日、正使は地球圏を離れるようだが、もう一回会談の予定があるらしい。これを機に、補佐官に懸念を伝えておこうと思う。嫌われてもな」

「キャプテン、儂はそのはねっ返りに惚れているんですわい」
「言いたいことをずけずけ言っているだけさ。大概の上官はムッとするが、補佐官は器量のある御仁だから、聞き入れられることを期待しているよ」

◎

サザーランド補佐官は今般最後の会談に臨むにあたり、キャプテン・ケンからの上申事項を反芻していた。彼がうっかり失念していたことだったからだ。アマルーナの全権正使マクギャルンが終始友好的な態度に変じたため、多少警戒感が薄らいでいたのかもしれない。しかし、外交は、弾丸の飛び交わない戦争だと古人の言にある。油断は地球側の立場を失いかねない。彼は、思わず身震いした。言いにくいことを直言するキャプテン・ケンという漢《おとこ》、なかなか一軍人に留めておくには惜しい人材だと思った。

会談の場所は、前衛基地から少し離れた特設会場で、会談は終始ここで行われていた。

マクギャルンが口を開いた。

――いずれ地球の諸君とは攻守同盟を結びたい。しかしまだ国交を結んだばかりで、お互いの市民レベルでの交流に至るには少し時間がかかるだろう。その間にゾクド軍が攻めてくるかもしれない。我々は、地球の諸君との会談を阻害するゾクド軍を撃退した。この星系でもゾクドと遭遇した以上、地球との接点である中継基地建設予定地を空にはできない。私はこの会談後本星に帰るが、スターバトルシップを二隻、クルーごと地球軍の指揮下に預けたい。いかがか？　勿論、軍人のみでなく、私の副官、これは文官だが、これを残しておこう。諸君らの懸念は晴れるだろう。我がアマルーナの軍人は、勇敢だが、好戦的すぎるきらいがある。折角友好の誼《よしみ》を結んだのだ。チャラにはしたくないのでな。

「それは有り難いことだが、お断りする」

サザーランド補佐官が言った。

「友好の誼を結んだと言っても、貴方の軍人を指揮下に置くのは、はばかられる。一つ間違えば命のやり取りをする戦場で、お互い存分の力を発揮しにくい。貴方の艦の圧倒的な強さは魅力だが、地球圏は、我らの依って立つところ。自分の力で守るのが筋である。貴方は、条約通り、拠点の予定地を守っていただきたい」

——理解した。いずれ双方の関係が発展すれば、これに越したことはない。今回は、それぞれの拠点をそれぞれが守ることに徹しよう。ただ、地球軍の動きを阻害しないことは固く命じておこう。

少し残念そうにマクギャルンが言った。

——これは、私の副官で、トリドルンという。私が本星に発った後、二隻の艦の代将となる。よろしく計らっていただきたい。

マクギャルンから紹介された人物は、大柄な彼とは違って小柄な体格である。

——当面、守備艦隊の代将を務めますトリドルンであります。以後お見知りおきを……と言っても、宇宙服では、顔は分かりませんが。

いかつい宇宙服の異星人が発した言葉にしては、やたら明るい声だった。

◎

「アマルーナの正使が帰ったようですな」

サムソンが言った。すかさず、キャプテン・ケンが応じる。

「これからが正念場だ。アマルーナの居残り組がトリドルン代将の指示に素直に従うか否か、全てはそこにかかっている。アマルーナの文官は、結局武官の代表すら、我々に会わせなかった」

「アマルーナとの付き合いは、そこら辺が肝のようですな」

「武官が突っ走りだすと、我々は、ゾクド以上に厄介な相手と対峙しなきゃならんことになる。代将がどれほどの器量なのか、しばらく見極めねばならんだろう」

「ゾクドの出方も気になるし、骨が折れることで……。ところで……」

サムソンが続ける。

「我が基地艦隊にも、フリーザーカノン搭載の戦列艦が生まれるそうですぜ。この間、ちと知り合いが言ってやした」

「早耳だな、旗艦のクレマンソーと二番艦のストラスブールの二隻という話だが、新造艦が更に三隻配備になるそうな。この新造艦、まだ名前は決まってないらしい。何しろこの間キールを据えたばかりだそうだ」

「流石キャプテン、俺らの上を行きますぜ。艦名までは、分かりやせんもの」

「それじゃあ、この話は耳に入ってるかい？　我がサザンクロス号関連の……」

「え……？　我が艦の？」

「アマルーナから、月面基地用地借用の代償にアマルニウムとかいう金属をもらう件だが……。先日手付って感じで、少しもらったらしい。まあ、正使の置き土産だな。我が艦一隻分は余裕な分量だそうな」

「まさか……！」

「そのまさかだ。艦の外板を全てこれに張り替えるのだと。工事にしばらくかかる。よって、我がサザンクロス号のクルーは、しばらく就航したてのぴかぴか艦に乗り組んで、実艦での訓練を補佐することになった。我がクルーは、それぞれの部署ごとに別々の艦に居候だ。指揮・航行・着陸姿勢制御・高機動運動・射撃・雷撃・レーダーと通信・保安体制・動力制御・厨房・医務・主計……ざっとこれだけある。艦載機隊は、別途訓練だ。同じ基地艦隊だから、乗艦の再就航にクルーが揃わないことにはなるまい。ま、たまには他の艦の飯を食うのも悪くはないさ」

「キャプテンと離れるのは儂、辛いですわい」

「恋人と別れるような顔をするなよ。ゴリマッチョが」

「他の連中は？」

「昨日話したよ。君は早速、訓練中の艦に呼ばれていたろう？」

「いつから、艦を離れるんですぃ？」

「正規の訓練開始は明日からだ。が、もう八割は訓練教官をやっているよ。手の空いた者からね。ゾクドがいつ来るか分からん。時間はない。そこで、片端から始まったのだよ」

「キャプテンは？」

「私は、ゴードンと同じ艦だ。彼は喧嘩っ早いからな。相手次第ではトラブルになりかねん。体のいい監視役だな。ところで、これからの仕事だが、基本動作の指導を三か月担当する。サザンクロス号の工事がそれくらいかかるらしいのでな」

「せめて、艦に戻るまで、ゾクド軍団が来ねえことを祈りやすぜ」

「全くだ」

　工事が間もなく始まる。サザンクロス号のクルーは、残った者も残務を処理次第、間借りする新造艦に乗り組んでいった。

◎

　アマルーナの第二陣が来たのは、それから二週間ほど経った頃である。今回は多量の資材を積んだ輸送艦が多数随伴し、スターバトルシップ以外に、輸送艦を護衛する中小の艦艇も交ざっている。いよいよ条約通りに彼らのベースキャンプを建設する準備が始まるようだ。マクギャルンは、今回の艦隊には座乗していないらしい。皇帝への報告が手間を要するのか、諸手続きに時間がかかるのか、地球側にしてみれば定かではない。いずれにせよ、アマルーナの地球圏代表は引き続きトリドルン代将であることは、相違なさそうだ。彼は、自国の艦船の動きを、逐一地球側に伝えてきた。双方の通信機器に共通性がないので使えないため、面倒な手順を厭わず、ＡＩ制御のドローンを飛ばして、搭載した発光信号機でモールス信号によるメッセージを送ってきた。なぜか対面による交流を避ける節があり、これは彼らなりの配慮なのだろう。前のテラミス連合王ルーキンは、アマルーナ人の容姿を地球のトカゲに例えていたが、肝心のアマルーナ人は、それを気にしているのだろうか。真偽のほどは分からない。

更に二週間余り経過した。この時点で、アマルーナのベースキャンプは次第にその姿を現しつつある。地球側から見れば、巨大なマッシュルームがニョキニョキ生えているようにしか映らない、変わったデザインである。忙しく大中小の艦艇が動き回っている。根幹部分は、ほぼ組み立てが終わった模様である。野戦基地の企画キットなのか、やたら工事が手早い。

一方、地球軍の前衛基地に自走式のフリーザーカノンが三〇両配備された。更に、機動装甲歩兵に装備可能なフリーザーガンが配備され始めた。ムーンタウン基地は、防御力が強化され、据え置きのフリーザーカノン二五門、自走式が五〇両、それぞれ増加装備となった。これは、月の静止衛星軌道上に浮かぶ集光衛星から光エネルギーを取り込み、一気に増幅させて発電するメガソーラー発電所が稼働し始めた恩恵である。テラミスから技術供与されたフリーザーカノンを早くも地球人は量産できるまでになったのだ。

◎

「早めに始めたので、今日で予定終了でさあ。人に教えるなんて初めてで、なかなか上手くいかないで困りましたぜ」

「学校出たての新米ばかりじゃなかったんだろ？」

「それでも、実戦経験なしのピカピカクルーばかりでさあ。儂ら、ちょっとドンパチの経験があるってんで、質問攻めにされやしたよ。どっちかといやあ、基地艦隊はナンバーフリートよりは柔軟な頭の奴が多い気がしますね。ただ、飯はイマイチで……サザンクロス号のとは比べもんにならねえ。儂、五kgほど痩せましたわ」

「磯部伍長が聞いたら泣いて喜ぶだろうよ。ま、彼は、厨房員でなく、保安部員としてコーチしているんだが……」

「キャプテン、ただ今帰りました」

続々とクルーが集まってくる。サザンクロス号の外板張替工事が予定より早く完了したのだ。かつての白銀色の船体は、ローズゴールドに変わっている。光の具合では豪華絢爛に見える。アマルーナの艦船と一見同じ色だけに、特異な感じは否めない。ラメがかった緑のテラミス機動要塞とも、地球艦隊のライトグレーとも異なる。これぞ、仮装巡洋艦というものだ。共に艦隊を組んだ他の遊撃艦隊の各艦も随時同様の工事がなされる予定である。加えて、装備も改変された。どっちかと言えば、むしろこっちがメインなのだが、主砲は、テラミスの技術供与になる連装一五サンチフリーザーカノンに全面換装、代わりにレーザー砲は撤去された。同規模の砲塔が開発され、この度の工事に間に合ったのである。これ以降、従来型の艦船に、随時砲塔入れ替え工事が行われていくことになる。この手の改装工事は、もっぱらムーンタウン基地に隣接する宇宙艦ドックで施工された。

　ごく初期の工事で、艦の舳先にまだ大型のフリーザーカノンを無理やり積んだのをバージョン1とすれば、バージョン1・5では、新開発のフリーザーカノン砲塔を既就役艦のレーザー砲と入れ替えるだけで運用も旧来と同じであり、格段に実戦力がアップした。最初からフリーザーカノンを搭載したバージョン2の新造艦がロールアウトするのは、もう少し時間が必要である。わずかの間に、フリーザーカノンは、地球軍の実用に耐えうる種類にバリエーションを増やした。ただ、当面レーザー砲、フリーザーカノンとメイン・ウェポンが混載になる模様である。宇宙艦ドックの能力も無限ではないからだ。ただし、サブ・ウェポンのレールカノンは従来通り共通の搭載アイテムとして健在である。

「サザンクロス号、テスト航海に発進。前進微速、第二ゲートオープン」

「第二ゲート開きやした」

「ただ今通過します」

「半速にアップ、メインエンジンスタンバイ」

「ようそろ。メインエンジン点火一〇秒前……」

「……メインエンジン点火！」

「ようそろ。点火します」

　艦がぐんとスピードを増す。

「第二戦速にて航行、標的射出用意」

「標的ロケット用意よし！」

「射出せよ」

「アイ・サー」

「ブラッドレー、フリーザーカノンの使い初めだ。頼んだぞ」

「アイ・サー」

標的が一段と加速する。狙いすましてブラッドレーがトリガーを引く。エネルギー弾が勢いよく飛び出し、目標を捕捉した。瞬時に目標は凍り付き、宇宙空間を漂い始める。やがて氷が溶けるように分解、飛散した。跡形も残っていない。しかも、エネルギー消費はレーザー砲よりはるかに少ないのだ。

「ふぇえ凄い！　中口径でも、十分な威力だな、こりゃあ」

ブラッドレーが大袈裟に驚いたふりをする。既に前衛基地の固定式フリーザーカノンのゾクド艦隊撃破を、モニター越しに見たのだ。彼が知らないはずがない。ただ、ゾクド艦にはあまり効果がなかったレーザー砲に歯がゆい思いをさせられただけに、まさか外板張替だけと思っていたところへフリーザーカノンまで載せてくるとは、意外だったのだ。

◎

実質二か月足らずで、船の工事が完了したので、サザンクロス号クルーの間借り生活はかなり時短になった。それでも中途で放り出すことができない部門、操艦部門では、けじめのつくレベルまで続けることになる。メイン・パイロット、ゴードンとキャプテン・ケンが、本務の合間にスケジュール調整をして担当するので、その間サザンクロス号は活動休止になった。例によってトレーニングと艦の掃除が留守部隊の仕事になる。ようやく常態に戻ったのは再就役から二週間半後のことである。その間、ゾクド軍団の再来襲や、アマルーナとのイザコザがなかったのは、幸運という他はない。ここに晴れてサザンクロス号は正式に再就役した。

「この艦ほど改装、改造が続く船はないいんじゃないかしらん？」

通信士ジェフが言った。

「遊撃艦隊の旗艦ということで、何か特別扱いされてるんですかね。今回の外板張替で、オリジナルの面影がなくなっちゃいましたぜ」

と、レーダー士の武藤。

「儂なんか、コーチ任務が済んで戻ろうとしたら、自分の乗る船が分かんなくなっちまった。マジで困ったぜ。キャプテンと一緒だったんで、こうやって帰れたんだがね」

と、ゴードン。

「おめえ、しょっちゅう間違えてんじゃん。我が遊撃艦隊は、オリジナルが同型だからな。外観だけ見たらまあ、ほぼ同じだわ。違うのは、ラッタルに書いてある艦名くらいだかんなあ。今んところは外板の色で見分けがつくが、金ぴかになったことを知らなけりゃあ、そりゃ分かんなくなるわなあ」

と、ブラッドレー。

「日頃、サザンクロス号が恋人だと言ってるのにか？」

サムソンが割って入る。

それを受けて一同爆笑した。ゴードンだけが間が悪そうにもじもじしている。

「そこらで勘弁してやってくれんかな」

「あ、キャプテン！　敬礼！」

「まあ、楽にして聞いてくれ」

「直れ！　休め」

「我がサザンクロス号は、この度の改装により、装備もかなり変更を受けた。レーザー砲の代わりに装備したフリーザーカノンの威力はテスト航海で実証済みだな。加えて両舷に四連装レーザーマシンガンが二基ずつ追加された。このため、ガンナーが二人増員となった。右舷砲担当に石川次郎、左舷砲はウルス・サリバン各軍曹だ」

「石川です。よろしく頼んます」

「うっす、サリバンでやんす」

「ふぇえ！　仮装巡洋艦なのに、対空レーザーが合計七基？」

「ゾクド戦の教訓だそうだ。接近戦を挑んだ第三艦隊の中で、生残率の高い艦が、舷側に対空レーザーを持つタイプだったそうだ。そこで、我が艦同様、工事に入った艦から順に追加装備されるようだ。尚、新規ガンナーの詰所は、ブリッジ後端を延長したブースになる。基本構造以外はもう正規の軽巡と変わらないレベルになってきたな」

「フリーザーカノンのエネルギー効率の良さで、レールカノンの発射インターバルが、一分五〇秒に短縮されやした。こっちはまだまだエネルギー食らいですがね」

サザンクロス号のローズゴールドに改められた船体が、一同、頼もしく見えた。

◎

哨戒中のフリゲート艦から、緊急通信が入ったのは、その深夜のことである。固より宇宙空間に、昼夜の別はない。人間的、地球的感覚であることは否めない。話を戻そう。緊急通信は、受信できる全地球軍に宛てたものである。当然サザンクロス号も受信した。通信士ジェフが休憩中だったので、当直の保安部員、佐田伍長が任に就いていた。

「所属不明の艦隊約五万隻、第一戦速程度のスピードで地球方面に向かう。現在位置、木星の手前二〇〇〇㎞、我は次元航法で基地に戻る。至急迎撃態勢に入られたし」

艦内非常ブザーで、とにかく全員にこれを知らしめるのが、佐田伍長の一番の仕事である。緊急配備に就いたクルーは、まだ眠気覚めやらぬ表情であった。

「ゾクド軍団の再来襲か否かは不明だが、五万隻を下らぬ数とは、また穏やかではないな。まあ、いつ来てもおかしくない相手だ。サザンクロス号緊急発進用意、サブエンジン始動二〇秒前。第二ゲートオープン」

「ゲートオープンを確認」

「各警告灯オールグリーン。発進一〇秒前」

「サブエンジン始動。サザンクロス号発進」

サザンクロス号は、ゆっくりとゲートを通過。そこから、やや加速して迎撃ポイントに向かう。

ムーンタウン基地艦隊旗艦クレマンソーが、僚艦ストラスブールと共に既に展開中であった。続々と基地艦隊所属艦が、集結してくる。

一方、ナンバーフリートと呼ばれている地球主力艦隊は、整備・補給の終わった艦がまず所定のポイントに展開。改装中の艦は、宇宙艦ドックから動けないので工事を急ぐ。代わりに補充された新造艦がその穴埋めに入る。総数は、それでも緒戦より三〇%程度増加しているが、五万隻には遠く及ぶものではない。途中で仕様変更が入ったため、若干建艦スケジュールに遅滞が生じてもいた。しかしそれはあくまでも地球側の事情にすぎない。

◎

各艦の展開状況を見て、総司令部は作戦協議に入った。前回をはるかに上回る数である。下手に手出しをするとこっちが大火傷を負う。あちこちに張った哨戒網から、次々と詳細な情報が入ってくる。それによると、相手はゾクドとみて間違いなさそうである。ただ、艦隊の構成が幾分異なる。ずんぐり型の中型戦闘艦、大型の母艦は同じだが、この他に、初見の矢印型戦闘艦が加わっている。妙に細長い艦形で武器らしいものは見当たらないという。どういう艦種なのか今のところ分からないが、一

癖ありそうな代物に見える。物は試し、テラミス前王ルーキンに当たってみる。ルーキン曰く、

「ホウ、ゾクドノ奴ラハ、本気デ地球ヲ取リニ来タヨウダ。矢印型ノ細長イ船ハ、無人突撃艦ダ。コレデ、ドコニデモ突ッ込ンデクル。船ダケデハナイ。建造物、地上ノ設備全テガ攻撃対象ダ。コレヲ潰スニハ、壁ヲブツケルニ限ル。小惑星、ソコラニ漂ウデブリ等、何デモヨイ。ブツカッタ瞬間ニ爆発シテ、ソレデオシマイダ。タダシ、本隊ト違ッテコレハ速イゾ。現在ノ地球艦デハ捕捉ハ難シイ。勝機ハ、繰リ返スガ、全速ニ移行スル前ニ直接潰スカ、壁をブツケル以外ニナカロウ。五万隻トイウ話ダッタナ。ナラバ、オヨソ六〇％ガ突撃艦トミテヨイ」

と。いくら何でも、三万隻程度の「無人自爆艦」相手に、虎の子の艦隊をぶつけるわけにはいかない。かといって他に有効な手段がない。今から、小惑星やデブリを集めている時間もない。第一、数が必要なのだ。総司令部は考えに窮した。ただ、ゾクド艦隊全体のスピードは、地球艦の第一戦速程度なのは、変わらない。つまり、策を講じる時間的猶予は、まだあるということだ。

◎

キャプテン・ケンは、サザーランド補佐官から連絡を受けて急遽、ムーンタウン基地・テラミス前王ルーキンの部屋に赴いた。戦時展開中だが、まだ戦闘が始まったわけではない。今の間に何かお忍びで相談事があるらしい。恐らく対ゾクド策を聞かれるだろうと目星はついていた。基地艦隊司令官の許可はちゃんと取ってある。

「サザンクロス号、荒川中佐入ります」

「どうぞ」

補佐官は言った。

「もう耳に入っていると思うが……」

「ゾクドの自爆艦のことですか」

「む、察しがいいな。その通りだ。それなら話が早い。直球勝負といこう。君が司令官なら、どう対処するかな」

「自爆艦とはいえ、自艦への直接攻撃に対処できる程度の防御力は持っているでしょう。熱源を感知したら途端に自爆モードが起動し一気に全速力となります。そうなると我々は万事休すです」

「ふむ、それで?」

「我が艦隊に対して、自爆モードにならなければ、良いわけでしょう?」

「そりゃあ、そうだが……。その方策が分からんから困っているのだ」

「この間、我がサザンクロス号の外板張替が終わったところです。私は、あなたの計らいだと思いましたが、そうだとしたら感謝の念で一杯です。不要になった元の外板、確か大きさはまちまちですが、三万二〇〇〇枚くらいになったと思いますが……。他にも、色々な艦艇が修理や改装をしています。余剰になったパーツは、本来再利用するため、別のところで使われるのですが、非常時です。使い道を柔軟に考えればいいんじゃないでしょうか。宇宙魚雷のエンジン、勿体ないですが、これ、熱源になりますよね。で、我が艦隊ですが、アマルーナじゃないですが、亜空間に潜むという手はいかがかと」

「うーむ、グッド・アイデアだ」

「私が言ったと言わないでください。あくまでも、補佐官のアイデアということでお願いします。軍も色々事情がありまして、お察しください」

「見ロ、キャプテン・ケンニ聞ケバ、解決スル。朕ノ言ッタ通リダロウ。船ノ外板ヤ、パーツナラバ、エンジンガツイテイレバ間違イナク、船ト認識スルダロウ。大キサガ問題ダガナ。小サスギルモノハ、認識サレナイ確率ガ高イ。自爆艦ヲドウ騙スカダナ」

ルーキンが言った。

サザーランド補佐官は確信した。キャプテン・ケン、右腕として欲しい漢だと。早速、足早に総司令部に戻った。

◎

キャプテン・ケンの提案は、サザーランド補佐官によって、総司令部に披露された。何といっても、思いつく手がなかっただけに、即座に実行されることに決まった。まだ間はあるが、無限にあるわけではない。直ちに作業が始まる。ダミー艦（要するに船状の遠隔制御バルーンである）に余剰パーツを組み合わせ、宇宙魚雷そのものをセットする。そう手間のかかることではない。ただ、数が必要になる。整備ドック、宇宙艦ドックの技術者、作業員総出で取りかかった。ダミーの地球艦隊が出来上がるまで、そう時を要しなかった。あとは満を持してゾクド軍団の来襲を待ち受けるのみである。地球艦隊は、次元航法で亜空間に姿を隠した。次元レーダーで状況を注視する。息を潜める緊張感が地球軍全体を覆った。

サザンクロス号に戻ったキャプテン・ケンは、何食わぬ顔で言った。

「ゾクドの奴ら、五万隻と言いつつも、実戦力は二万隻程度。前回より少し多いくらいだ。実戦力を引っ張り出すには待ち受けるだけじゃあ駄目だ。こっちから仕掛けないとな。正確な敵の位置が分かったらヒット・エンド・ラン戦法をやろう。これも、基地艦隊首脳と意見交換済みだ。艦隊司令官シャルル中将も賛同されている。今回は、基地艦隊の駆逐艦、フリゲート艦も合計三〇隻くらい加勢してくれる手はずだ」

「攻めてきてるのに、逆に先手を打たれると、ゾクドの奴ら、慌てるでしょうな」

「小型艦艇の方が身軽に動ける。戦列艦、重巡など火力の大きい艦は、正面から堂々とやりゃあいい。自爆艦をやり過ごしてからの話だがな」

「間もなく基地艦隊の協働艦が所定の位置に就きます」

「ゾクド艦隊の位置は？」

「火星の手前まで来ているようです。あと一時間程度で火星開発局跡上空に達する見込みです」

「頃はよし。作戦発動カウントダウン開始」

「アイ・サー」

「各艦、次元航法同調装置スタンバイ。目標、ゾクド艦隊の後方に位置する母艦。こいつの動力と、指揮機能を潰す」

前回の母艦攻撃作戦で、陽動作戦を行った遊撃艦隊一二隻、基地艦隊から駆逐艦一二隻、フリゲート艦一八隻が参加する殴り込み作戦が今始まろうとしていた。

◎

「各艦メインエンジンフルパワー！　ハイパー・チャージャー接続一〇秒前」

「アイ・サー」

「シールド展開、次元レーダーは……稼働中だったな」

「ハイパー・チャージャー接続！　移動後すぐに戦闘に入る、各員最善を尽くせ！」

「アイ・アイ・サー！」

遊撃艦隊一二隻と基地艦隊小型艦艇三〇隻の合計四二隻が同時に次元移動する。火星まで五分程度。二、三回欠伸をしている間に着いてしまう。

今、眼下にゾクドの大艦隊が望める。目標は中でも飛び切り大きな母艦である。この度は、周囲を主力艦が固めている。少しは学習したのだろう。しかし、上空警戒はなく、基本的に攻められることは想定していないようである。

「各艦戦隊規模にて母艦だけを狙え！　一斉射後に、撤退する。遅れるな」

一戦隊で、六隻。基地艦隊の最小戦闘編制である。遊撃艦隊は四隻が一戦隊となる。火力的には、駆逐艦より強力になっているため、これで整合性が取れている。各艦、先般換装したばかりのフリーザーカノンを放つ。遊撃艦隊のそれは口径一五・五サンチ、駆逐艦、フリゲート艦は共通で一二・七サンチであった。フリゲート艦の搭載砲が単装四門、駆逐艦は連装三基六門。遊撃艦隊の仮装巡洋艦は連装三基六門。それらがゾクド母艦各艦の動力部をめがけて、まずは一斉射。効果は抜群で、母艦の後部にある動力部全体が凍り付き、やがて霧消する。母艦の後方を固めていた敵主力艦がつんのめって母艦に衝突した。敵艦隊は混乱に陥った。容赦なく、母艦をめがけて第二斉射。今度は艦体中央が凍り付き、ぽっかり大穴が開く。これで、母艦機能はほぼ失われた。これを確認すると、地球艦隊は予定通り、撤退した。ゾクド母艦の約六〇％がデブリ化した。

◎

ナンバーフリートの面々は、サザーランド補佐官の提案に従ってダミー艦隊を作り、自身は亜空間に身を隠し、敵の来襲を待ち伏せしている。その間に、遊撃艦隊と基地艦隊の補助艦艇がタッグを組んで、ゾクド艦隊を急襲し、さっさと撤収した。残された敵母艦は四〇％程度。大幅に作戦に支障が出る損耗度である。この後ゾクド艦隊は隊列がぐしゃぐしゃになり、混乱状態になっている。攻めるなら今かと思われる。が、総司令長官は沈黙したままである。

たまらず、第三艦隊司令官グレッグ中将が進言する。

「勝機は今に非ずや？」

総司令長官ハイゼンバーグ元帥が応答する。

「未だ、戦機熟さず。命令あるまで現状待機せよ。各艦隊受け持ちのダミー艦隊を発進させせよ」

「了解した」

各艦隊工作艦は一つずつ丁寧に射出する。当初、しぼんだまま飛び出したダミーは、自動で膨らみダミー艦になる。搭載数全て射出し展開したのを確認すると任務終了である。工作艦はムーンタウン基地に引き上げて行った。ダミー艦隊を制御するのは、フリーザーカノン搭載のバージョン1・5タイプの軽巡か駆逐艦、フリゲート艦といった小型艦である。ダミー艦五〇隻〜三〇隻分を一隻でコントロールするのだ。展開には意外に時間がかかる。ゾクド艦隊の進撃スピードを抑え、時間稼ぎの役割もキャプテン・ケンらの艦隊は果たしたことになるのだ。

予想より遅れつつも、ゾクド艦隊は再びやって来た。既に手負いであるが、怯んだ様子はない。中核の中型戦闘艦、無人自爆艦は無傷である。ただ、機能不全になった母艦が制御していた自爆艦は、コントロールを失って停止したため、ついてこられた艦は、二万隻足らずになってしまった。つまり、本格的に戦闘が始まる前から、ゾクド艦は指揮機能の六〇%、主戦力の二〇%以上が脱落したことになる。

地球艦隊は、十分余裕を持って待ち受ける。ダミー艦隊がゾクド艦隊に果敢に近づいてゆく。戦機が熟しかけていた。

◎

「そろそろ始まりそうだな」

キャプテン・ケンが言った。

「無人艦同士のぶつかり合いになるな。見ものだぞ」

「いいんですかい？　そんな呑気な調子で」

「深刻になったって、数の不利は変わらんさ。相手の出方を見て、できる限り相手の気を削ぐ。せめて互角に持っていければ、勝機が勝手に来てくれるってね」

「キャプテンの考えで？」

「実は、武道家だった祖父がよく言っていた言葉さ。それに、祖父は軍人として地球統合戦役にも参加している。よくもまあ、生きて帰ってこれたと口癖のように言っていたっけ。宇宙空間での戦闘を初めて経験した世代なんだ」

「ふえぇ！　キャプテンの家系は筋金入りのスペースマンっすねえ」

「キャプテン、始まりましたぜ。ゾクドの自爆艦本体より前に出ました。我が方のダミー艦、制御用アポジモーター点火。前進します」

ゾクド軍が二万余、地球軍が三万五〇〇〇。無人自爆艦対ダミー艦の全面対決の火蓋が切られた。

ゾクドの自爆艦が地球ダミー艦のエンジン熱源を感知。メインエンジンに点火。急加速して熱源に向かう。次の瞬間、ダミー本体に貼り付けてある余剰パーツと、セットしてある宇宙魚雷いずれかに接触、爆発を起こす。広範囲にダミー艦を展開したこともあって、ここでは逆に数に劣るゾクドの自爆艦で、地上施設を狙うものは数少ない。それも、待ち受けるフリーザーカノン群に最終加速に入る前に落とされた。

ゾクドの自爆艦は、スリープ状態に入った一万余隻を除く全艦が地球軍のダミー艦と刺し違えて潰《つい》えた。一方、地球側にはまだ、一万五〇〇〇隻ほどのダミー艦が残っている。これらに設置されている宇宙魚雷は、まだ、生きている。キャプテン・ケンのアイデアは、より多くの人の協力を得て更に強力になったようだ。コントロール艦の操作により、これらの魚雷が放たれる。第一群は、五〇〇〇発。ゾクドの本隊に向かう。ゾクド艦隊は、中型戦闘艦が前面に出て母艦を守るしかなくなった。必死で撃ち落とそうとエネルギー砲を撃ちまくる。いくつかは落とされたが、密集隊形のゾクド艦は命中が相次ぎ、お決まりの衝突も起きて、隊形が乱れる。そこへ、第二群が更に五〇〇〇発着弾する。ゾクド艦隊の前面中央の一角が崩れた。

「全艦隊、敵隊列の正面上方に位置し、一斉射撃」

総司令長官の命令一下、ナンバーフリート六艦隊が、待ってましたとばかりに亜空間から姿を現すや、マルチ隊形で斉射を繰り返す。フリーザーカノンは、エネルギー消費と共にメカの加熱具合も少ないため、連続射撃がし易い。各艦ゾクド艦の射程外から、遠慮なくフリーザーカノンをつるべ撃ちした。

ただし前述の通り、全ての艦がフリーザーカノンを装備できたわけではない。この装備がまだない艦は、レールカノンを発射した。闘志がみなぎる。無限に広い宇宙をも覆わんばかりであった。ゾクド艦隊はずるずると押され、変針を余儀なくされた。

◎

アマルーナ月面基地は、ここまでの間不気味な沈黙を守っている。地球軍の先制攻撃と、本隊の急襲でかなりの損害を出したゾクド軍は、逃げにかかった。このタイミングで、アマルーナ月面基地にわずかな動きがあった。すると、後方に置き去りにされていたスリープ中の自爆艦が動き出した。どうやら、アマルーナはゾクドの自爆艦乗っ取りに成功したらしい。自爆艦は自軍の艦艇の排熱を感知し、たちまち目覚めた。よりによって、自軍の艦隊めがけて走りだす。すぐさま第二段階から最終加速に移り、銀河間航行スピードに達する。もう誰にも止められない。慌てたゾクド軍は中型戦闘艦が盾となり、連続射撃で急場をしのごうとした。これで止められた自爆艦は数隻にすぎない。ゾクド艦は自らの武器で、次々と艦体を刺し貫かれ爆発飛散した。

一万隻余の自爆艦が姿を消した時、ゾクド本隊はもう体を成してはいなかった。中型戦闘艦は約八〇%喪失。母艦にも被害が出て、これ以上の作戦行動は誰の目にも不可能と映った。ところが、生き残りの母艦で無傷の艦五隻の艦首発進口が開き、次々と中型戦闘艦が出てくる。その数は、六〇〇〇隻にも及んだ。生き残りと合わせ、総勢一万五〇〇〇隻。なかなかしぶとい。隊列を組み直し、お馴染みとなった鋒矢隊列で再び進んでくる。戦は今や酣《たけなわ》となった。

◎

繰り返しになるが、母艦五隻で、六〇〇〇もの主力中型戦闘艦の収容が可能とは、常識では考えられない。ゾクド特有のカラクリがあるのは疑いない。この特殊機能で、ゾクドは喪失分の穴埋めをある程度は果たした。数では依然として地球艦隊を上回る。が、それだけで地球軍を凌駕できるのか疑問でもある。一方、地球側は相手が引いてくれない限り、戦を止めることはできない。それは、即地球滅亡に直結するからだ。相手がどうであれ、容赦なく叩く……その一手しかないのだ。

地球軍は大手正面をナンバーフリートが、搦め手を基地艦隊が、遊軍としてキャプテン・ケンの遊撃艦隊&基地艦隊小型艦艇の一部がそれぞれ担当する。そのうち、姿を現しているのは、ナンバーフリートのみ。他は、亜空間に待機している。これまでの戦闘で、地球側はゾクド艦のおおよその有効射程距離をつかんでいた。決め手がレールカノンと宇宙魚雷のみの時は、命中率よりも距離・間隔を優先したが、今は、フリーザーカノンという切り札がある。多少リスキーな作戦でも実行できよう。

第二ラウンドが始まった。

◎

ナンバーフリートのレールカノン斉射で宇宙の静寂が再び破られた。ゾクドの鋒矢の要が狙われる。すさまじい数の質量弾が先頭艦を襲う。何十もの命中弾を受けて、先頭艦はデブリと化す。先鋒、次鋒が同様にデブリとなるのに時間は要さなかった。状況を見てキャプテン・ケンが命じた。

「敵艦隊の腹を狙うぞ。目標は母艦の腹だ。敵戦闘艦は母艦がやられれば立ち枯れる。全艦同調装置スタンバイ。次元航法に入れ」

正面から、主力のナンバーフリートが圧力をかける。レールカノンの第二斉射が来た。間髪入れず、キャプテン・ケンの率いる艦隊が次元航法を駆使して、ゾクド母艦の下方に潜り込む。艦の直上が、敵母艦の底部だ。

「フリーザーカノン発射！」

エネルギー弾がたちまちゾクド母艦に向かう。前回と逆に、母艦は艦底が凍り付き、底抜けになった。緒戦と異なるのは、母艦の絶対数が限られることだ。無傷だった五隻があっという間に底抜けになった。他の損傷艦も、片端から底抜けにされた。

「もうよかろう。次元航法同調、撤収せよ」

キャプテン・ケンの艦隊が引くのと時を同じくして、待機中の基地艦隊が搦め手から出現する。ゾクド艦の射程外の距離ぎりぎりの位置を取る。正面の主力から、レールカノン第三斉射が来る。基地艦隊がフリーザーカノン、レールカノンを放つ。ゾクド艦隊こそたまったものではない。狭窄され、全戦力の三〇％がデブリか宇宙塵と化した。母艦はほとんどが底抜けである。損失の補充はもうできない。勝負は既に決したように誰もが思った。

◎

ゾクド艦隊は、母艦をスクラップにされても怯まない。

「あいつらバカなのか？　まだ戦意を失ってないぜ」

「テラミスの王様が言ってたとか。懲りない奴らだってな。もう少し進むと、基地の大口径フリーザーカノンの射程に入るんだがな。自走式のが出張ってくると、勝負が早くなるだろうが……」

「そこまでゾクド軍は無謀じゃあるまい。相手を見くびらない方がよい。動きを注視していろ。場合によっては、我が遊撃艦隊プラス駆逐隊の出番になるぞ」

「アイ・サー。キャプテン」

「あれだけやられても、まだ我が全艦隊総数よりも多いんだからなあ」

突然、緊迫した武藤の声が響く。艦内が更に張り詰める。

「キャプテン、多数の火球のようなものが地球に向かっています。惑星間航行スピードをはるかに超えています」

「数は？」

「確認できませんが、ざっと大小二〇〇〇は下らないと思われます」

「総司令官命令、『全艦隊、持てる武器で火球を迎撃せよ』と」

「一つでも多く、止めろ！　なるべくでかい奴優先だ」

「アイ・サー！」

キャプテン・ケン指揮下の部隊のみならず、地球全艦隊が迎撃した。今艦隊が持つあらゆる兵器が火球に向けられ、発射された。中でもフリーザーカノンが目標を捉えると、多くが無力化された。結果、約半数を宇宙塵としたが、残りは大気圏に突入する。地球統合政府は緊急連絡を受け、空軍、地上軍、海軍に迎撃を命じた。大気圏内の軍事力は未だ最新のテラミス兵器の恩恵に浴してはいない。それでも、大気圏突入した火球の三〇％は破壊した。約一〇％は進入角度がまずく、大気との摩擦で燃え尽きた。残りは結局地球の大地に着地する。大爆発が起こると思いきや、火の消えた球体は、カプセルだった。中から大量の蜘蛛のような兵器が出てきた。

「ゾクドの狙いは、どうやら地球自体にあるようだ。艦隊は見世看板にすぎんようだ。いきなり切り札を切ってきた。大気圏内の我が軍がどれほど踏ん張れるか。我々とすれば、目前の敵艦隊を潰すことしかできんが」

歯がゆいが、宇宙軍は目前の敵艦隊に対峙する他はない。

◎

しかし、地上軍も訓練された精鋭ではある。飛来した火球＝謎のカプセルは、目標になり易い大きいものから撃破されている。幸か不幸かこれが地上軍にとってラッキーだった。事後検証で判明したことだが、大きいカプセルの中身は主として重火器だったからだ。地上に達した小型カプセルはＡＩ起動の戦闘ロボットだった。一カプセルで、約三〇〇機積載できるらしい。ただ、飛来した総数の約三〇％の戦力しか地上に達しなかったので、あちこちに被害も出たが、軍事的には、まだ軽微と言える程度だった。痛ましいことに、守備最優先軍事施設でないいくつかの都市は、徹底的に破壊された。一般市民にも、数千とも数万ともいわれる犠牲者が出た。具体的な被害は未だ判明していない。

◎

ゾクドの艦隊は進退に窮した。それでも進み続ける。容赦なく各種砲弾に捉えられ、宇宙塵か、デブリかいずれかにされてしまう。自走式フリーザーカノンが展開を始めた。何とか射程距離に達したのだ。狙いをつけて、順繰りの射撃を始める。恐らくゾクドは据え置きのフリーザーカノンしか意識はしていなかったろう。たちまち捕捉され、凍り付き、宇宙塵と化す。これで、補充した艦がほとんど消耗してしまった。既に母艦は機能停止のスクラップ同然。これ以上は、ゾクドといえども踏ん張れない。小鋒矢の単位で四方八方に逃げ散った。その一部は、搦め手に位置した基地艦隊の追い討ちにあい、徒《いたずら》に被害を増やした。地球軍はゾクド軍団の襲撃を二度も退けることに成功したのだ。

◎

「今回、我が艦隊は損傷艦すら出ない完全勝利を収めることができた。これも、ゾクド母艦を先制攻撃で多数無力化した遊撃艦隊と、協力したムーンタウン基地艦隊駆逐隊の功によるところ大である。よって、指揮官荒川中佐に、騎士十字功一級勲章を授与する。麾下《きか》のクルーには同功二級勲章を授与する」

総司令長官ハイゼンバーグ元帥が宣した。軍人としては大変な栄誉であることは間違いない。キャプテン・ケンは、恭《うやうや》しく勲章と副賞を受け取った。順に、クルーも授与される。戦場での儀式だけに、パーティーもない。あっさりと終わった。

艦に戻った。一同ほっとした空気が流れる。ゴードンが言った。

「きんぴかの勲章もらったけどよォ、ちっとも嬉しくねえや」

「なんでえ、何かあったのか」

と、ブラッドレー。

「ゾクドのやけくそ攻撃で、俺の叔母の家がやられたんだ」

「例の火球のことか？」

「そう、そいつだ。お陰で、叔母の消息も不明だ」

「さっきの連絡がそうなのか」

「うん。両親が事故であっさり死んだ。叔母に世話になった」

「そうか」

「ちっとも孝行できない間に……くそったれ！」

あとは言葉にならなかった。

◎

地球統合政府は、謎のＡＩ兵器に疑問の節があり、破壊した戦闘ロボット、カプセルの破片、大型カプセルの重火器らしきパーツ等を、ムーンタウン基地に送った。宇宙から飛来したものだけに、基地で解析した方がより良いと判断したためである。早速解析が始まる。基地の解析班は一目見て仰天した。カプセルの外板は、既にサザンクロス号に張り替えたのと同一である。戦闘ロボットは、以前ムーンタウン基地を襲った機動歩兵と基本的に同じ制御システムであった。勿論地球外のものだが、テラミスでも、ゾクドでもない。念のためテラミス前王ルーキンに確認してもらう。ルーキン曰く、

「コレハ、間違イナク、アマルーナノモノダ」と。

「アマルーナデ、何カガ起コッタト見テヨイ。君タチ地球人ニトッテ好マシクナイコトガ……。サザーランド補佐官ニ会イタイ。緊急ニダ」

ルーキン前王の言を受けて、サザーランド補佐官が来た。

「戦闘ノ終ワリ頃ニ、飛ンデキタ火球のコトダガ……」

「ゾクドのやけくそ攻撃と呼んでいる軍人が多いがね。まさか……？」

「実ハ、アマルーナノモノダ」

「うーむ、やはり……」

「今後、アマルーナニ気ヲツケタ方ガヨイ。オ主タチガ考エテイルヨウナ誠実ナ連中デハナイ。隙アラバ、付ケ込ンデクル。騙サレル方ガ馬鹿ナノダ。平気デ嘘ヲ吐ク。裏切ル。殺ス。ソウナッテモ朕ハ知ラヌゾ。地上デドンナ被害ガ出タカ、調ベルトヨイ。朕ノ言ッテイルコトガ、少シハ理解デキヨウ。我ガテラミスハ決シテ裏切ルコトハナイ。アマルーナトハ違ウ」

いつもの皮肉交じりでなく、真剣な表情が印象的だった。

◎

次第に地上の被害状況が明らかになってくる。政府を構成する主だった八州の一二都市は瓦礫の山となってしまった。軍が守ったのは主として、軍事拠点だったからだ。住民の避難は混乱を極め、手間取るうちに、片端から蜘蛛型ＡＩ起動戦闘ロボットの餌食にされた。人的被害は未だ不明である。地上から次々上がってくる情報に接し、ムーンタウン基地でもテラミス前王ルーキンの言葉を受け入れないわけにはいかなくなる。ゾクドとの戦闘中に、直接本星を襲う、これが友好的だとはとてもいえないだろう。しかし、トリドルン代将は、ゾクドの自爆艦を乗っ取り、ゾクド艦を屠《ほふ》って加勢してくれた。この状況を鑑みるに、アマルーナ本星の行政、もしくは軍政のいずれか、または両方に何らかの異変が生じたと考えるのが自然である。サザーランド補佐官は、戦慄を覚えた。奇しくもキャプテン・ケンが危惧していたことと一致している。月面基地のアマルーナと、アマルーナ本星の立場は、今やまるで異なると思った方がよさそうだ。月裏側の地球軍前衛基地は、アマルーナ中継基地と八〇㎞しか離れていない。彼らが、これから本国の翻意に素直に従うのか否か、不気味な沈黙が続いている。

◎

沈黙を破ったのは、アマルーナ側だった。例によってＡＩドローンを飛ばし、発光信号で地球側に語りかける。

『マクギャルン執政官から密かに連絡あり。アマルーナ本星でクーデター勃発。武官派の総帥、レンパ総軍大元帥が政府の機能を停止させ、臨時政府を立てた模様。マクギャルン執政官は、無事。身柄拘束の危険を避け、現在避難した某所で反撃の機会をうかがう。地球本星を襲わせたのは、レンパ派に他ならず。多くの犠牲者が出たようだ。アマルーナとして、誠に遺憾に思う。我々はマクギャルン派である。あくまで地球との条約は守る。ただ、本国との連絡は絶たれたので、食糧の援助を求む』

地球側の返信。

『事情は理解した。食糧の援助などお安い御用だ。当面、一週ごとにそちらに運ばせる。ただ、食材がお口に合うか当方は分からない』

『そちらのお気遣いは無用。我々は、地球人の食する物ならまず大丈夫である』

トリドルン代将の立場は、実に微妙である。スターバトルシップが、第二陣を含めると五隻、クルーザー五隻、デストロイヤー一〇隻、キャリアー二六隻、これにできたばかりの基地。これだけの装備があれば、人数は少なく見積もっても五〇〇〇人は下るまい。当初のバトルシップ二隻だけの代将とは異なる。武官たちが本星に倣って不服従行為を起こせば、たちまち危うい。地球側とすれば、彼が麾下の部隊を完全掌握してくれることを祈るのみである。

◎

アマルーナ側の要望に応える形で、食糧を積んだ運搬車がアマルーナ中継基地に向かった。車は、月裏側の地形に対応して、凸凹対応のため地表から三〇サンチ浮揚して進む。列車のように、六両連結して、一度に大量の物資運搬が可能である。空気抵抗が少ないため、そこそこスピードを出しても安定した走りができる。ものの二〇分で目的地に着いた。ごついデザインの宇宙服を着たアマルーナ兵が出迎える。自前のクレーンで、荷下ろしをする。アマルーナは、見返りにコンテナ状の箱をくれた。中には、地球人の役に立つ道具が入っているという。意思疎通は、ハンドライトの発光信号による。お互い面倒だが、今のところこれが唯一の会話手段だから仕方がない。事実上、これが一般兵士同士の初めてのコンタクトだった。地球側は敬礼、アマルーナ側は合掌して、互いの厚意に応えた。

運搬車は、無事前衛基地に戻ってきた。直ちに、アマルーナからの贈り物はムーンタウン基地に転送される。

「アマルーナは何をよこしたのだろう」

サザーランド補佐官が言った。

「これから慎重に梱包を解きます。念のため、爆発物処理室で作業します」

基地司令官コレンツ中将が応える。爆発物処理班が数名、防護服に身を固め、作業を始める。荷物を覆う虹色のカバーが外された。中から出てきたのは、航宙艦のパーツらしき装置である。メッセージが入っている。テラミスの翻訳機の出番である。曰く、

――親愛なるテッラの同志へ。我がアマルーナより心を込めて贈る。これは、防御システムに接続すると機能するエネルギー・シールド制御装置である。貴軍の艦船を守る有効な手段の一つとなるだろう。活用されたし。アマルーナ月面中継基地総督トリドルン。

と。この状況は、全軍に周知された。

◎

「トリドルン代将も思い切ったことをしたもんだなあ」

「彼が、月基地の総督になったということは、艦隊は武官に任せたということかなあ」

「細かいことは分からんが、代将と武官の関係は、少なくともアマルーナ本星よりましなんだろうて」

「しかし、本星と切り離された部隊にすぎん。立ち枯れるのは時間の問題になる。儂らが応援するったって、彼らの船がどんなエネルギーで動いているのかさえ分からんのだ」

「食い物同様に、何かと交換でこっちが提供するってことになるかもな」

「それにしても、食い物と交換したとかいうシールド制御装置は、ちょっと興味があるな。今の装備は、ハイパー・チャージャーで増幅したエネルギーのおまけのようなものだ。対障害物用を防弾にも使っているだけで、数発の命中弾に耐える程度の能力だ。小型艦艇のは、ゾクドのエネルギー弾には、耐えられなかったしな」

「おい、キャプテンだ。整列！　敬礼！」

「皆、楽にしてよいぞ」

「直れ。休め」

「ん？　ゴードンの姿が見えんが……？」

「この間の、アマルーナ強硬派の攻撃で、叔母さんの消息が不明になったとかで……。自室に籠った切りで……」

「戦闘がないのが幸いだが……。アマルーナの戦闘ロボットは、生体反応があるものを攻撃するプログラムなんだそうだ。アマルーナ武断派は、文官主体の交渉が気に入らなかったと見える。ファーストコンタクトは自分たちだったからな。嫌がらせのつもりの攻撃だ。次はないと断言できないが……。本星のイザコザに巻き込まれたくはないものだ。ところで、話を戻すが……、ゴードンのことだ」

　キャプテン・ケンは、クルーを見回して言った。

「この度の嫌がらせ攻撃で、一二都市合計一〇〇万にも上る犠牲者が出た模様だ。君たちの家族、親類、縁者で、該当都市に住んでいた事実がある者はいるか？」

「地球は高くつきますんでね。クルーの家族のほとんどはムーンタウン居住区暮らしでさあ。ゴードンの奴も、本当はこっちに叔母さんを呼びたかったようですが、頑固な人で、『一人暮らしなのにちっとも動いてくれねえ』とこぼしてましたぜ」

「この状況では、個々の消息を確認するところまではとてもいくまい。武断派の戦闘ロボットは一㎡当たり六〇〇発のエネルギー弾をばら撒いているそうだ。遺体の大半は、男女の判別すらできんらしい。どう見ても、悲観的な状況だ。ここで、作戦行動が下命されたら、リード・ロメロに任せる。ダメージを食らっている者に皆の命運を背負わせるわけにもいかん。何とか消息がつかめればいいんだが……」

「宙ぶらりんほど、精神衛生上まずいことはありやせんやね」

「その通りだよ」

地球艦隊は、しばらく戦闘態勢のまま現状待機となった。他艦は知らず、サザンクロス号では気まずいムードのまま、時だけが過ぎていく。

◎

それから数時間後、いきなり静寂が破られた。地球の地方都市からの緊急連絡だった。市役所職員を名乗る人物が、駐屯軍を通じてサザンクロス号につないできたのだ。その人物は、メイン・パイロット、ゴードン・ブロックを指名してきた。慌てて保安部員がゴードンにつなぐ。ゴードンがようやく自室から出てくる。

「ハイ、ブロックだ」

『何を寝ぼけた声出してんだよ。あたしだよ。メリーだよ』

「叔母さん……？」

『買い物に行こうとして車を出そうとしたら、調子が悪くてね。家のは年代物だろ？　見てくれる整備屋は家から二三㎞も離れた場所さ。何とか自走できそうなので整備屋に向かったのさ』

「それで……？」

『悪運が強いのかねえ。整備屋に着いて親父に見てもらっているうちに、ドカーンさ。家はやられちまった。夫との思い出も何もかもね。でも、あたしゃぴんぴんしてるよ』

「整備屋の周辺は……？」

『こっちまで攻撃はなかったよ。早く連絡しなきゃと思ったんだけどね、周辺の混乱でできなかったのさ。整備屋の周辺は停電になっちまうし、こっちはこっちで大変だったんだからね。お前の名前と、乗り組んでいる船の名前を出したら、軍の人がつないでくれたのさ。お前、ちっとは頑張ってんだね。聞こえてるのかい……!!』

お喋りで陽気な叔母その人だった。普段は口数の多いゴードンが、この時ばかりは言葉が出てこない。目から涙があふれた。彼は、それを拭おうともせず、叔母のマシンガントークに翻弄されていた。軍の計らいで、叔母がゴードンのムーンタウン居住区宅に落ち着くことになったのは、それから数日後のことである。

◎

地球統合政府は困難な問題に直面した。首脳会議が行われた。これからゾクドとどう対峙していくか。アマルーナとはどうか。地球軍全体の持つ能力をどう向上させていくか。破壊された都市の再建と、被害の全容把握。負傷者の治療、生存者のアフターケア。流石に、修好通商条約を締結した惑星国家から、他の地球外勢力と戦闘中に攻撃されることまでは予測不可能である。何より困難を極めたのは、犠牲者の身元確認と遺体収容である。オーバーキルのすさまじさは、言語を絶する。どこから手を付けてよいのか、現地派遣軍の兵士ですら、精神不安定に陥る者が続出する始末である。

戦後の検証で、アマルーナのAI起動戦闘ロボットは、戦闘で破壊されたものより、エネルギー切れで止まったものの方が多いことが判明した。直接アマルーナ製ロボットを解析して分かったことだ。アマルーナのロボットは、大半が殺戮の限りを尽くした挙げ句に、弾切れ、エネルギー切れ、どちらか早い方が原因で機能停止したというわけだ。都市は、防衛戦闘の対象にはされなかった。防衛部隊は、民間人が多く取り残され、軍の行動に障害が多い市街地戦闘を放棄し、軍事拠点を中心に守りを固める戦術を取った。アマルーナの展開は素早かった。相手は、重火器でしか止められない戦闘ロボットである。いわば、自律式戦車を相手にするようなものなのだ。地上軍部隊が全滅しないためには、止むを得ない面もある。ただ、市民を一方的に見捨てることで、軍への信頼が揺らぎかねないデメリットがある。方面防衛軍を指揮した将官が三人、軍事裁判にかけられ、更迭された。多分に、今次の災禍の責任を指揮官に転嫁したものである。混乱は政府の根元を揺るがしかねないからだ。

アマルーナ武断派の攻撃は、単に地球に対する嫌がらせにすぎなかった。継戦能力が限られた兵器を送り込み、バックアップもなく、止まれば止まった、でよいという思惑が見え隠れする。それにも拘らず、地球側の被害は短期間に甚大なものとなった。送り込まれた戦力の三〇％程度でこれだ。もっと多量に地球全体に展開されれば、どうなることやらと思いやられる。軍は、宇宙艦隊の拡充のみならず、大気圏内の防衛力強化という宿題も背負わされた。全て同時に実行するのは、物理的に現実的ではない。統合政府は強引にやり抜くほど盤石でもない。また一つ、首脳の頭痛の種が増えた。

一方、アマルーナ文治派から贈られたエネルギー・シールド制御装置は、航宙艦の防御力増強に効果的であることが分かった。ムーンタウン基地宇宙艦ドックでこれをもとにしたコピーを量産する態勢を整えた。地球にも簡易タイプが送られ、数基で大都市全体が、外部からの攻撃から守られるシステム構築が可能となった。地球人は異なる立場の同じ惑星人と、今後どう対峙していくのか。難しい立場に置かれている。

◎

アマルーナ本星が、今後どのような手を打ってくるか釈然としないが、宇宙艦隊は一旦戦闘態勢を解かれ、一段階低い警戒態勢に移行した。各艦は順に宇宙艦ドック入りし、整備と補給作業を受ける。特に対ゾクド戦で、激しく動いた遊撃艦隊と基地駆逐艦隊の一部は、最優先でドック入りする。

「久々の休暇だぜ」

各人ほっとした表情で、居住区の家族に会いに行く者、保養施設にリフレッシュに行く独身者、各人各様の動きを見せる。

ナンバーフリートの母港は、基地艦隊の駐機場から少し離れたエリアにある。艦隊が新設されたので、全て収容するには手狭になった。第五艦隊がはみ出るので、駐機設備を増築中である。消耗の激しい艦からドック入りをした。ナンバーフリート専用のドックがあるが、状況次第で基地艦隊のドックと共用される。地上では、建艦競争が起きている。これ以上艦が増えれば、いずれ現在の設備はキャパオーバーになろう。ムーンタウン基地は、地球外勢力との接触機会が多くなるに伴い、膨張の度を増している。

◎

「今回は、アマルーナ武断派の嫌がらせだったが、この連中が本気になったら、地球はたちまちピンチになるだろう」

サザーランド補佐官が言った。

「常に最悪のシナリオを考えておかねばならない。君はどう考えるかね？　意見を聞かせて欲しい」

「武断派が考えそうなことは、まず文治派の勢力一掃でしょう。地球の征服はその後のこと。全く芽がないわけではありませんが、今すぐのことではありません。ただ、我が前衛基地の近隣に文治派の中継基地と少なからぬ武力を持った一群がいる。これは、攻撃対象の一つです。武断派の筋肉頭で、文治派勢力と我が地球軍の基地の区別がつくかどうか疑問です」

キャプテン・ケンが応える。

「そういう意味で、本星の文治派勢力を抑えられれば、次は、本星外に展開する文治派の討滅を図るのは当然かと。アマルーナ武断派と衝突するのは必然と考えておかねばなりますまい」

「本格的な武力衝突になると思うかね？」

「武断派とて、地球軍とゾクド軍団の戦闘結果を知らないわけではないでしょう。だから、この度の嫌がらせは、我が宇宙艦隊の頭越しに地球本星を目標にしたのです。ただ、地上に到達したアマルーナの鉾が、総勢の三〇％程度の戦力で、とんでもない被害をもたらしたことは、考慮しておく必要があります。宇宙艦隊の阻止率をもっと上げるか、地上軍の迎撃能力を大幅に拡大するか……。ここからは、政治の領域ですな」

「まだ、言いたいことがあるだろう？」

「テラミスの存在を想起していただきたいということです」

「テラミス……？」

「テラミス連合王ルキアンも、前王ルーキンも、言っていました。厄介な連中の蠢動《しゅんどう》は、テラミスのパンデミックが原因だと。一連のごたごたで多くの死者が出て、テラミスの国力が低下した分、厄介な連中が動き易くなったんだそうです。ならば、『テラミス大変、地球迷惑』でしょう？　尻拭いはテラミスがしないと、我々地球人は割が合いません」

「テラミスを巻き込むのかね？　そんなことが……？」

「やらねば、我々に勝ち目はありません」

「うーむ」

「前王ルーキンに、ひと肌脱いでもらってはいかがですか？　火星を餌にするのです。地球の火星開発は、ゾクドの攻撃で振り出しです。テラミスといっても、今の国力で距離の離れた地球圏に中継基地を作るのは、楽ではないでしょう。共同開発を持ちかけてみたらいかがでしょう？　乗ってこないとは思いませんが……」

　サザーランド補佐官の目が一瞬輝きを増した。彼は遊撃艦隊旗艦サザンクロス号に表敬訪問をするとの名目で、わざわざ駐機場の同艦に足を運んだ。一時期、テラミス前王ルーキンと一緒に乗り組んでいただけに、クルーとも顔見知りである。キャプテン・ケンの意見に満足したら、長居は無用とばかりに席を立った。キャプテンも心得たもので、サムソンに目配せした。彼は待機中の補佐官付き運転手に連絡を入れる。補佐官が、ラッタルを降りようとすると、もう、迎えの車が横付けしている。満足そうに艦を仰ぎ見ると、補佐官は車中の人となった。

◎

　火星は地球統合の目玉として、地球をこぞって開発が進められていた。相次ぐ海賊騒ぎで混乱したが、それでも一時的中止に留まった。キャプテン・ケンがサザンクロス号に赴任する契機にもなったこの事件は、地球外勢力との邂逅《かいこう》につながった。そもそもテラミスの連合王ルキアンがちょっかいを出さなければ、後に続く一連の事件もなかったといえる。その火星は、ゾクド軍団の攻撃で、ベースキャンプ、衛星ダイモスの開発庁関連施設他、地球人の施設が全て破壊された。何年かの投資、労力、機材、設備、全てが無に帰したのだ。その後のゾクドとの戦闘で、放棄されたも同然の状態である。これをテラミスとの連合の材料にしようとは、政府の誰も思いつかないことだった。ゾクドや、アマルーナの動向に戦々恐々としている状況では、止むを得ないことではある。サザーランド補佐官は統合政府に連絡を取り、検討を示唆した。政府の今後の方針は、まだ定まっていない。しかし、あまり時間的猶予はない。いつゾクドの第三撃があるか分からない。アマルーナ武断派の次の手も不明である。この間何もしなければ、地球は異星人に蹂躙される。ほとんどの首脳は、恐怖に心の余裕を失いかけていた。

一補佐官の見解とはいえ、サザーランドのそれは、実に的確で有効な策が多い。論理的で冷静な人柄は、既に大統領の信任も厚かった。よって間髪入れず検討協議され、承認されるのに、そう時は要しなかった。提案者がそのままプロジェクトの責任者になるのは、よくあることである。サザーランド補佐官は、テラミスとの連合交渉の全権を委任された。前王ルーキンとの付き合いが長くなっていたことも、理由の一つになっている。

◎

サザーランド補佐官は、全権委任された使節として、テラミス前王ルーキンに対峙した。ただ、口調はいつもとそう変わりはない。相談するように言った。

「王様、実は貴方に頼みがあって今日は来ました」

「朕ハ、引退シタ王ダカラ、大シタ権力ハナイゾ」

ルーキンはいきなり、ジャブを放つ。

「いや、現王につなぎをしてくだされればよいのです」

「ツナギヲ？　地球ト、テラミスノ軍事同盟ノカ？」

今度はいきなりストレート。

「流石、前の王様、鋭いですな」

「朕モコノ地球圏ニ住ミタイカラ、話クライハ乗ッテモヨイ。聞コウ。話シテミヨ」

「ズバリ、火星のことです。テラミスの中継基地を作りたいと、今の王様が言ったそうですが……」

「朕ガ王位ニアッタ時ニ、決メタ事項ダカラナ。タダ、テラミスハ、パンデミックノセイデ、コノ星系マデ手ヲ伸バス余裕ハナイ。勢力圏ガ揺ライデイル。ゾクドヤ、アマルーナノ跳梁跋扈《チョウリョウバッコ》モ、ソノ影響ダ。地球ニハ迷惑ヲカケタ」

「そこなのです。地球は、今ピンチなのです。ゾクドに二回も攻められました。アマルーナは文治派は友好的なのですが、対ゾクド防衛戦の最中に、武断派に地球本星を攻撃され、甚大な損害を被りました」

「当然朕モ、リアルタイムデ相談モ受ケタカラ知ッテイル」

「アマルーナ武断派が、再度攻撃してくる可能性は……？」

「当然考エラレルナ」

「そこで、本題です。テラミスが地球と同盟を結ぶという芽はあるか否か？　ゾクドはともかく、アマルーナはちと手に余る。地球が押し負ければ王様、貴方の居場所が消えることになる」

「フム。見返リハ？」

「火星の共同開発。地球にとっても、ここ数年にわたる投資がゾクドのせいで吹っ飛んでいる。おあいこでしょう？」

「ハハン、ソレハ、ウマイ話ダ。誰カノ入レ知恵ダナ。サシズメ、キャプテン・ケンカナ。ドウダ、図星ダロウ？」

「貴方に隠す必要はない。その通りです」

「彼ノ言ウコトハ、的ヲ射テイル。反対スル理由ガナイ。テラミスハ、勢力圏ヲ取リ戻スタメ今、躍起ダ。対外的ニモ存在感ヲ示サネバナラナイ。潮時ダナ。ヨカロウ、現王ニ話ヲツナゴウ」

「それは願ってもないこと、よろしくお願いします」

　会談というよりは、いつもの相談のように、さらっと話がまとまった。前王ルーキンは、引退したとはいえ現王に通信する手段くらい持っている。叔父・甥の関係でもあるから尚更である。その場で、現王ルキアンに話をつなぎ、あっさりと承諾を得た。ルキアンは、近々正使を派遣する旨伝えてきた。ただ、タイミングが微妙で、アマルーナ武断派の軍と鉢合わせの危険もある。地球側と共闘するのを前提として来るとのことである。地球側は、小型艇と砲艦程度のテラミスしか見ていない。当然ピンとくるものではないが、サザンクロス号のクルーのみは例外である。むしろ、ハイパー・トンネルを巨大な質量のある兵器が通過できるのか興味津々というところだ。

◎

ほぼ同じ頃、月の裏側、前衛基地では、アマルーナ文治派のＡＩドローンが赤いランプを点滅させてやって来た。発光信号で曰く、

『レンパ総軍大元帥が、本星外のマクギャルン派掃討を命令した模様。我が中継基地は攻撃対象にされた。近々我が母星から攻撃軍がやって来る。地球基地もついでに攻撃することは必至である。警戒されたし。我々は最後まで、レンパ派には与《くみ》しない』

と。地球側の返信。

『警告痛み入る。我が軍も警戒はしている。先般、ゾクド軍団を退けたばかりだが、攻められれば守って戦うのみだ。ただ、貴軍は、守りに徹するには小勢だ。無理は禁物である。できれば一度軍議の機会を持ちたい』

『願ってもない。これからできないだろうか。時間的余裕があまりない』

『了解した。軍議会場を設営する。一時間後に始めよう』

『承知した。よろしく頼む』

かくて、両軍幹部が、初めて顔を合わせることになった。前衛基地は、総司令官スナップ中将、ジョンソン参謀長、基地防衛隊司令官スナイドル少将、空間突撃隊予備師団長ポック准将、後備航宙戦闘機大隊指揮官アマンド大佐の五人。アマルーナ文治派は、トリドルン総督、艦隊司令官ラグン

フェラ少将、基地防衛軍指揮官ミンミンチェラ大佐、大軍師ポポッフ准将、小軍師ピポットンペ大佐の五人。これに双方二人の記録官がつく。アマルーナ側は、いつものいかつい宇宙服ではなく、顔が見えるフルフェイスタイプのヘルメットと、スマートなそれを着用している。テラミス前王ルーキンが、アマルーナ人は二足歩行のトカゲのようだと言ったが、まさに言い得て妙である。その通りの容貌であった。地球側は既に周知しているので、間近にアマルーナ人を見ても動じない。冷静に作戦協議に入る。とにかく時間がないのだ。お互いの意思は、ハンドライトの発光信号で伝達する。これだけは、一般兵士と変わりない。作戦上のすり合わせと、双方の役割の確認、アマルーナ武断派の予想される装備、戦術について情報交換がなされた。

◎

月の表側、ムーンタウン基地には、前衛基地から、アマルーナ文治派中継基地との連携、作戦概要が伝えられる。これに基づいて、ムーンタウン基地ではバックアップ作戦が練られた。基地艦隊、ナンバーフリートに出撃命令が下され、迫りくる脅威に応じる態勢を整える。

「ゾクド軍団を追っ払ったら、今度はアマルーナかよ」

「国家の分裂状態で、同じ国の違う勢力が殺し合うなんてな。信じられねえ。地球圏でやるなっつうの」

「アマルーナ武断派ってのは、石頭だな。内輪もめをよそでやって、わざわざ国力をすり潰し合うって、何なんだ」

サザンクロス号も命令一下、出撃。あらかじめ決められた空間ポイントに移動中である。クルーの議論好きは、今に始まったことではない。文句を言い合って、適当にガス抜きをしている。これが、この艦の活力の源だったりするのだ。

アマルーナ武断派は、圧倒的な艦隊を派遣して文治派を一掃しようとしている。他星系を戦場にしようがお構いなしである。スターバトルシップを多数投入するだろう。その強力な武装と巨大な艦体は、脅威でしかない。キャプテン・ケンが、対ゾクド戦で用いた亜空間からの奇襲戦術は、このアマルーナの動きを参考にしたものである。当然同じ手は通用しないだろう。いずれにせよ、内輪もめのとばっちりを食らう地球側としては、いささか手に余る相手であることは疑いない。頼みの綱は、テラミス軍事技術の賜物、フリーザーカノンの有効性と、テラミス軍の加勢である。

【Ⅲ】敵の敵は味方

四〇〇隻にも及ぶ大型航宙艦の一群が接近してくるのを、方々に放っていたピケット艦、ムーンタウン基地の大型索敵レーダー・次元レーダーが同時に捉えた。ゾクド軍団とは異なり、第三戦速相当と、通常航行もかなりのスピードである。所属未確認の船団は、木星を通過したところで一度停止。

信号通信を発した。傍受はしたが、地球側には判読不能である。テラミスの翻訳機を受信装置に接続して、ようやく概要が分かった。曰く、

『レンパ総軍大元帥の命により、反乱軍を撃滅する。勝手に同盟したテッラも我々に反抗すれば容赦しない。無駄な抵抗をしても徒に命を失うだけだ。降伏せよ』

と。高飛車で一方的なメッセージである。直ちに全軍にアラートが発せられた。臨戦態勢に入る。

アマルーナ艦は次元空間を自在に行動できる。いきなり地球艦隊をすり抜け、本星攻撃もあり得ないことではない。地球地上軍も、迎撃態勢を整えた。地球人は、ゾクドとの戦闘冷めやらぬうちに、改めて生存をかけて地球外勢力と戦う事態となった。

◎

「アマルーナガ、四〇〇隻ノ艦隊デヤッテ来タ？　随分無理ヲシタモノダナ。奴ラハ通常規模ナラ、戦闘ヲ想定シテモ、セイゼイ三〇隻程度シカ動員シナイ。コレナラ本国ノ防衛ガ、手薄ニナッテシマウ。地球ニ既ニ喧嘩ヲ売ッタカラ、一気ニ征服スル気ナノカ。ソレニシテモ、解セナイ。奴ラノ経済力ヲ考慮ニ入レタラ、マスマス、オカシイナ。レンパトヤラハ、オ主ラノ言ウ、筋肉頭ナノダロウ。計算ガデキナイトシカ思エン」

テラミス前王ルーキンが言った。

「地球軍ハ、奴ラノ第一撃サエカワセバ、我ガテラミスノ部隊ガ間ニ合ウ。アトハ、テラミスニ任セレバヨイ。サスレバ、ソノウチ、アマルーナ本星デ、動キガアルダロウ。手薄ニナッタ機会ヲ逃ス手

ハナイカラナ」

「しかし王様、アマルーナは、あの巨大なスターバトルシップがあります。一隻で、我が地球艦隊の戦列艦一〇〇隻分はあるでしょう」

サザーランド補佐官が言った。ルーキンが応える。

「船ハ、大キサデ全テノ能力ガ測レルモノデハナカロウ。動カシテイルノハ、一人一人ノ乗員ダ。レンパトヤラノ命令ニ、ドコマデ賛同シテイルノカ、分カッタモノデハナイ。クーデターデ、政権ヲ奪ッタラ、マズ内政ヲ優先サセルダロウ？　イキナリ外征ハ通常ナイ。今回ノアマルーナノ動キハ、マルデ政《マツリゴト》ノ常識カラ外レテイル。イズレニセヨ、本気デ征服戦ヲスル気ガアルトハ、思エナイナ」

「付け込む隙ありと……？」

「左様。大アリダ」

ルーキンはにんまりと笑みをたたえて言った。

◎

アマルーナ艦隊は、スピードを第一戦速程度に落とし、小型艇を多数偵察に放った。これに引っかかった地球軍ピケット艦三隻が、瞬殺される。ただ、直前に画像データを送っていた。これで、地球軍総司令部は、少なくともアマルーナ艦隊の艦種をほぼ把握できた。キャリアー以外の戦闘艦は、全て揃っている。月中継基地の文治派艦隊の拡大版と言って良い。概ね平べったく、俯瞰するとエイのような外形で、アマルニウム外板の特徴あるローズゴールド色に輝いている。周囲の安全を確認するようにゆっくり前進を続けている。

「キャプテン、アマルーナは、このまま戦闘に入るでしょうか？　友軍のピケット艦がやられてるんです。このまま傍観させられるのはたまらんですぜ」

「どうも、アマルーナは用心がすぎるようだ。以前、滅茶苦茶に突っ込ませた、嫌がらせ火球型カプセルは、中身が無人のＡＩロボットばかりだった。今度は、有人戦闘艦だ。それにしても、進撃速度が急に落ちたな。火星にも達してないのに、このトロさは何だ」

「艦隊旗艦クレマンソーから連絡、『遊撃艦隊は、命令あるまで待機せよ』ですと。勝手に動くなということですぜ」

「相手の出方が分からんからな。メッセージは偉そうだったが、実際はそうでもなさそうな感じだな」

「そりゃあ、戦なんて、しないで済むんならしない方がいいでしょうよ。ただ、既に、友軍に損害が出てるんです。このままでは、収まらんです」

「まあ、旗艦が言ってるんだ。時を待つとしよう」

「アイ・サー」

皮肉にも、アマルーナ艦と同じ色のサザンクロス号は、僚艦と共に待機を続ける。

◎

ついにアマルーナ艦隊は火星圏に達した。だが、そこで停止し、動かなくなる。盛んに小型艇を発進させ、周囲の警戒度を増している。この辺りにも、地球軍のピケット艦は潜んでいたが、上手く亜空間に潜み、監視任務を果たしている。アマルーナの動きは逐一地球軍総司令部に伝えられた。予想より、アマルーナ艦隊の動きは鈍い。その分地球側は時を稼げたわけである。地球軍にとって、アマルーナ艦隊が遅れるほど、テラミスの加勢が効果的になるからだ。

「アマルーナ艦隊は、テラミスの加勢を警戒しているのかな？」

サザーランド補佐官が言った。

「奴ラダッテ、次元レーダークライ、アルダロウ。我ガ機動要塞ガ動ケバ、多少ハ次元ノ歪ミガ生ジルカラナ。ルキアン王ニ言ッテオイタ。飛ビ切リデカイノヲ、ヨコスヨウニ、トナ。間モナク、ハイパー・トンネルノ出口ガ現レルゾ」

テラミス前王ルーキンが言った。彼が言い終わるのとほぼ時を同じくして、ハイパー・トンネル出口が出現した。以前のものとは明らかに異なる巨大さ。基本的に通過するものの質量によって、使い分けしているようだ。テラミス機動要塞は縦長の筒状のメカである。それが、その出口からぬらーっと出現した。それも全長八〇〇㎞、全幅二二〇㎞、全高九〇㎞もある。これが実に一五基出てきたのだ。待機中の地球艦隊の直前一〇㎞の位置。地球艦隊は前方を壁に遮られたようになった。テラミス機動要塞から、発光信号にて曰く、

『地球の諸君、ご機嫌よう。テラミス連合王ボルガーナ四世の名において、地球軍に加勢する。正式な調印儀式は戦闘直前ということで延期させていただく。アマルーナは、テラミスにとっても不倶戴

天の敵。ましてや、国内のイザコザを他星系でやるなど、言語道断である。よって、本機動要塞部隊出動と相成った』

と。いささか時代がかった表現なのが気になるが、地球にテラミスが味方したのは事実だろう。テラミスは、前王ルーキンの進言に則《のっと》り、現王の命により、アマルーナ艦隊に対して撤退を勧告したという。そのアマルーナは、火星圏から動かない。しばらく、にらみ合いともいえる沈黙が続く。彼我の実質的な距離はあるが、ハイテクの極まった双方にとっては、『すぐそこ』なのだ。

◎

「アマルーナに対してテラミス。双方を対峙させるのは、一応成功した。問題は、事態をどう収束させるかだ。ドンパチが始まってしまうと、簡単には収まらん。地球のとばっちり度も危険性が増す。アマルーナが、不利を悟って引いてくればいいが、筋肉頭なら、どこまでも命令を固持するかもしれん」

キャプテン・ケンが言った。

「テラミスの機動要塞がどの程度の能力を持つのか、地球人で最初に見た俺らでも、分かんないですぜ」

サムソンが応える。

「要は、テラミスの脅しのレベルで、アマルーナがびびってくれればいいんでやんすね」

新規乗り組みのウルス・サリバンが言った。

「そう上手くいくかねえ?」

ゴードンが言う。

「テラミスが、デモンストレーションでもすりゃあいいんです」

と、ブラッドレー。

そこへ、テラミスから発光信号が入る。地球艦隊全艦が確認できた。

『これから、アマルーナに仕掛ける。地球軍は警戒態勢で待機されたし。手出し無用なり』

テラミス機動要塞が動き出す。一五基同調して、次元航法に入った。衝撃波で地球艦隊が揺らぐ。開距離が十分なので、ゾクド艦のように衝突するようなことはない。ただ、艦内のクルーは翻弄されてたまったものではない。

◎

テラミス機動要塞は、火星圏に居座るアマルーナ艦隊に殴り込みをかけた。一基がそれぞれ小惑星のような規模である。お互いが一〇㎞程度離れていないと、よくない影響を与え合ってしまう。必然と、火星圏に着いた時は、アマルーナ艦隊を包囲する形になった。テラミスから再度警告が発せられる。アマルーナ側は、発砲して応えた。すると、各機動要塞から、熱線砲、フリーザーカノンの斉射があった。これで、アマルーナ艦隊の半数が無力化された。しかし、艦自体は、破壊されたわけではない。外板のアマルニウムの強靭さが破壊から艦体を守っているのだ。ただし、中のクルーはそうもいかなかった。宇宙服の体温調整機能が狂わされて、アマルーナ人の行動の自由を奪った。戦闘艦の戦闘力を発揮させるのは、ＡＩ起動でもない限り、クルーによるところが大きい。肝心のクルーがへばったら、それで万事休すである。かつて、テラミス前王ルーキンが、語った通りの展開になった。弱点を突かれたアマルーナ艦隊は、まだ機能する艦だけ、後退せざるを得なくなった。動けなくなった艦は、降参の道以外の選択肢はない。

◎

降参のアマルーナ艦は、実に二一六隻にも及んだ。来寇《らいこう》したアマルーナ艦隊の過半数である。近代的な軍事常識では、部隊壊滅と同義になる。数の上で最も多かったのはデストロイヤーだった。月の裏側、アマルーナ中継基地の文治派にこれらの降参艦は引き渡される。皮肉にも中継基地は、捕虜収容所の様相を呈することになってしまった。収容スペースが足りず、地球軍前衛基地の協力を得て、急ごしらえの居住キットを組み立てた。泥縄式ではあるが、仕方がない。降参兵は一様にしおらしく、反抗的な者は皆無である。むしろ、戦線離脱してほっとした表情を見せる者が目立つようだ。

アマルーナのクーデター首謀者、レンパ総軍大元帥はやはり事を急ぎすぎたようだ。クーデターによって自ら秩序を壊している以上、従来の職務上の立場で命令を下しても、それが有効である確信自体が、甘いと言わざるを得ない。大義名分のアピールによる自己行動の正当化と、人心掌握を、確実にやる方が優先するだろう。彼はそれを怠り、感情を優先させて、対立する文治派掃討を命じた。本星外の文治派まで潰そうとした。これがどうも間違いのもとになったようだ。

派遣した艦隊も半壊、求心力を急激に失い、各地に潜む文治派を活気づける。機を見て、文治派の雄、マクギャルンが、玉たる皇帝を擁することに成功。退勢を挽回する。これで、レンパ総軍大元帥は国家反逆罪に問われ、総軍大元帥号を剥奪された。マクギャルンは、執政に復帰し、レンパを逮捕。国外追放に処す。レンパに同調した将帥は五人。いずれも、逮捕され終身刑に処せられた。

テラミス連合王ルキアンは、直ちに親電を発する。マクギャルン執政に対し、レンパ派の引き起こした一連の戦闘に対する収拾を図る旨、進言する。マクギャルンを、話が分かる相手と見てのアプローチである。

マクギャルンは、自らが出向いて友好の絆を結んだ相手、地球が、レンパ派の嫌がらせ攻撃によって、多大な被害を被ったことに心を痛めていた。テラミス連合王の厚意に感謝の意を伝えると共に、地球に被害の補償をする旨、伝えてきた。地球の歴史に大きな変化が起きようとしている。

◎

「見たか？　テラミス機動要塞の凄さを……。ただ、彼らは圧倒的な武力で地球に来なかった。初見が、しょぼい小型艇と砲艦だからな」

「俺ら、そのテラミスと小競り合いをしたんでしたっけ。あの機動要塞を見た後だと、何か背筋が寒うなりやすぜ」

「全くだ。でも、ちと間が抜けたところもある」

「だから、憎めねえのさ」

サザンクロス号は、大勢力同士の、膨大な軍事力のせめぎ合いの中で、激しく揉まれながら尚、健在である。クルーは、やがて凱旋してきたテラミス機動要塞群を迎える。ファーストコンタクトをした船の栄誉ということである。少々遅れたが、正式な同盟調印式を執り行うため、テラミス側から正使がやって来る。正使を乗せたランチが、ムーンタウン基地に降りてくる。

「ようこそ、地球へ」

サムソンが言った。

「やあ、久しぶりだな。サムソン。ゴードンは元気かな」

「へ……？」

「俺だ。ダンカンだよ」

そう、ロナルド・ダンカン（地球統合宇宙軍、仮装巡洋艦サザンクロス号になる直前の船長）が目前に立っていた。彼の船とは幾度となく干戈を交えている。海賊の頭目として、捕縛対象になった男である。今はテラミス機動要塞の代表、テラミス正使として地球圏に帰ってきたのだ。

◎

同盟調印式は滞りなく終了した。事前に通知していたこともあり、アマルーナ文治派の中継基地からも、祝いの品が届く。武断派来寇艦隊の降参艦で、クルーザー級二隻である。名称はクルーザーだが、地球の戦列艦の六〇倍は優にあるだろう。ＡＩ兵器の解析結果からみても、解析自体は、テラミスの兵器より楽かもしれない。アマルーナは、敢えて自分たちの軍機密をさらすことで、友好の意を示したものと思われる。地球側がテラミスと正式に結ぶのが、このタイミングだったことで、以前からの交誼があったことは闇に紛れることになった。地球にとっては、幸運と言えるが、タイミングがまずければ大変なことになっていた危険性がある。アマルーナが、再び文治派の主導になったことも幸いした。

一連の騒動が、収束に向かう中で、収まりがつかないのは、むしろ人間の感情だった。同席を許されたサザンクロス号のクルーの中から、するーっと人垣をかき分けて、出てきた一人の男が、

「ダンカン、これでも食らえ！」

と叫び、いきなりテラミス正使、ダンカンに殴りかかる。ダンカンは、咄嗟に軽く体をひねってかわし、左ジャブを放つ。それは相手の右頬にヒットする。

「あちち……！」

吹っ飛ばされた男がうめく。ゴードンだった。周囲が唖然とする中、ゴードンは起き上がり、再び突進した。ダンカンは、狙いすました右ストレートを見舞う。ゴードンは体を低めてかわしざま、ダンカンの右腕を取って必殺の一本背負い。ダンカンはもろに技を食らって叩きつけられた。勝負あった。すかさずキャプテン・ケンとサムソンが割って入り、両者を引き分けた。

「地球人ハ、ジャレ合ウノガ好キダナ」

テラミス前王ルーキンが呆れたように言った。ゴードンはキャプテン・ケンの命で営倉行きとなった。

◎

統合政府は、一旦捕縛対象としたロナルド・ダンカンが、テラミスの正使としてやって来たことに、大いに困惑していた。調印直後のゴードンの行動は、本来テラミスとの同盟に水を差す具合の悪い事件である。ただ、彼らの過去の経緯や、その後の状況を鑑みて、お咎めなしとする（ただし、キャプテン・ケンの営倉行きの命令は、艦長権限として有効ではある）。ダンカンの処遇も、テラミス正使として丁重に遇することとした。蟻の一穴から、テラミスとの友好関係にひびが入るのを恐れたのである。

一週間の営倉入りから解放され、ゴードンが言った。

「あのダンカンを一発ぶん殴ってやらにゃあ、気が済まなかったのよ。で、やっちまったってわけさ。逆に一発食らっちまったがよ」

「キャプテンにコーチされた技を決めたんだから満足だろが。ったく、阿呆かい、お前は……！」

サムソンが言う。ただ、表情には怒りはない。愛すべきクルーへの慈しみがにじんでいた。

◎

「久シ振リダナ、ダンカン」

テラミス前王ルーキンが言った。

「朕ノ屋敷ガ、攻撃サレタ時以来ダト思ウガ……」

「王様の言いつけ通り、中継基地を転々として、テラミス本星にたどり着きました。今の王様に謁見すると、地球との交流の橋渡しになることを命じられたというわけで……。で、このタイミングで、舞い戻った次第で」

「朕ノ船ハ、ドウナッタ？」

「機動要塞に積んできました。何、あの程度の船なら、中型ランチ一隻降ろすだけで積めましたよ。ついでに、やられたところも修理しときました」

「地球トハ、色々アッタカラナ」

「いや、これからもうひと働き必要です」

「ドウイウコトダ？」

「ゾクドですよ。こちらに向かう途中で、集結中のゾクドを見ました。恐らく、あの後、地球圏に向かうと思われます。今の王様に、何があっても急ぐように命じられてましたので、放っておいたのですがね。奴らに一度魅入られた星は、食い尽くされるまで何度も襲われるという話、私も聞きました」

「ドレクライデ、ヤッテクルト思ウ？」

「ゾクドは、一か所で集まりだすと、どこからか雲が湧くように集まってきます。軍団規模になるまで、一週間。それから移動を始めるので、ざっとあと三週間もしないうちに、地球圏に達することでしょう。テラミスは、このまま加勢を続けるのですか？　これだけの軍勢を長期に亘って留めるのは、テラミスにとってリスキーなことですが……」

「現王ハ、ドコマデ、オ主ニ、権限ヲ与エタノダ？」

「私は、テラミス機動要塞軍団総司令官という肩書をもらいました。期限付きですが、一応、一五基全てを仕切る権限を持っています」

「フン、ソレデハ朕ヨリ偉クナッタジャナイカ。朕ガ動カセルノハ、レーバロイドクライシカナイ」

「いえいえ、王様は、私を拾ってくださった恩人。私は、あくまでも貴方様の下僕でございます」

「ナラバ言オウ。地球トノ正式ナ同盟ガ成ッタバカリダ。ゾクド如キニ邪魔サレタラ、タマラン。奴ラガウロツクト、テラミスノ火星開発モ、ママナラヌ。排除セネバナラン」

「了解しました。で、地球やその他の勢力と協働するんで？　我が軍団一つで十分ですが」

「ココハ、地球圏ダ。主体ハ地球デアル。我々ハ、アクマデモ加勢スル立場ダ」

「また面倒な立場ですなあ」

「オ主ハ、ソノ面倒ナコトヲ怠ッテ、地球ニイラレナクナッタンジャアナイカ」

「その通りです。面目ございません」

テラミス人と地球人の珍妙な主従の会話は、延々と続いた。前王ルーキンの希望により、地球軍前衛基地の近接地に、彼の屋敷を新たに構える話が進行中である。それまでは、ここムーンタウン基地の内郭に、間借りすることになっている。

◎

一難が去ったばかりなのに、また一難が迫っている。テラミス前王ルーキンから伝えられた、ムーンタウン基地の総司令部は、頭を抱えた。地球の統合政府首脳も同様である。何しろ、軍事費が嵩んでいる。バージョン2の艦船が続々建造されている。戦力化のために、実艦での演習も欠かさず行わねばならない。現役艦の補給・整備・改修も必要だ。加えて実戦も想定せねばならない。一体、これからどれほどの費用がかかるのか。これまでの戦闘で国家予算の三〇%を超えた戦費を費やしている。アマルーナ武断派の嫌がらせ攻撃で、破壊された都市の被害全容、殺害された一般市民の総数すら、まだ判明していない。しかし、ゾクドが懲りもせず、第三陣をよこすとなると、同盟諸軍の加勢があるにせよ、費用が『ゼロ』は、あり得ない。地球統合政府が、この先地球人の政府組織として存続し得るか。微妙な展開になってきている。また、昔のように、偏狭な国家主義を振りかざす州が出てくると、惑星国家としての地球は、瓦解してしまう。テラミスや、アマルーナ文治派は、惑星国家地球としての認識で友好の絆を結んだ。地球が分裂してしまうと、これも失効しかねない。しかし、ゾクドに蹂躙されると、地球人類そのものの生存が危ぶまれる。統合政府は、取り得る手段全てを使って、地球国民に必死で訴えた。

◎

「どうやら、これで平時に戻るということはなさそうだよ」

キャプテン・ケンが言った。

「今度は何なのかしら?」

宇津井中尉が応える。

「ゾクドの第三陣が、近々来寇するそうだ。先刻、艦隊指揮官が呼ばれたろう? いきなりそんな話だったよ。二度退けられているのにまた来る。ゾクドには、懲りることがないのだろう」

「私は構わない。この艦で、あなたの役に立てればそれでいい。お願いだから、勝手に艦から降ろさないで。私を呼び出したのは、そういう話なのでしょう？」

「しかし、戦となると、君の安全を完全に保証できない。今までは、たまたまラッキーだっただけだ」

「相手がゾクドなら、戦術が大幅には変わらないでしょう？　その時は、その時よ。どうせ、詰所はブリッジ。あなたと同じところじゃないの。それが、駄目ということは、この艦もろともということ。同じ場所で死ねるなら武人としてもプライベートでも、本望よ」

「しかし……」

「本人が働きたいって言ってるんだから。私をお飾り扱いしないで。スペースマンとしての一通りの実績は積んでいるわ。基地勤務は、二年足らず。それ以前は艦隊勤務。どっちかと言えば、乗艦してる方が長いのよ。あなたよりもね！」

「分かった。もう言わないよ。しかし、今回は厳しい戦になりそうだ。それだけは覚悟しておいた方がいい」

「大丈夫。宇津井中尉きっちり働いて見せます」

「了解。荒川中佐、きっちり指揮を執ります」

二人が見つめ合う。束の間、心が通い合う。

多くのピケット艦が放たれていた。それらは、亜空間に潜んで監視任務に就いている。一方で、フリゲート艦が六隻一組になってパトロール中である。ゾクド軍団は、いつも雲のように現れる。通常行動が鈍いのが不思議なくらい、神出鬼没である。逃げ足は例外的に速いが、壊滅状態になるまで粘りに粘る。このしつこさはどこから来るのだろう。テラミス、アマルーナいずれの側も、ゾクドの本拠を確認しようとして、未だに果たしてはいないという。ゾクドは、どこからやって来るのか、誰も知らないということになる。宇宙の秩序は、降って湧いてくるゾクド軍団に、かき乱されること数度。住民がたまらず放棄して逃げ出した星は、例外なく食い尽くされた。ゾクドに敗れた星もまた、然りである。地球も、それらの星同様に、ゾクドにとっておいしい星に見えるのだろう。初回は一万余、二回目は二万余と、自爆艦三万で来襲した。三回目となると、数は更に多くなるのだろうか。直前にならないとキャッチできないため、艦隊主力は長く緊張を強いられる。それでも欠かすことなく艦隊運動訓練、砲・雷撃訓練は順繰りに行われる。唯一、訓練時のみが、各クルーにとって変な重圧から逃れられる時間である。

◎

バージョン2の新造艦隊がロールアウトした。それも二個艦隊同時である。仕様点検後、間もなく、打ち上げられる予定だ。ナンバーフリートに編入され、第六と第八のナンバーが充てられる。加えて、ムーンタウン基地艦隊にも、新造の戦列艦二隻が新たに配属となる。いずれも旗艦任務用に最適設計されており、これを機に、旗艦がクレマンソーから、この新造艦の一隻に移されることになった。その名も「プロヴァンス」。その姉妹艦が「ブルゴーニュ」である。同時に、艦隊司令官、シャルル中将は、大将に昇進。艦隊司令部を「プロヴァンス」に移す。

キャプテン・ケンの遊撃艦隊も更に拡張を受ける。第四〇四が新編制を受け、四隻配下に加わる。指揮官は、陳大尉である。貨客船改造の仮装巡洋艦という点で、成り立ちは同様である。ただ、この部隊だけオリジナルが異なるが、カタログ・データはほぼ他の艦と同程度は確保されている。遊撃艦隊としての能力は未知数だが、各艦個々のそれは、十分といえる。艦隊を組んで、同様の実績が挙げられるか否かは、艦隊司令たるキャプテン・ケンにかかっている。来寇するゾクド軍団の戦力次第では、遊撃艦隊の出番はないかもしれない。それでも、この手の戦力は展開次第では有効になろう。何より、正規の軍では持て余すような連中である。上手く戦力化しているキャプテン・ケンに押し付ける形で、表向き戦力増強ということになっている。軍は体裁を気にするが、本音はまるで別のところにあるケースが多いところである。

◎

地球側の様々な思惑をよそに、ゾクド軍団は着々と地球圏に向かっていた。ピケット艦の哨戒網に引っかかったのは、太陽系にかかってからである。冥王星を通過し、海王星に達する一歩手前の辺りで、ほぼ全容が確認された。母艦が二〇隻、中型戦闘艦一万隻が中心の艦隊である。前回戦列に加わっていた自爆艦は、確認されていない。代わりに、母艦より大きな葉巻型の未確認艦が一五〇〇隻程度認められた。ピケット艦は画像データを送ってきたので、総司令部はそれを提示し、テラミス前王ルーキンに質した。

「コレハ、ゾクドノ船デハナイナ。征服シタ他ノ星系ノ船ダロウ。ゾクドハ、一度、目ヲツケタラ、ナカナカ諦メナイ。以前モ言ッタガ、中ニハ、根負ケシテ逃ゲ出スノモイル。放棄サレタ武器デ有効ナモノハ、シッカリ自分ノモノニ、スルノダ。恐ラク、ゾクドノ艦隊ノ欠点ヲ補ウモノ、ダロウナ。射程距離ガ短イ欠点ヲカバーシテイルトナルト、コノ度ノ、ゾクドハ、手ゴワイナ。数ハ少ナイガ、油断ハ禁物ダ」

ルーキンは答えた。結局、未確認艦の得体は知られないままである。その能力を確認しないまま、衝突してしまえば、リスクが大きくなる。

ナンバーフリートは、二個艦隊が増設され、八個艦隊編制になった。これに補強を受けたムーンタウン基地艦隊が加わる。それでも、数の上では、劣勢は免れない。アマルーナ中継基地艦隊は、恭順した武断派来寇艦隊を再編制し、麾下に組み込んだ。テラミスの機動要塞一五基も引き続き加勢してくれる。それでも、地球圏を守る主体は地球軍である。

総司令部は、キャプテン・ケンの遊撃艦隊に対し、ゾクドの出方を探るべく出動を命じた。「葉巻型」に撃たせて、能力を解析できるデータを取ることが、第一の作戦目的である。戦闘が主体となれば、所詮一六隻の仮装巡洋艦、たかが知れている。軽くジャブを放ち、データを取って帰ってこいということだ。ただ、相手も侵攻してきた以上、小勢とはいえ、すんなり見逃してはくれないだろう。

厳しい作戦を命じられたことは間違いない。

キャプテン・ケンは、幼い頃から祖父に薫陶を受けた、筋金入りのスペースマンである。『軍人は要領を以て旨とすべし』祖父の口癖だったこの言葉は、作戦目的をうまく果たして、生きて還ることこそ大事という意味で、彼の行動規範にも、なっていた。威力偵察任務をこなし、生還すべく、念を入れて策を練った。今、軍にあって使えるものは、全て使わせてもらうことにした。明らかに無茶な命令を出した軍は、これを呑んだ。

◎

「これより、ゾクド艦隊への威力偵察任務を遂行する。相手は、未知の艦を擁している。その能力を確認し、データを取ることが本務である。各艦の健闘を期待する。これより各艦同調、次元航法により、ゾクドの後方に出る。以上だ」

「発進」

遊撃艦隊は、ゆっくりと動き始めた。単縦陣を組み、次第にエンジンの出力を増す。メインエンジンに点火。更にスピードを上げる。メインエンジンがフルパワーに達し、ハイパー・チャージャーに接続。同調装置が作動し、次元航法に入る。天王星に向かうゾクド後方に達するまで、三〇分程度である。ただし、亜空間に潜み、すぐにはフェード・アウトしないことが取り決められている。

キャプテン・ケンは、まず、小手調べとしてダミー作戦を敢行した。前のゾクド戦で生き残った一五〇〇〇ものダミー艦のうち、三〇〇〇隻分をもらい受けている。それを、テラミス機動要塞部隊を指揮する、ダンカン総司令官からもらい受けたカプセルで射出する。これだと、亜空間からでも通常空間に達し得るのは勿論、宇宙魚雷発射管から普通に撃てる。一カプセルで、三〇隻分のダミーを積載可能である。通常空間に達すると、カプセルは分離し、ダミー艦が展開可能になる。オリジナルの遠隔操縦でなく、プログラムが組み込まれたＡＩ自動操縦になっている。遊撃艦隊はカプセルを一〇発、ダミー艦にして三〇〇隻分発射した。ダミー艦は、通常空間に出るや、プログラム通りに展開。広範囲に散らばって進む。ゾクド主力の、中型戦闘艦の射程外である。ダミー艦は、前の戦闘時のように、宇宙魚雷は積んでいないが、一グループの艦は、嵩張らない鉛筆ミサイルを装備している。左右のランチャーに三〇発ずつ。これでも小型艇や、宇宙戦闘機のような小目標には有効で、通常は砲艦程度の小型艦艇の装備である。

ゾクド艦隊は、後方に現れた得体の知れない艦隊に、大いに驚いた。周囲を固めていた『葉巻型』が素早く反転し、いきなり撃ってきた。黄色のエネルギー弾がダミー艦めがけて一直線に向かってくる。初弾から命中、ダミー艦一隻を屠る。これだけで、従来の二倍は射程が長い。精度も桁違いである。ダミー艦は鉛筆ミサイルを五発ずつ発射した。レーダー波を弾かないステルス性があるミサイルで、キャッチされにくい特性を持つ。これらは、ほぼ全弾目標に命中した。しかし、装甲が実体弾に対応していると見えて、効果なしである。ダミー艦は、カートリッジ式のレーザーガン装備艦が、発砲した。前後して、『葉巻型』から、第二斉射が来る。彼我の砲弾が交錯する中、命中の爆発光が見える。吹っ飛んだのは全てダミー艦の方だった。エネルギー弾でも、小口径のレーザーは、全く通じない。『葉巻型』の戦闘力は、ゾクドの主力、中型戦闘艦のそれとは比較にならないほど大きいことは分かった。次は、通常戦闘スピードである。こればかりは、実際にやり合ってみなければ分からない。キャプテン・ケンは、新参の第四〇四戦隊に、会敵を命じた。相手を引っ張り回すくらいの技量がなければ、とても使えない。いわば、採用試験もかねての命令である。固より、戦隊長陳大尉は心得ている。四隻同調して、フェード・アウトした。

◎

丁度、ゾクド母艦の直上であった。艦体をひねりざま、装備したばかりのフリーザーカノンを放つ。母艦のブリッジが霧消し、ぽっかり穴が開いた。そのまま、急下降し、他の母艦の底部に向けて、フリーザーカノンを放つ。たちまち、底抜け艦が出来上がる。以前、キャプテン・ケンが実践した作戦を、いとも簡単に再現して見せた。短時間に、機能不全になった母艦は、六隻に及んだ。慌てたゾクド軍は、『葉巻型』を急行させる。これが滅法速い。アマルーナ艦隊のスターバトルシップ並みの規模ながら、地球艦隊の駆逐艦並みの身のこなしで反転、追撃してくる。陳大尉は、対応してきた『葉巻型』六隻に対し、ためらわずフリーザーカノンを見舞う。二隻に命中、たちまち凍り付く。それらはそのまま、漂流を始めた。

キャプテン・ケンは亜空間に戻るよう命じた。しかし、第四〇四戦隊は命令を無視し、そのまま戦闘を続ける。残りの四隻に対し、高機動戦術を以て挑み、フリーザーカノンでこれを無力化した。キャプテン・ケンは、再度亜空間への撤退を促す。そこへ、三〇隻の『葉巻型』が突っ込んできた。

陳大尉は、たまらず逃げに入るが、正確な砲撃を同時にやって、相手の出鼻をくじいた。これで、凍り付いて機能不全になった『葉巻型』が更に三隻。ゾクド艦隊は、亜空間戦闘を良しとはせず、追っては来なかった。

キャプテン・ケンは、素直に命令に従わない、手練れの新参勢力に、にんまりした。合格だった。相手の動き次第では、遊撃艦隊全体が圧倒的な数に包囲される危うい事態になり得た。しかし、彼らは『葉巻型』を九隻も行動不能にし、母艦六隻をスクラップにした。引き際に、手痛い一撃を食らわせ、相手の反撃を諦めさせた。『毒を以て毒を制す』の言葉通り、ゾクドを制す毒にもってこいの連中だ。『毒は活きが良いほど効果がある』『毒は使いどころを考えて使うと効果的だ』『毒はおだてて使うと、効果覿面《てきめん》』祖父が、昔よく言っていた言葉を反芻していた。無論、『毒』とは、使いにくい人材という意味である。キャプテン・ケンは、発進させたダミー艦が、ゾクド艦隊によって全て掃討されたのを確認するや、全面撤退を指示した。第四〇四戦隊も今回は素直に従った。

◎

ゾクドの所属艦で、フリーザーカノンでも破壊できない艦があることが判明し、地球軍宇宙艦隊総司令部は、震撼した。ゾクドに降伏という選択肢はないからだ。艦が凍り付いて一時機能不全になっても、ゾクド人自身はアマルーナ人のような変温人類でないため、行動不能にはならない。それでも凍り付いた艦自体は、機能停止となり、当面使用不能だろう。デリケートな制御装置なら、壊れている可能性もある。となると、ゾクドのクルーは、艦自体を放棄するしかない。それでも、『葉巻型』

への有効な攻撃手段を知らなければ、今後の戦闘の展開次第で、大きな被害が出る恐れがある。

「ホウ、ゾクドハ、フリーザーカノンデモ破壊デキナイ船ヲ持ッテイルト」

テラミス前王ルーキンが言った。

「マ、フリーザーカノンハ、敵ノ艦船ヲ破壊スルノガ目的ノ装備デハナイノダガナ。地球人ハ、ゾクド艦ガ簡単ニ壊レルノヲ見テ、有リ難ガッテイルガ……。ソモソモハ、敵ノ足ヲ止メルノガ目的デ、作ラレタノダ。少シ頑丈ニデキタ船ナラ機能ハ停止スルガ、艦体ガ壊レルマデハ、イカナイ。コノ度ノゾクド所属ノ船ハ、余程丈夫ナノダロウ。安心スルガヨイ。宇宙空間ニ漂ウ限リ、一度凍ッタ船ハ、容易ニ回復デキナイ。熱線砲ヲ、クレテヤッタラ別ダガナ」

この言葉で、少し不安の種が薄らいだ感ありである。

◎

地球艦隊は、地球を背にして戦うリスクを避け、土星付近でゾクド艦隊を迎え撃つべく出撃する。第一陣は、第七艦隊を先頭に、第一、二、五、八の五艦隊、第二陣は第三艦隊を先頭に、四、六の三艦隊、これに、別働隊として、ムーンタウン基地艦隊が続く。遊撃艦隊は、基地艦隊所属のため、戦場予想空域まで行動を共にする。総勢一〇〇〇隻を超える大部隊であるが、ゾクド艦隊には数では遠く及ばない。ただ、フリーザーカノンで容易く破壊できる艦が多数を占めるため、最初ほど、悲観的ではなくなっている。問題は、『葉巻型』をどう仕留めるかである。まるでゾクドのオリジナル艦とは性能が違う。射程も精度も桁違いであることは、キャプテン・ケンの遊撃艦隊による威力偵察で、確認済みである。下手に仕掛けると手痛い損害を食らうだろうが、逃げ腰では逆に勝機を逸する。間合いが難しい。総司令長官の決断に委ねるしかないところだ。ただ、今作戦に、ピカピカの新造艦隊が加わっている。これらが、戦力として機能するか否かは、未知数である。以前のように、ただ撃っているだけでよい会戦にはなるまい。高機動で艦隊が運動しながらの戦闘になると、脱落する艦が出ないとは限らない。落伍した時点で、間違いなく集中攻撃を食らう。艦隊はこれを見捨てて有利な位置に素早く移動し、敵を叩かねばならない。ピカピカの新造艦の働きが鍵になろう。アマルーナのエネルギー・シールド制御装置がゾクドの『葉巻型』のエネルギー弾に対し、どこまで有効かも……。比較的構造が単純だったので、量産されて、各艦に装備されている装置だが、まだどれほどの性能か、実戦で確認されたわけではない。

様々な思惑にお構いなく、艦隊は戦場に到着した。ゾクド艦隊も、間もなく姿を現した。戦機は熟した。

◎

「ゾクド艦隊、我が正面に進んできます。前面に『葉巻型』、距離八万、我が方の第三戦速相当の速度です。本隊はかなり後方に取り残されています」

「主力五艦隊は、マルチ隊形に展開。後続三艦隊は前面に押し出し、敵を誘引せよ。基地艦隊は亜空間に待機、勝機とあらば、敵の横合いを衝け。判断は、基地艦隊司令部に一任する」

総司令長官ハイゼンバーグ元帥の命令一下、地球の命運を賭けて、全艦隊が戦闘態勢に入った。

「旗艦プロヴァンスより、入電。遊撃艦隊は敵後方に次元移動し、敵母艦を攻撃せよ」

「了解したと伝えよ」

「アイ・サー」

「仕掛けるぞ。遊撃艦隊各戦隊は、これより、敵後方に次元移動し、母艦をスクラップにする。既に四〇四戦隊が、六隻潰してくれた。残りを全てやるぞ。同調装置スタンバイ。各戦隊、次元移動せよ」

キャプテン・ケンの号令で、遊撃艦隊はゾクド艦隊後方に回り込む。戦闘開始である。

◎

「フリーザーカノン発射！」

「アイ・サー」

ブラッドレーがトリガーを引く。僚艦も次々に発砲。的確に目標を捉えたエネルギー弾は、まず、ブリッジ付近に大穴を穿つ。そのまま急降下、三番砲でゾクド母艦を底抜けにする。反転、そこから、四隻一組の戦隊規模に散開し、まだ無傷の母艦を片端から狙い撃ち、これをスクラップにする。『葉巻型』は、前面に押し出しており、母艦の周囲は動きの鈍いお馴染みの中型戦闘艦のみ。散発的な反撃を受けるも、遊撃艦隊はお構いなしにゾクド母艦を撃ちまくる。三〇分そこそこで、ゾクド軍団は母艦全てをデブリにされてしまう。

ここで基地艦隊が、全艦フェード・アウト。ゾクド艦隊右舷側から襲いかかる。ゾクドの中型戦闘艦が撃てない間合いから、フリーザーカノンを撃ちまくる。ゾクド艦隊は、サンドバッグのように撃たれ続ける。中央を分断され、艦隊が四分五裂となるまで、そう時を要しなかった。一〇〇倍以上のゾクド艦隊が、以降整然と単縦陣を組んで、高機動する基地艦隊に確実に仕留められていく。群れからはぐれかけた艦は、遊撃艦隊に撃破される。ワンサイド・ゲームである。ゾクドの本隊は崩れる寸前となった。

◎

「ゾクド『葉巻型』、二手に分かれて進んできます。第三艦隊、四、六艦隊を率いて仕掛けます。間もなく、我が方の有効射程に入ります」

「敵、『葉巻型』発砲、我が艦隊変針、弾道逸れました」

次々と戦況が入る。

「敵『葉巻型』、我が方を包み込むように機動しています。我が方も二手に分かれ、敵と逆に巻き込み運動に入りました」

「彼我の距離、四万に接近。敵、発砲光認む」

「我が方も、フリーザーカノン発射の模様。命中、敵艦一隻無力化」

「敵、第一グループが一斉射撃、我が方も、発砲。彼我に損害が発生した模様」

「敵第二グループ、挟み込むように運動を続けながら斉射。数に勝る分、我が方を押し込んでいます。このままでは包囲射撃の態勢に持ち込まれます」

「我が艦隊反撃して、『葉巻型』数隻を無力化。包囲の尻尾を破り、逆包囲の態勢になりました。数が足りず、包囲し切れません。我が艦隊、作戦通り、敵と絡み合っています」

「本隊、マルチ隊形のまま待機。敵が誘引されてきた時が、勝機である。航宙戦闘機隊、発進させよ」

「アイ・アイ・サー！」

ゾクド戦緒戦以来の実戦である。本隊各艦から合計二〇〇機、勢いよく発進する。前回のような時間稼ぎではない。れっきとした作戦があっての出撃である。優速を利して有利な位置から『葉巻型』のエンジン無力化を狙う。

『葉巻型』は、小さな目標の出現に慌てた。中型戦闘艦より、はるかに動きは鋭いが、航宙戦闘機のような小さく、よりすばしっこい目標には対応できない。相手にしないと、エンジンを刺し貫かれる。相手にしていると、地球艦隊からフリーザーカノンで凍らされる。地球軍の連携攻撃にゾクド『葉巻型』も、少し持て余し気味である。数では、まだ圧倒的に地球艦隊より勝っているが……。頃合いだと決断して、第三艦隊司令官グレッグ中将は、後退命令を発した。敵味方絡み合った状況である。同調次元航法によって、戦場からひとっ飛びの離脱をした。しかし、艦隊としてまとまり、一〇㎞ほど飛んだのみである。ゾクド艦隊は、諦めず追撃してくる。しつこく絡んでくる航宙戦闘機に悩まされながら……。

『獲物が網にかかった』

グレッグ中将は、暗号電を発する。これを受け、総司令長官ハイゼンバーグ元帥は、本隊全艦に砲撃用意を命じる。ゾクド『葉巻型』艦隊は、待ち構える地球艦隊本隊の砲列の前に、誘われていることをまだ悟ってはいない。

◎

遁走する地球艦隊を追撃中のゾクド艦隊は、突如目標を見失う。蝿のように、うるさくたかってきた航宙戦闘機も、いつの間にか姿を消した。すると、正面から無数のエネルギー弾が向かってくる。先頭集団の何某かは回避できた。が、後続はそうもいかない。捕捉された艦は、片端から氷の漂流物と化す。ぶつかって氷の欠片になるものも続出。たちまち艦隊の前衛が消えた。右往左往するうち、第二弾、第三弾が立て続けに来て、更に被害を増す。それでも態勢を立て直した中軍は、後衛と連携して反撃を試みる。

ところが、その後衛が攻撃されて、氷のオブジェにされた。基地艦隊がゾクド本隊を切り崩し、間合いを詰めてきたのだ。既に本隊の生き残りは、逃げ散っている。もはやゾクド軍団は、艦隊の中核もない。『葉巻型』の切り込み隊八〇〇隻余りが残るのみである。ゾクドに降伏の文字はない。残存艦が一丸となって突撃を試みる。一直線に向かってくる。その横合いを衝いた部隊がある。キャプテン・ケンの遊撃艦隊である。亜空間から現れるや、ゾクド艦の側面をなでるように、ヒット・エンド・ラン。凍り付いた艦の後続がこれにぶつかり、みすみす氷の欠片にしてしまった。『葉巻型』全体の速力が削がれる。地球艦隊本隊の格好の目標になってしまった。

弾雨の中を泳ぐように進むゾクド艦隊。次第に戦力を削がれていく。その上空に現れたのは、アマルーナの基地艦隊である。きっちり地球艦隊の射線を外している。スターバトルシップの猛射で、ゾクド艦隊の中央に穴が開いた。これで勢いを失ったゾクド艦隊はコースターン。逃げにかかる。その行く手には、巨大なテラミス機動要塞が立ちはだかる。それも三基にすぎなかったが、前面砲台より、数百のエネルギー弾が放たれ、ゾクド艦隊の息の根を完全に止めた。あとには、氷の欠片か、デブリとなった『葉巻型』戦闘艦だったものが残るのみである。そのすさまじい威力に、目撃した者は、皆息を飲んだ。

◎

◎

アマルーナ供与の防御システムは、実に素晴らしい結果を残した。事実上の囮となったグレッグ中将麾下の三艦隊は、ゾクド『葉巻型』の砲撃を受け、直撃を食らったものも多かったが、実質的な損害は「なし」であった。もつれあいの会戦は、勝っても負けても悲惨な状況になることが多いにも拘らず、である。

ゾクド艦隊へ、とどめを刺したのはアマルーナであり、テラミスであったが、戦闘の中核を担ったのは地球軍である。ここに実質的な三惑星国家の同盟は機能したといえる。地球圏は、あくまでも地球軍が主体となって守る。同盟軍は少しお助けすればよい。地球圏の主権者は、あくまでも地球人である。これを他の惑星国家が認めただけでも、大きな成果と言えよう。ただ、これで、ゾクドの地球圏侵入が終わる保証は何もない。三次にわたる侵攻を悉《ことごと》くはじき返された事実で、少しくらい学習してくれればよいのだが……。

【Ⅳ】乾坤一擲

テラミスは三基の機動要塞を残して、他は本国に帰した。これはテラミス人の副官が指揮を執る。ダンカンは、駐留部隊指揮官として地球圏に残った。アマルーナも、当初の基地艦隊にスターバトルシップ三隻を加えたのみで、残りを本星に帰還させる。地球圏は異星人を交えながらも、少し平穏を取り戻す。

地球艦隊は結構な大所帯になった。とても駐機場の整備が間に合わない。かといって、一旦打ち上げられた宇宙艦を地球に戻すことは、できない相談である。設計上、月と地球を往還できる構造にはなっていないからだ。貨物や人員の往還には、専用の船種がある。宇宙戦闘艦まで往還させる必要性がそもそも存在しない。

整備ドックは、連日フル回転。ここも拡張が必要になってきた。ゾクド『葉巻型』との戦闘で直撃弾を受けた艦は、アマルーナの防御システムのお陰で、外装は無傷である。が、被弾の衝撃でデリケートな各種制御装置に狂いが出たり、故障したりと、少なからず影響が出ている。当然パーツの交換等、修理を施さなくてはならない。

「やれやれ、やっと整備の順番が回ってきやしたぜ。二日も空中待機はこたえやしたな」

「整備ドックが混雑してる。しゃあないじゃん」

「新造艦がここにきて一気に増えた。完全にキャパオーバーだろが。維持管理部門が追っ付かないほど増えちまって、大丈夫なのか？」

「何はともあれ、整備だ、整備。ドックへ回せ」

「もたついてると、キャプテンに叱られるぜ」

「ラジャー」

サザンクロス号はゆっくり回頭し、整備ドックへ入る。

◎

キャプテン・ケンはというと、ムーンタウン基地内、テラミス前王ルーキンの部屋にいた。例によって、サザーランド補佐官の呼び出しである。

「ゾクドの三度目来寇も、遊撃艦隊の活躍が契機となって、敵がうまく網にかかってくれた。戦術自体は昔からあるが、この宇宙会戦で、応用が利くとはな。私は、夢にも思わなかったよ」

「ゾクドの方が、地球型の戦術に慣れていないだけです。アマルーナと、テラミスの加勢がいいタイミングだった。新手を繰り出すゾクドの撃退は、両惑星国家の加勢なしでは考えられません。特にテラミス。指揮官はかのロナルド・ダンカンでしょう？　地球政府は捕縛対象にした男を、どんな顔して迎えたのですか」

「何事もなかったように……かな。政治は単純な感情論では計り知れないのだよ」

「だったら、私が政治に首を突っ込む目はありません。祖父の代から歴《れっき》としたスペースマンですから。陸に上がった河童になれば、干からびてしまいます」

「しかし、君のあふれるような才覚は、一軍人に留めておくには勿体ない。もう少し大きな世界でこそ、より羽ばたけるのではないかな？」

「確かに、そう思った時もありました。軍を辞めて運送屋でもしようかと……。その矢先、テラミス絡みの事件から船に乗り組む流れになりまして……。これは天職かなと。乗り組んだ船のクルーがまたいい奴ばかりでして」

「確かにな。では、こうしよう。君の結婚の媒酌人は私が務めさせてもらうというのは、どうかね？」

「え？　補佐官、どこでそんなことを……？」

「直接、父君の宇津井大将から頼まれてね。私は彼とも親しいのだよ。大将が、君の上申書を見て、君の再評価を軍に提案された。遊撃艦隊の創設も、君の船の活動が実に有効だったため、彼が提案されたというわけだ」

「私が直接お会いしたのは、そう多くありませんが……」

「指揮官は、人を見る目が確かでないとね。その点、宇津井大将は、有能な人材を見分ける能力がずば抜けている。彼が抜擢した人材は、間違いなく活躍しているよ。君を含めてな。そうそう、基地艦隊のシャルル大将、彼も宇津井大将の同期でな。宇宙軍士官学校出身者の中では、包容力があって温厚な人柄で知られている。彼の指揮下なら、君の才覚が活かせると宇津井大将は判断されたのだ」

「私は、人に……、軍上層部に、疎まれているとばかり思っていました。評価してくれる人がいたんですね」

「世の中、そう捨てたものではないよ」

「折角の話ですが、補佐官、媒酌の件、既に候補者がいるのです」

「ほう、それは誰かね？」

「サザンクロス号の副長兼機関長サムソンです」

「ふむ、あれはいい男だ」

「彼のお陰で、私は積年のもやもやを断ち切ることができたのです。媒酌人は、私には彼以外考えられません。補佐官、来賓代表でお願いできませんか」

「そこまで言うなら、彼に譲るとしよう。その代わり、次の任務には参加してもらうよ」

「次の任務？」

「そう、次はサザンクロス号単独の任務になる。内容は、追って基地艦隊司令部から通知されよう」

サザーランド補佐官は、思わせぶりな微笑みを浮かべて言った。

「補佐官ハ、端カラ君ヲ引ッ掛ケタノサ。宇津井大将ハ、補佐官ニ媒酌人ナド頼ンデハイナイ。君ノ人柄ヲ聞イタダケサ。娘ヲヤルト決メタノダ。親トシテ当然ダナ。補佐官ハ、コノ頃チョット人ガ悪クテ、付キ合イニククナッタ」

テラミス前王ルーキンが言った。補佐官はいたずらっぽく、ちょろっと舌を出して肩をすくめた。

◎

それから間髪を入れず、基地艦隊司令部からサザンクロス号艦長宛に命令が入る。

『テラミス前王ルーキン邸用資材を、前衛基地工作隊臨時指揮所まで届けるべし』

手際よくコンパクトに梱包された資材は、サザンクロス号の格納庫にきっちり入る分量である。デ・ロイ大尉以下の艦載機隊は、またもや下船させられることになった。ルーキンは自邸の資材運搬に、サザンクロス号を指名したそうである。少しでも縁のある船に運んでもらいたかったのであろう。

詳細は不明であるが……。遊撃艦隊の旗艦になったり、運搬船に逆戻りしたりと、忙しいことだが、整備を終えたところで、試運転には丁度いい機会である。クルーは張り切っている。

「資材積み込み完了。前衛基地に向かう」

「警告灯、オールグリーン。発進準備よし」

「サブエンジン始動。サザンクロス号発進」

「第二ゲートオープン」

「ゲート、開きました」

「久々の運び屋任務だ。油断するな」

「アイ・サー」

サザンクロス号は、ゆっくりゲートを出るや、一気に加速し、月の周回軌道に乗った。ちょいと軌道を回り、制動をかける。姿勢制御、着陸態勢、緩衝噴射と、お決まりの手順を確実にこなす。前衛基地に到着後、臨時指揮所に積み荷を引き渡す。ルーキン新邸建設にそれから取りかかるわけだが、この度は、ダンカン駐留部隊指揮官率いる三基の機動要塞の母港ともなる、テラミス月前進基地も兼ねている。単なる居住施設ではない。地球とテラミスの同盟の証でもあるのだ。いわば、テラミスの月基地を箱モノだけ、地球側が設置してやることになる。内装や中の機器は、あらかじめ機動要塞に積み込んできたものを使用する。ルーキン前王の新邸を月裏側に建設するのは、既に地球政府に承認されていたことだが、実現させるのは、ようやく戦闘が終わったこの時期になってしまった。

地球とテラミスの同盟で、最大の条件である火星の共同開発は、両惑星国家の実情と、対ゾクド情勢を鑑みるに、時期尚早であるとの判断がなされた。四度目のゾクド来寇があれば、防衛上不利は免れないからだ。ゾクドの本拠を確認できない以上、先制攻撃でゾクドを潰すという芽はない。ゾクドがまた来るのか、もう来ないのか、ただ待つことしかできないのである。ならば、地球圏の安全を確かなものにするため、地固めを確実にする他、手段はない。即応できる戦力を持ち、中継基地があれば、時間を稼げる。

本国からの応援を待たなくても、地球軍主体に防衛線を張り、これを支援すれば、十分ゾクドに対抗できる。双方このような判断で利害の一致を見たというわけだ。

◎

三次にわたるゾクドの侵攻を退けた後、しばらく平穏になった地球圏。その間に、四度目の侵攻を予想してそれに備える必要が勿論あったが、合間を縫うように人間の、人間らしい営みもまた再開される。キャプテン・ケンこと荒川健一郎中佐と、宇津井美華中尉との結婚式が取り行われたのだ。媒酌人はサザンクロス号副長兼機関長サムソン・ブロイが務める。騎士十字功一級勲章を授与された英雄の晴れ姿を一目見ようと、多くのギャラリーが集まった。花嫁は、純白の衣装に身を包み、はにかみつつも、凛とした佇まいである。サザンクロス号のクルーは、艦長のまぶしいくらいの姿に改めて感慨を催した。宇宙軍の規則では、夫婦が同じ船で勤務できないことになっている。宇津井中尉も、挙式の後で配置転換になるか、退職、もしくは休職するかを決めねばならなくなる。そんなことはそっちのけで、挙式は進行し、終わった。引き続き宴に移行する。サザンクロス号のクルーは、宴の引き立て役を以て任じ、来賓を大いに楽しませた。和やかなムードで、宴は進む。久しぶりの祝い事に、人々は存分にあやかった。

◎

それから間もなく、人事異動が発令された。長らくサザンクロス号副長兼機関長を務めた、サムソン・ブロイは、艦長、キャプテン・ケンの推薦により、新造駆逐艦、アイアン・ビッチ艦長に補せられた。機関部上がりで、民間出身のにわか軍人としては異例中の異例である。多くの遊撃艦隊所属の面々は、大いに沸いた。キャプテン・ケンの結婚式に続く吉事を素直に喜び、うまい酒の肴にした。スペースマンは、基本的に孤独である。一度宇宙に出ると、帰ってくるその日まで一蓮托生のクルー以外の人間とは交われない。それだけに、少しでも吉事があれば、我が事のように喜び、飲み、騒ぐのだ。日頃の憂さを晴らし、すっきりして、また星の海に旅立ってゆく。帰りたくとも帰れなかった者たちへの哀愁を宿しながら……。

ナンバーフリートの充実ぶりに負けないほど、ムーンタウン基地艦隊の増強は目覚ましい限りである。先述した戦列艦プロヴァンス、ブルゴーニュの二隻に加え、サムソン新艦長の駆逐艦アイアン・ビッチ他八隻を増強。重巡セントー他四隻、軽巡那珂他五隻と、結構な所帯になった。人事異動は、丸ごと新人クルーというリスクを避け、適当に経験者が交じることで、全体の底上げを図ったものである。ベテランが抜けた後の既就役艦も、新人クルーを迎え、人心刷新を図る。ゾクド軍団はいくら退けられても、相手が魅力的な星であれば、相手を追い落とすまで攻め続ける傾向が強い。油断は禁物なのだ。これは全て、前のテラミス王ルーキンの受け売りなのだが……。

◎

サザンクロス号は、ベテランの副長兼機関長サムソンが栄転し、その穴を埋める人材に苦慮したが、機関長はサブの瀬尾昭が昇格。新たに機関部員ザクレロ・メッツ伍長が配属になる。次元レーダー士、宇津井中尉は結婚と同時に予備役となったため、新たに士官学校出のピカピカの新人、中屋沙織少尉が採用、任官した。肝心の副長は、キャプテン・ケンがサザーランド補佐官に押し切られた形でハイゼンバーグ中尉に決まる。総司令長官ハイゼンバーグ大将の次男で、前任の部署は、第一艦隊旗艦、戦列艦士佐のブリッジ付連絡士官であった。補佐官によれば、軍人として一人前にしてやってくれとの総司令長官の頼みがあったというが、技量のほどは、不明である。同号の人事に関しては、なぜか狭い範囲で人がくるくる回っているような感があった。

キャプテン・ケンは、副長の気が回らない分だけ、自分の時間を削って対処することを余儀なくされた。ただ、副長には、一言の不満も漏らさない。誰でも、最初から一人前にこなせるものではないからだ。サムソンが気が利いたのは、次々にやって来ては、短期間に去っていく船長と、クルーの間で気を揉《も》むことが多い立場で鍛えられたからである。常に人的トラブルを抱え、殊にメイン・パイロット、ゴードンと船長とのトラブルは、時に暴力沙汰に及ぶことも珍しくはなかった。ゴードンは気位の高い男で、頭ごなしの命令口調に感情を爆発させることが多かった。そもそも、その時は軍人じゃない。船長も雇われ人であり、船の代表ではあるが、職員としては、パイロットの上司ではない。それが、家来に対するように命令するのはおかしいと日頃考えていた。まあ、よりによって着任する船長は、似たような高飛車な態度の人物ばかり。その頃の船名は、ムーンフラワーと言った。同号は、結果は出すがトラブルメーカーとしての悪評がついて回った。それが、サザンクロス号に改名し、度重なる改装・改造を経て軍艦としての機能を得、キャプテン・ケンを艦長に迎えると、宇宙軍の正規の軍艦に先んじて次々と成果を上げげた。サムソンのこれまでの苦労が、ここで報われた感がある。お坊っちゃんのハイゼンバーグ中尉がどう化けるか、今後のキャプテン・ケンのお手並み拝見というところである。

◎

「どうだい？　ピカピカの新造艦の乗り心地は？」

「そりゃあ、いいに決まってまさあ。クルーの方は、まだまだですがね。戦の止んでいる今だから、日々訓練に励んでやす」

「もう艦長なんだから、威厳を持って話せば？」

「キャプテンの前だと、自然にこうなるんで」

「君もキャプテンだろ？」

「機関部出身者は、キャプテンにはなれねえと聞いていたもんで。ちょっとびっくらこいておりやす」

「単なる噂にすぎんよ。君は十分艦長に値する働きをしてきた。今度は、新造艦のトップとして上手くやれるさ」

「で、キャプテン、もう新車には乗られたので？」

「ん？　何の話だ？」

「野暮なとぼけは止めてくださいよ。船乗りなら分かっているでしょうに」

「ごほん。その話、止めにしよう」

「顔が真っ赤ですぜ、キャプテン。じゃ、儂は、これから訓練があるので、これで失礼しやす」

サムソン新艦長は、含み笑いをしつつ、足早に去った。訓練の合間のほんの一コマである。

◎

サザンクロス号は、サムソンのアイアン・ビッチ号に負けじと訓練に励んだ。副長ハイゼンバーグ中尉のもたつきが目立ったが、非難する者は例外を除いて、いない。自分の新人時代を回想するように黙々と自分の任務に励む。ただ一人、ゴードンだけは、手厳しい。

「副長がもたつくと、実戦じゃあ我が艦はお陀仏だぜ。俺らは、一蓮托生だからな。へぼな上官のミスでは死にたくねえぜ」

副長は、冷や汗をかきながら必死である。それでも、キャプテンの指示を全てこなせず、またも冷や汗。前部署では、総司令長官の子息ということで、腫れもの扱いされてきたのか、地位の割に中身が伴わない。今初めて実戦部隊の生の仕事を経験している風である。しかし、訓練を繰り返すうち、次第にこなれてきた。人並みには動けるようになっている。キャプテン・ケンは、繰り返し指示を出し、クリアできれば褒めた。副長は子供のように微笑む。彼は、マスターするまで時間がかかるが、一度マスターした仕事は完璧にこなす。この辺りが、副長の才能なのだろう。キャプテン・ケンは、宝物を見つけたように思った。

◎

実戦になれば、日頃の訓練による習熟度がモノを言う。いくら時間をかけていても、いつも通りやれなければ意味をなさない。個々の船の実力が発揮されなければ、機能集団としての艦隊は烏合の衆にすぎない。猟師に撃たれる鴨のように撃ち落とされるだけだ。戦となれば、先進的な装備を持ち、合理的かつ冷静に事態の推移を判断し、先に適切な手を打つ方が勝利する。希望的観測のみでコマを動かしても、結果は悲惨なものになる。キャプテン・ケンは、祖父から嫌というほど叩き込まれた戦場の原理を、常に意識して訓練に臨んだ。

ハイゼンバーグ中尉は、一皮剥けたように動きが違ってきた。宇宙艦隊の総元締めたる父親譲りの素養が、このお坊っちゃんにも備わっているようで、それが、じわじわと浮き上がってきたようだ。いきなり実戦だったら、サザンクロス号は生きて帰れなかったかもしれない。戦がやんでいる時期であること、その間に新任副長が覚醒したことに、キャプテン・ケンは、神に感謝した。これから経験を積んで、切り抜けていくことができれば、ハイゼンバーグ中尉は立派に任に堪える人材になり得る。キャプテン・ケンが確信を持った時、早くも第三次対ゾクド防衛戦から、半年の年月が流れていた。同時に彼は、妻に妊娠を知らされた。

◎

テラミス前王ルーキンの新邸兼機動要塞地球圏拠点が竣工した。月裏側の地球軍前衛基地の隣接地で、旧拠点から五㎞離れた地点である。基本的には、軍事拠点の色合いが濃い施設である。ムーンタウン基地に間借りしていた前王ルーキンは、駐留部隊指揮官ダンカンに指示し、自家用船で移動することを希望した。ダンカンは、地球側をはばかってやんわり断る。もう少し外観を何とかしないと、地球側と戦った時の『賊艦』のままでは、外聞が悪いと言うのだ。この辺りは地球側と交渉して、宇宙艦ドックに空きが出た時に改装してもらう由、合意を取り付けた。テラミスの前王らしく、機動要塞で堂々と移動することで、ルーキンに納得してもらう。ダンカンにすれば、こんな交渉事は、ストレスの溜まる嫌な仕事の一つである。ただ、こういう気遣いをムーンフラワー号船長時代にやっておけば、立場がまた違ったものになっていたことだろう。逆に言えば、異星人であるにも拘らず、ダンカンの理解者かつ、尊崇の対象になったルーキンとの出会いが、ダンカン本人を変えたとも言える。

◎

アマルーナ月中継基地はちょっとした騒ぎになっている。本国から緊急電が発せられたのだ。その中心が、先のクーデターで結局文治派に敗れ、追放刑に処せられた前の総軍大元帥レンパである。追放とは言葉的には穏やかに聞こえるが、アマルーナでは極刑である。三日分の食料のみで、身動きできない小型カプセルに乗せられ、宇宙に打ち出される。燃料と食料と空気が尽きた時、そこで終焉の時を迎える。いわば、執行人がいない死刑と、何ら変わりがない。基本的に燃料も少しで、クルーザーから射出される。本人の生命の火が尽きるまで小型艇が監視し、カプセルに付き添う。気の長い話だが、極刑なのだから、それくらいの手間は必要というわけである。

ところが、付き添いの小型艇が何者かに沈められ、レンパを乗せたカプセルが消えたこと。それが、どうもゾクドに関係している形跡があること。この二点で騒ぎになっているという。破壊された小型艇の残骸を調査したところ、ゾクド艦艇から発射されたものと同様のエネルギー成分が確認された。アマルーナも、ゾクドと長年、生存をかけて戦っている。それだからこそ、相手を科学的に分析する材料には事欠かない。ゾクドは第三次地球侵攻戦の最中に、レンパが地球本星に攻撃をかけたことを知っている。味方してくれたと思ったのか、とにかくレンパの身柄を保護したのは間違いなさそうだ。アマルーナ文治派は、こう結論し、知らせてきたのである。

軍人としてレンパは、冷酷非情、軍の目的のためには手段を選ばない、しかし目的は必ず果たす猛将として記憶されている。その一方で、兵思いで、無駄な死を極力避ける作戦を駆使し、戦わずして勝った戦も数知れない。武断派の総帥となってからも、文治派の兵に慕われる側面があった。こんな将星がゾクドの傘下に収まると、大変な脅威になるというわけだ。トリドルン総督は、急遽ドローンを飛ばし、地球前衛基地に知らせてきた。地球側は、レンパのことは皆目知識がない。それでも、アマルーナの厚意として有り難く受け取った。テラミス前王ルーキンにも同盟の誼で知らせる。

ルーキン曰く、

「コレデ間違イナク、ゾクドノ四度目ノ攻撃ヲ受ケルナ。マスマス手ゴワイ敵ニナルダロウ」

と。

◎

レンパ保護を契機にして、ゾクドが集結を始めたと仮定すると、これまでのデータから逆算して、約三週間後には何らかの兆候が現れる。統合参謀本部は、試算する。直ちに、多数のピケット艦が放たれ、情報収集に網を張る。フリゲート艦が六隻一組で哨戒任務に就く。各艦隊は、実戦配備となり、シミュレーション訓練から実艦訓練に切り替わる。艦隊を動員しての操艦訓練、艦載機を飛ばしての連携訓練、実弾による射撃訓練。連日、厳しい訓練が実施された。アマルーナの武断派総帥だった人物が、今後のゾクドの戦術をリードするると、アマルーナの技術が通用するか否かは、未知数になる。レンパ自身、自軍の使っていた兵器の性能、長所、短所は頭に入っていようから、アマルーナの防御装置を装備した地球艦が、これまでのような働きができるか否かは、未知数になる。当然、弱点はどんな兵器にもある。全てが完璧なものは、神ならぬ人間の手では作れない。運用者は、長所をいかに活かすかを考えて、用兵を工夫するから、今度ばかりは損害が相当数出ることが、図上演習の結果判明した。

作戦参謀たちは、頭をひねって、極力損害を減らしつつ、作戦目的を達成する手立てを考えた。ゾクドの艦隊編制は、第二次の時「自爆艦」、第三次では、「葉巻型」が加わっていた。今次は、更に新手が加わっていると想定された。それでなくとも、これまでの新編制で有効だった「葉巻型」が中核をなすほどの数になると、地球側にすれば、厄介である。文字通りの叩き合いになれば、数の論理が幅を利かせることになりかねないからだ。

アマルーナは、レンパ処分の詰めの甘さが重大な事態を招いたとして、本星からスターバトルシップ一〇隻を主力とする三五隻の艦隊を地球圏に派遣する旨、通告してきた。来るべきゾクドの来寇には、矢面に立つ覚悟を示した。地球側はやんわり断りを入れたが……。アマルーナは、艦隊派遣は拠点防衛にも必要だとして、既に出航させた由である。何はともあれ、宇宙に防壁を巡らすことができないだけに、ただ、敵の来寇を待つだけというのは骨が折れることである。

「ゾクド軍団、性懲りもなくまた来るんだって？」

　ブラッドレーが言う。

◎

「それも、近々という話だがな。既にピケット艦が展開している。哨戒網に引っかかるのは時間の問題だろな」

　瀬尾が応える。機関長に昇格して張り切っている。

「来るのはいいんだがよ、問題はその編制だぜ。この前のような『葉巻型』が、主力になると大変だ。確実に高機動運動を強いられる。仲間が増えたのはいいんだが、中身がまだ伴ってねえ」

「それだよ。ゴードン、高機動艦隊運動はタイミングがずれる艦がいると、付け込まれ易いからな」

「せいぜいボロが出ねえように、訓練だ。訓練！」

「それにしても、お坊っちゃん、少しは様になってきてねえか？」

「実戦になりゃあ、嫌でも分かるさ。外れだったらボカチン食らって枕並べて討ち死にだ。墓に入るの嫌だったら、生きてるうちに訓練するしかねえってことよ」

「サムソン親父もよく言っていたっけ。いざという時、いつも通りさっさと動ける奴が、真面目に訓練したと言える奴だってな。生きて帰りたきゃ、いちいち考えないでも自然に体が動くまで、繰り返しやることとだ」

「皆分かっているぜ。瀬尾、この船のエンジン頼んだぜ」

「任せとけ。と言っても、性能以上は出ないがな」

「いつもなら、この辺でキャプテンがお出ましになるはずなんだがな。今日はどうしちまったんだ？」

「はて？」

「先ほど、司令部から連絡が入って、艦長が急いで向かったぜ。遊撃艦隊の艦長が全員、呼び出されたらしい」

「ゾクドが来たのか？」

「分からねえ。お帰りまで待機というところだな」

サムソン不在のツケは意外に重い。こういう時に浮足立つような連中ではないが、この間まではサムソンの一言でその場が引き締まったものだ。今は、その場に副長の姿はない。妙に重苦しい空気が覆っている。

◎

「急遽呼び出された」

キャプテン・ケンが言った。

「ゾクド軍団が、太陽系外周に現れた模様だ」

「やっぱりな、勘が当たったぜ」

「また、数万隻も来たんですかい」

「いや、意外に少ない。一二〇〇隻程度らしい。ただし、その全てが『葉巻型』らしい。これに母艦が一〇隻程度続いている。母艦には、小型の『葉巻型』が五〇隻程度、直衛として付いているらしい。母艦も従来型ではなさそうだ。速度が格段に速いからな。数は少ないが、これまでで、一番手ごわいかもしれん」

「俺ら、またぞろジャブを放ってデータ取りですかい？」

「今度は、相手の出方が分からん。偵察データを見ても、隙がない。こんなの初めてだ。我が遊撃艦隊が出ても、包囲される危険度が高い。で、命令あるまで待機するようにということだ」

「それって、総大将の息子が我が艦に乗っているのと、関係があるのでは？」

「分からん。配慮するなら、戦列艦の方がまだましだろうよ。それはそうと、気になるのが、敵の数だ。これまでで最少だ。それだけ自信があるのだろう。我が艦隊と拮抗した戦力だから、指揮系統と各艦の練度が決め手になる」

「お寒いことで」

「まあ、そう言うな。副長のような人間は、意外に実戦に強かったりする。経験上、普段優秀なのが、実戦でヘタレだった確率が高い。動じない肝の据わりが、副長の中に垣間見える。信じて良いさ」

「そんなもんでしょうか」

「副長が来る。その話は仕舞いだ」

「アイ・サー」

「皆、部署に就け。いつでも出撃できるようにな」

副長ハイゼンバーグ中尉がブリッジに上がってきた。クルーは、何事もなかったかのように待機中である。まだ、どよーんとした重苦しい空気が残っている。中尉は意にも介さず、戦闘配置に就く。

◎

アマルーナの艦隊が、直接ムーンタウン基地に寄港する旨、連絡が入った。宇宙艦隊総司令部は、ナンバーフリートの半分を月静止軌道上に上げるよう命じた。歓迎の意を表し、場合によっては艦を休める場を提供しようとしたわけだが、接近してくる艦隊を見て唖然とする。連絡通り、三五隻だったが、どの艦も激しく損傷している。デストロイヤー三隻ほどは、ブリッジ付近に多数命中弾を食らったらしく、大穴が開いている。これでは、死傷者も多数出ているだろう。基地では救護班が出動。多数の工作艦も出張ってきた。

「お出迎えご苦労である。ご覧の通り、我がアマルーナ増援艦隊は、太陽系外周付近で、ゾクド艦隊と接触、交戦に及んだ。これまでの動きとはまるで違う。彼らは巧みに艦を操り、気づけば、数に劣る我らは、敵に包囲され、集中砲撃を受けた。反撃し、振り切りに成功したが、このざまだ。応援どころでなくなってしまった。地球軍の諸君は、くれぐれも油断なきよう」

アマルーナ増援艦隊司令官ナウルンパ中将が言った。

「敵は、我が艦隊の構造上の弱点を突いてきた。高機動運動で我らの側面に砲撃を集中したのだ。相手は一二〇〇隻、我らは三五隻、今回ほど、数の劣勢を思い知らされたことはない。沈められた艦がなかったことは幸いだが、三隻のデストロイヤーの艦長以下ブリッジクルーが全員戦死した。この戦い方、レンパ前総軍大元帥の指揮に疑いない。シールドは万能ではない。集中攻撃には耐えられない。肝に銘じられよ」

ナウルンパ中将は、そこまで話すと、倒れそうになり、従兵に抱きかかえられる。彼もまた負傷していた。

◎

アマルーナ増援艦隊の状況は、中継基地のトリドルン総督に即座に伝えられ、基地から回収用のキャリアーが派遣される。自力航行できない艦はなかったが、戦死、戦傷者は多く、これらの人員がキャリアーに乗せられ先に基地に戻った。増援艦隊自体は、ムーンタウン基地にそのまま留まり、アマルーナ軍は勿論、地球、テラミス両軍も今後の作戦のため、検分に立ち会うこととなる。シールドを見事に破られ、自慢のアマルニウム装甲まで貫通されている艦は、殊にデストロイヤーに多く見られた。片舷に集中砲撃を受けており、これまでのゾクド艦隊とそっくり立場が逆になっている。アマルーナ艦は、多くは、敵艦隊の上空にかぶさるように現れ、艦の下面にある無数の砲塔から一斉に砲撃するスタイルで知られている。この度はこの姿勢になれないように相手に高機動運動で翻弄され、片舷に集中的に攻撃されたものと思われる。『葉巻型』は、ゾクドの第三次地球圏侵攻に使われた艦種であり、それまでの主力、中型戦闘艦よりはるかに大型で、射程も長く、巨体の割に素早く運動できる。その特長を活かした見事な運用である。ただし、増援艦隊を一隻も仕留められていないのも、また事実である。

一二〇〇対三五という圧倒的な数の有利があるにも拘らず、また、艦自体の規模もアマルーナ艦と大差ないにも拘らず、アマルーナ艦に大小の損傷を与えたのみということは、この辺りがゾクド艦の限界点なのかもしれない。新参指揮官の優れた運用によって、駄目艦隊が、いつもやられていた相手をちょっと殴り返した……というところか。

かといって、侮るのは危険だし、恐れるのもこちらが委縮するだけで、何のメリットもない。補足すると、この戦闘で、ゾクド側は『葉巻型』を少なくとも三〇隻以上スクラップにされているという。圧倒的に不利な状況でも、アマルーナ増援艦隊は、きちんと任務は果たしているということだ。その結果、ゾクド艦隊は立て直しのため進撃を一旦諦めて、増援部隊を待っているようである。他にも損傷艦が多く出たのかもしれない。

統合地球軍宇宙艦隊総司令部は、アマルーナ中継基地総督トリドルンに、レンパ前総軍大元帥の戦績記録閲覧を申し込んだ。彼は総督として、入手できる限りのデータを地球側に提供した。これをもとに、分析班が必死の解析を行う。

レンパは、指揮官としてはアマルーナ随一と言っても過言でない戦績を残していた。絶対不利な状況でも、最低互角に持っていく器量の持ち主であるが、滅多に自軍を不利な戦場には動員しない。絶対有利な状況を作った上で動員する。勝ちが見えない限り、戦わない姿勢が徹底している。不利でも戦うのは、アマルーナ本星が危機に瀕した時だけであった。軍人として栄誉を極め、退役後総軍大元帥に列せられた（これは名誉職であり、実権はないのだが）。こんな人物を敵の指揮官として対峙しなければならない、アマルーナこそ悲劇である。伝説になりかけている英雄を敵として、戦わねばならないのだ。地球もテラミスも、アマルーナのような感傷はない。それでも、難敵であるという認識は、全軍に知れ渡る。困難な戦いになりそうだ。誰もがそう感じていた。しかし、敗北は地球人類の滅亡に直結する。侵攻される限り、逃げるわけにはいかない。

◎

「アマルーナの英雄相手の戦闘になりそうだが、何か方策はあるかね？」

サザーランド補佐官が言った。キャプテン・ケンが応える。

「その英雄、老いたはぐれ熊のようなものだと思います。武断派に祭り上げられ、判断を誤った……というより、本気で政権を取る気になったのでしょう。彼は、根っからの武人で、政治家ではありません。ところどころで、緻密な考えがぼやけて致命的なミスを犯している。それで、英雄自ら、栄光の座から滑り落ちる羽目になった。ゾクドは更に、そんな英雄の残滓までしゃぶり尽くそうとの腹です。英雄としては、ゾクドの提供した道具で、もはや戦闘本能だけを頼りに戦う以外に道はない。本国に排除された身としては、後退はあり得ない。執念ですね。彼は、本国の方針に徹底的に抗うつもりです」

「こっちに勝ち目はあると思うかね？」

「老雄が疲れるか、飽きてくれるのを待つしかありません。まともに立ち向かえば、アマルーナの増援艦隊のようになります。我が艦隊は、アマルーナほどの耐弾性はありませんから、損害は計り知れません。相手の鋭鋒《えいほう》をできるだけかわし続け、決戦を避ける。この一手です」

「機動戦に持ち込まれたら、かわしきれんが……？」

「相手に合わせて動く必要はありません。相手の中心に対し、隙なく構えることが肝要です。練度の高い部隊は、目くらましとして、動き回ってもいいですが、これは少数の遊軍でいいでしょう。動き回るうちに、相手からボロを出しますよ。我が艦隊以上に、相手は寄せ集め部隊です。それも、ゾクドの外国人部隊のようなもので、正規のゾクド軍人が参加しているかも疑わしい。必ず乱れが出ます。そこを衝けば、相手は崩れます。これ、数が拮抗していることが条件ですけどね」

「簡単に言うなあ。実際はそう上手くはいかんだろう？」

「勿論です。ただ、相手の動きに、律儀に付き合う必要はないと言っているのです。真面目すぎると危うい。私としては、最小の損害で最大の戦果が十分望める相手だと思います。私は司令官ではありませんので、それ以上は何とも言えませんが……。妙な飛び道具を相手に戦うよりは、まだましでしょう。総司令長官がどんな指揮をされるか。全てはそこにかかっています」

「また、痛いところを衝くなあ。ところで、坊っちゃんは元気かね？」

「かなりこなれてきましたよ。副長としては、足りないところも多々ありますが、クルーとして、という意味ではね」

「宇津井大将は、当初引き受けたものの、彼は戦闘員向きではないと判断された。むしろ兵站、部隊配置、補給など後方任務の事務方として芽があるとの結論だ。ただ、本人が望んではいない。君の艦にねじ込んだのは、全て私の責任だ」

「人間、捨てたものではありませんよ。環境次第で人並みくらいにはなります。本人が自覚して、進むべき道を見つけるまで、私は彼を支えるくらいはしますよ。それまで、我が艦がボカチン食らわないように努力します」

「すまない。この非常時に……。それじゃ私は帰るよ。長居した」

サザーランド補佐官は、迎えのランチに乗り込むや、サザンクロス号から去った。同号が、空中待機から戦闘配置になるのはこれから一時間後のことである。この時、ゾクド艦隊の土星圏接近が伝えられた。戦闘が迫っている。

◎

全艦出動が命じられた。総司令長官ハイゼンバーグ元帥座乗の旗艦、戦列艦土佐を先頭に、第一艦隊がまず動き出す。続いてナンバーフリートきっての猛将、グレッグ中将座乗の戦列艦、モンタナが発進。第三艦隊各艦も発進した。三番手は精鋭第七艦隊。通常総司令長官は、この第七艦隊の旗艦、カリフォルニアに座乗することが多いのだが、今回は通例通りではない。仔細は明らかにされていない。この三艦隊が、今次作戦の本隊ということになる。以下ナンバーフリートが次々に発進していく。

少し遅れて、ムーンタウン基地艦隊が発進した。古参艦に交じり、補強された真新しい艦が、光彩を放つ。サザンクロス号率いる遊撃艦隊の姿も認められる。結局、アマルニウム鋼板に張り替えたのが同号一隻だけに留まったため、ローズゴールドに輝くその姿は、ひと際目立つ。基地には、上空守備のコルベット艦、後備基地航宙戦闘機隊、機動歩兵五個師団と強襲揚陸艦、機動歩兵予備師団、自走式フリーザーカノン守備隊、固定式フリーザーカノン部隊が残るのみ。文字通り総力を挙げた出撃になる。基地所属の航宙機は、大型キャリアーに搭載され、出撃している。激しいもつれあいの会戦になった場合、これら航宙機は、出番があるか否か分からないが、持てる戦力のほとんどをこの一戦に賭ける地球軍の覚悟の程が分かる。

ピケット艦からの偵察情報では、ゾクド艦隊は早くも木星を通過。地球艦隊は、次元航法を使わず、第三戦速程度の通常航法で、ひたひたと寄せていく。当然、この方がエネルギーの節約になるのだ。予想戦域は火星圏であると想定される。

アマルーナ艦隊は、自軍の中継基地で応急修理した増援艦隊を吸収する。損傷の大きい艦は勿論外しているが、中破程度の損傷なら、戦力として大きなダウンにはならないとして、出撃させた。地球艦隊の後を追うように通常航行で進んだ。欠員は、基地要員を引き抜いて充てている。基地要員と言っても、元は艦船クルーであり、艦隊訓練は一通りこなしているため、補充部署で戸惑うことはない。

テラミスも、機動要塞を三基全て動員し、発進準備中である。すぐ動かすと、他の艦艇に良からぬ影響を与えてしまうため、一番後から次元移動することになっている。

三惑星連合軍が、ゾクド第四次侵攻軍に総力戦を挑む。少し前なら考えられないようなことが、今起きようとしている。

◎

「ゾクド艦隊、二手に分かれて進行中。一手は主力の『葉巻型』、もう一手は恐らく新型の母艦一〇隻と、その直衛小型の『葉巻型』五〇隻。主力は母艦の少し上方に位置し、両者の距離約二万m。主力が少し速度を上げました。我が艦隊を発見した模様」

「いよいよ決戦だな。ただ、相手がどう出るかだな。航宙戦闘機隊に発進用意を伝えよ」

「アイ・アイ・サー!」

「敵の母艦から、艦載機らしき小物体発進しました!」

「我が方も、航宙戦闘機隊発進させよ。各艦防空態勢に展開。艦隊距離を取れ」

「アイ・アイ・サー。各艦、航宙戦闘機隊発進!」

命令を受け、ナンバーフリート各艦から、制空仕様の航宙戦闘機が、次々発進していく。対艦仕様の雷装機は、制空権を奪取した後の第二陣となる予定だ。どうも、これまでのゾクド軍団の戦い方は忘れた方がよさそうである。まるで異なるゾクド艦隊との闘いになる。発進した航宙戦闘機は、第一陣五〇〇機。相手はざっと三五〇機。いきなりドッグファイトになった。地球軍所属機の方が、動きが素早く連係動作に無理がない。三合目でゾクドは打ち負かされ、遁走する。その間、艦隊彼我の距離はぐんと詰まっている。ゾクドは、実戦部隊の中で初めて航宙戦闘機を運用したものと見え、四機一組で集団行動する地球機に、単独で挑んで易々と落とされている。マルチ展開する地球軍機に対し、三々五々突っ込んでくるゾクド機は、それでなくても練度がかなり劣る。結果は一方的である。

すかさず、第二陣が発進。雷装した航宙戦闘機は、制空仕様の戦闘機陣の後方につく。ゾクド側は、第二陣の戦闘機隊を発進させた。今回は、ざっと六〇〇機を超える数である。地球軍は第三陣五〇〇機を発進させる。雷装機が二五〇機いるが、宇宙空間でのドッグファイトに支障はない。大気圏中のような空気抵抗や、重量のハンデはなく、機体各所に装備した姿勢制御用スラスターにより、瞬時に機体を制御できるからだ。機を小出しにするゾクドに対し、常に多数で臨んだ地球軍は、前哨戦を有利に進めている。

◎

航宙戦闘機隊は、ついにゾクド艦攻撃可能距離に達した。躊躇なく宇宙魚雷を放つ。そもそもゾクドの『葉巻型』は、小目標に対する対処が苦手な艦種で、第三次地球圏侵攻時でも、苦戦している。

一方、母艦攻撃に向かった部隊は、小型の『葉巻型』直衛艦に応戦されて、何機か火だるまとなった。打ち負かされて後退していたゾクド残存機が、母艦防衛に躍起となる。地球軍雷装機が射線についた途端、後方から攻撃されて爆散する。攻防が激しくなる。パッと光芒が輝いた時、それは命が一つ消えたことを意味する。

「敵、母艦部隊まで距離五万、主砲発射用意！」

「用意よし」

「撃てっ！」

　グレッグ中将の第三艦隊が砲撃を始める。遅れじと第一、第七艦隊も打ち方を始めた。航宙機は巧みに味方艦隊の砲撃を利用し、宇宙魚雷を叩き込む。砲弾は逸れたが、宇宙魚雷は目標を捉えた。母艦の中央に命中。二つに折れて母艦は轟沈する。遅れて着弾した数発が、母艦に寄り添うように護衛する小型『葉巻型』に命中。これを撃沈する。戦闘が激化する。彼我の距離は更に縮まった。地球艦隊本隊はゾクド母艦に砲撃を集中。他のナンバーフリート五艦隊が、『葉巻型』を攻撃する。基地艦隊は敢えて亜空間に潜み、ゾクド軍の万が一に備える。

「ゾクド艦、次元レーダーに感知。『小型葉巻型』と、無人自爆艦と思われる。『小型葉巻型』は三〇隻、これが自爆艦のコントロール艦と思われる」

「幸い、敵はまだ気づいていない。基地艦隊本隊は自爆艦が動き出す前にこれを無力化し、遊撃艦隊は基地艦隊駆逐隊と共に、コントロール艦をやる。同時に攻撃するぞ。レールカノン発射用意」

「アイ・アイ・サー！」

「発射！」

　亜空間での戦闘は、未知の領域である。テラミス前王ルーキンから、やるなら質量弾でと、忠告を受けていた。相手は先頭艦がデブリと化して、初めて敵襲に気づいたようだ。時既に遅く、最初は質量弾が、続いて宇宙魚雷が飛んできた。同じ葉巻型でも、大型と小型では、防御力が桁違いである。質量弾を食らったら、小型の場合は一発でデブリ化する。大型の方はそう簡単にもいくまいが……。

一合目でゾクド艦は一三隻が屠られる。基地艦隊本隊の攻撃で五〇〇隻の自爆艦のうち三四五隻がデブリとなった。エンジンを射抜かれて動けなくなったのだ。

二合目、小型葉巻型の反撃で遊撃艦隊四隻が被弾。アマルーナのシールドで、これは致命的被害には至らずに済む。しかし、戦線を離脱せざるを得ない。元来が貨物船だけに、概して被弾のダメージが大きい上、補器類まで壊れてしまったからだ。相手も必死である。こっちは決死の思い固く、コントロール艦を攻撃する。自爆艦が動き出した。質量弾が殺到する。更に七六隻の自爆艦がデブリとなった。コントロール艦を全て屠った時、自爆艦二七隻が起動してしまった。こうなっては、亜空間では止められない。地球艦隊本隊に警告を発する。その数は少ないが、まともに受けては確実に沈められてしまう。自爆艦は、実空間へ突入する。丁度ナンバーフリート第四艦隊後方の空間にフェードアウトした。

◎

第四艦隊は、一斉回頭し、フリーザーカノンの全力射撃でこれを迎え撃つ。自爆艦は最終段階に達するまでに、全て落とされた。しかし、一瞬ゾクドの『葉巻型』艦隊に隙を見せる態勢になってしまう。ゾクド艦はここぞとばかりに攻撃し、第四艦隊は被弾艦が続出する。地球軍航宙機がこれを援護するため突撃し、ゾクド艦を雷撃する。みるみる彼我の損害が増えてゆく。消耗した航宙機は、母艦が戦闘中のため着艦して補給を受けられない。後方のキャリアー部隊まで退く。代わりにキャリアーからは、ムーンタウン基地航宙機隊が発進した。

ゾクドの母艦は、最優先目標として航宙機各隊の集中攻撃を受け、残り九隻全てが被弾した。ほぼ機能を失っている状況である。これでようやくゾクド主力と渡り合えることになる。『葉巻型』主力艦は、母艦の直衛艦のようにやわではない。一度戦った相手である。ある程度手の内は分かっている。しかし、今回の敵は、動きがまるで異なる。先頭艦の後をゾロゾロ付いていくだけのゾクド流は、全く影を潜めている。完全な単縦陣の部隊を五〇隻一組にして、一二〇〇隻を自在に操る。アマルーナ増援艦隊が翻弄されたのも、むべなるかなである。

しかし、地球艦隊主力艦は、中央線上に背負式回転砲塔を有している。最上甲板、前部二基、後部一基。艦底部中央後ろ寄りに一基の四一サンチ三連装フリーザーカノンを装備（艦底砲は水平着陸時、自動引き込み式である）。両舷中央前寄りに引き込み式レールカノン、その周囲を小目標用四連装レーザーマシンガンが固める。艦首、艦尾に三連装宇宙魚雷発射管、両舷下部に、一二連装対空ミサイル発射管を装備。構造上の死角は比較的少ない。運用次第で、高機動する目標に対し、十分対抗可能である。

これに対しアマルーナの主力艦は、エイのように平べったく、主兵器が下面に集中した構造である。敵を下面に見た時でないと、力は発揮できない。この構造では、高機動する相手に追従するのは厳しいだろう。それでも戦果を挙げた上に、一隻も沈められなかった増援艦隊は、善戦したといえよう。

ハイゼンバーグ元帥は、激しく動き回るゾクド艦隊の動きを静観している。持てる戦力をマルチ隊形に展開させ、艦隊を高速で移動させながら、相手の中央から軸線を外さない。相手の動きの中で、少しでも付け入る隙ができると、攻撃を集中させた。「後手の先」の極意を実践しているかのようである。当初、地球艦隊は、ゾクド艦隊の動きに命中弾が少なかったが、次第に命中率が上がる。一定の法則で運動していることが判明したからである。ただ、彼我の損害は続出している。防御力の比較的弱い小型艦艇は、命中弾を食らうと一発で機能を停止するか、戦線離脱を余儀なくされる。巨大なすり鉢の中で、胡麻をするように貴重な艦がすり潰されていく。宇宙の静寂は破られ、殺戮と破壊の場となった。個々の兵士は、今の瞬間を必死で戦う以外、生命の保障はない。運がない者はそれでも、次の瞬間物言わぬ骸と化す……。

◎

亜空間で自爆艦とそのコントロール艦を屠った基地艦隊は、しばらく実空間での戦闘を観察していた。多数高機動する敵艦隊。その中で核心ともいえる一部隊を確認する。敵旗艦に間違いなさそうである。シャルル大将は乾坤一擲の一撃を放つべく、全艦隊突撃を命じた。フェード・アウトした瞬間、一斉にフリーザーカノンを放つ。目標とした艦隊中の一隻を、多数のエネルギー弾が捉えた。偉大なアマルーナの英雄も、乱戦の中で散った。

反撃の嵐は、基地艦隊をも容赦なく飲み込む。ゾクド艦隊は基地艦隊を包囲して叩き潰す腹である。シャルル大将は、次元移動を命じ、ナンバーフリート後方に転位させた。出遅れた数艦が袋叩きにされる。決別電が旗艦に入電した。発信元はアイアン・ビッチ号艦長、サムソン・ブロイ。覚悟の上の行動である。シャルル大将は、その意気を尊重し、敢えて血の涙を呑んで見捨てる。その間に、アマルーナ基地艦隊が覆いかぶさり、無数のエネルギー弾を叩き込んだ。ゾクドの一角がついに崩れる。主将を失い、損害も相当出ているが、それでもゾクドの戦意は衰えを知らない。短期間にアマルーナの英雄の精神を叩き込まれたのだろう。実に手ごわいし、粘り強い。

それでも時間と共に、ゾクドの動きは鈍くなる。主将の死を知ったのだろうか。次第に戦闘意欲が萎えたように、動きが単純になる。ハイゼンバーグ元帥は、全艦マルチ隊形のまま突撃を命じる。死角の少ない集団防御態勢は、損害も相当出ているがまだ、脱落した艦はない。ゾクド艦隊は、まるで昔に戻ったようにゾロゾロ運動に戻った。こうなれば七面鳥撃ちをするように、ただトリガーを引いていればよい。ようやく勝機が見えた。

◎

ゾクド軍団に降伏の文字はない。敗北は即ち全滅を意味する。あれほど素早く隙も少なく動いていた大軍が、一点の綻びから次第に崩れ、一方的に撃ち沈められる。戦況は、もはや掃討戦の様相を呈している。ゾクドの残存戦力は『葉巻型』四〇〇隻余り。まだ侮れぬ数ではあるが、燃えるような戦意はなりを潜めた。たまらず遁走を図る一群が出る。これを機に多数がコースターン、地球艦隊に背を向ける。だが、彼らの行く手には、テラミス機動要塞がいた。ゾクド艦が砲撃を始める。着弾するが、要塞はびくともしない。逆に無数のエネルギー弾を受け、半数が消えた。要塞の第三斉射までに、戦闘力があるゾクド艦は、姿を消していた。わずか三基のテラミス機動要塞の前に、四〇〇隻ものゾクド戦闘艦は悉く沈められたのだ。……戦闘は終わった。

◎

戦闘空域は、おびただしい数の彼我の宇宙艦船が、デブリとなって漂う。この度の戦は、アマルーナの老雄レンパの指揮で、思いの外ゾクド軍が巧妙に戦った。地球艦隊は八艦隊ものナンバーフリートと、ムーンタウン基地艦隊、遊撃艦隊を擁し、拮抗する戦力でがっぷり四つに組んで戦ったが、その代償は重いものとなった。

本隊三艦隊では、無傷の艦を見つけるのが難しいほど大小の損傷を受けた。艦隊全体で戦死八四三名、戦傷二三一〇名を数えた。搦め手を務めた五艦隊は、戦死一〇二六名、戦傷四三二一名を出し、戦闘不能となった艦船は戦列艦三隻、重巡一二隻、軽巡一六隻を数えた。撃沈された艦船は重巡六隻、軽巡一一隻、駆逐艦二三隻、フリゲート艦一二隻を数えた。基地艦隊本隊は、被弾はしているが、多くは小破に留まる。が、被弾して次元移動できなかった駆逐艦六隻が撃沈されている。これで、戦死六〇〇名を出した。遊撃艦隊は被弾して戦線離脱した艦が四隻。戦傷四五名。航宙機部隊は戦闘機一三七機が未帰還。多くは雷装のタイプである。その大半が雷撃ラインに乗った時、後方から攻撃され撃墜されている。パイロット四五名戦死。あとは救出された。基地航宙機隊雷撃機は未帰還六三機、救出人員六四名、攻撃機未帰還七二機、救出人員五八名となった。これらは、複座式のため一機当たりのクルーは二名だが、現時点では、パイロットと攻撃手の別は判明していない。

◎

多くの兵士の命と引き換えに、『地球人の地球』は守られた。アマルーナも、テラミスも、戦闘の大半は、条約を守って見守った。ここぞという時に、ゾクドへ手痛い一撃を与え、壊滅への手助けはしてくれたが……。それでも、『地球人の地球』は、まさに地球人によって守られたと言ってよい。

戦闘が終わった後、凱旋した三惑星国家の艦隊をムーンタウン基地の（軍民を問わず）多くの人々が熱狂的に迎えた。彼らは戦況を、最も戦場に近い距離で見守っていた。その点、大気圏内の人々とは、感覚が異なる。ゾクドの第三次侵攻時、今回の主敵となったレンパが放ったAI兵器により、戦禍に見舞われた都市は、未だに再建半ばである。この度地球軍が出した戦死者とは、桁が違う民間人が殺戮されている。全容が未だ不詳のままなのだ。温度差があるのは止むを得ない面もある。ただ「戦死一名」という広報は、間違いなく一人の戦士の命が、この世から消えたということである。身内が死んで悲しまない者がいるはずもない。直撃弾を二発受け、中破したサザンクロス号も、また悲しみの中にいた。数々の任務をこなしてきた同号だが、亜空間戦闘で小型葉巻型から食らってしまったのだ。指揮権を遊撃艦隊序列二位のミシシッピ号に譲り、戦場離脱を余儀なくされた。被弾の衝撃で、射手ブラッドレーが利き腕を負傷、しばらく艦を降りる事態になる。これをかばった副長も一緒に吹っ飛ばされて打撲傷を負う。幸い副長は大事に至っていない。何より前副長で、駆逐艦アイアン・ビッチ号艦長サムソンが、僚艦五隻もろともに乗艦を撃沈され、帰らぬ人となった。加えて、前保安部長佐々木達也中尉（昇進して大尉で栄転）、前保安部B小隊長石田次郎少尉（中尉に昇進後栄転）の二名も、サザンクロス号を後にして、駆逐艦の保安部長となっていたが、この度の会戦では、基地艦隊で六隻の被撃沈艦中のクルーであり、戦死の報が届く。彼らは遺体が回収されているだけ、まだ幸運と言える。撃墜された航宙機のパイロットの多くは、エネルギー弾に焼かれて遺体すら確認できないのだ。バラバラの機体の破片しか残されていないのが、現実である。

◎

いつしか、「サザンクロス号の怪」として、同号から栄進して他艦に異動した者は、戦死するという噂が立った。修理の手配に集中していたキャプテン・ケン本人が意に介さず、クルーも、スルーしていたこともあってか、その噂は、いつの間にか聞こえなくなった。

『人にはね、持って生まれた寿命てもんがあるんでさあ。若かろうが、年を食ってようが、死ぬべき時に死ぬ。それがたった今かもしれねえ。三〇年後かもしれねえ。神さんのみがご存知でねえ。わしらにゃ分からんのですわ。その時がくりゃあ、しゃあねえ、黙って目をつむるしかねえってもんですぜ』

サムソン・ブロイ独自の理屈であった。彼を知るクルーの多くは、サザンクロス号の至るところで、彼の在りし日の姿を瞼に浮かべている。それほど彼の存在は大きかったのか。彼を栄進させて艦長に推薦したキャプテンが、実は最も辛いのだ。クルーは敢えて何も言わず、目の前の仕事に打ち込んだ。

サザンクロス号は、初めて作戦の緒戦で被弾し、途中リタイアを余儀なくされたが、新米副長の器量がどうであれ、とにかく生き残った。

◎

「こんな状態で、よくもまあ帰ってこられましたな」

基地艦隊修理ドック技師長マドックが言った。

「小型『葉巻型』の主砲質量弾二発、ほぼ同じ箇所に当たっている。ダメージはこの二発目で大きくなったものと思われます。もう少し後方にずれていると、装甲が薄いこの船の、エネルギー伝導管を直撃してたところです。そうなりゃあ、船はストップ。ボコられてお陀仏ですよ。相手が小型じゃなくて大型なら、まず轟沈ですわ。アマルーナのシールドは、質量弾にはもう一つ効果が期待できません。アマルニウム鋼板のお陰でしょうな」

よく喋る男である。キャプテン・ケンは黙って付き合っている。

「レーダー、各センサー、主砲制御装置、舷側のレーザーマシンガン制御装置、宇宙魚雷発射管制装置……デリケートな制御系装置が軒並みダウンしてます。こりゃあ全部取り換えですな。ちょっと工事が長引きますよ。なあに、しっかり修繕しますよ。任してくださいよ」

「よろしく頼むよ」

言葉少なにキャプテン・ケンは答えた。既に修理ドックは満杯である。まだ基地艦隊は、被撃沈艦以外の艦のダメージが少ない方だ。被害の大きかったナンバーフリート各艦の割り込みドック入りが予定される中、サザンクロス号のみ、工事が長引く由である。他の遊撃艦隊被弾艦三隻は、ここまで艦の傷が大きくはない。被弾箇所だけ激しく壊れ、そこにいた人員をなぎ倒した。そのため、負傷者が断然多い。戦死者が出なかったのは、中口径質量弾の威力が限定されたものだからだ。アマルニウム鋼板を張ったサザンクロス号は、被弾しても外板は容易く破られることはない。その分、衝撃が他にも波及し、補器類まで破壊してしまった。もし、サザンクロス号が以前のままの外板なら……命中箇所から見て、マドック技師長の言通り、まず生還は無理であったろう。目立つ外観から、狙い撃ちされたのは間違いなさそうである。アマルニウム鋼板の功罪、相半ばというところか。

一人、メイン・パイロット、ゴードンが落ち込んでいる。敵弾をかわし切れなかったからだ。質量弾を亜空間で撃ち合うなんて、全く初体験だった。実空間と違い、艦の制御にダイレクト感もない。山なりに飛んでくる質量弾の弾筋を読み損なった感が強かった。操艦の自信が少し揺らいでいる。

「なに、出撃したクルーが、皆、命を拾って帰ってこられたんだ。神に感謝しよう。それに、君の操艦がなかったら、弱点を突かれてお陀仏だった。有り難う」

キャプテン・ケンの言葉で、随分気が紛れた。

◎

ムーンタウン基地で、戦死者の合同葬儀が行われた。一度に二六〇〇名を超える死者を弔うのは、統合宇宙軍始まって以来、初めてのことである。前述の通り、遺体が回収できない航宙機搭乗員もいる中、参列した遺族のすすり泣きが各所で漏れる。地球との往還船の便数が限られるので、地球に住む遺族は、葬儀開始時刻に間に合わない者も少なからず出る。耐え切れず泣き崩れるサムソンの細君が、まだ幼い息子と娘に慰められる。その姿が、周囲のもらい泣きを誘う。

「身を以て母なる地球を守った、勇敢なる戦士の霊に敬礼！」

弔砲が唸る。儀式はこれを以て終了だが、往還船が着く度に遺族が続々と参列してくる。葬儀委員長は、自らの才覚で二部、三部を実施した。会場は三〇〇〇名収容可能の設営がなされていたが、参列人員ははるかに多く、とても一度に捌けない。多部制にしたことで、大きな混乱もなく厳粛な雰囲気を保ったまま、葬儀は終了した。戦死者の遺体は、遺族と対面の上、最後の別れをし、荼毘に付される。宗教上の理由で火葬しない場合は、納棺された状態で、台車に載せられ引き取られていく。遺体が回収できなかった航宙機パイロットの遺族は、生前、あらかじめ取っておいた遺髪か爪、遺品を引き取る。また新たな涙が基地を覆う。

◎

統合政府は、相次ぐ地球外勢力の来寇によって迎撃戦を余儀なくされ、艦の新造、修理、整備は勿論、戦災、戦闘による撃沈、損傷続出の状況で莫大な臨時予算を費やすことになった。財政が怪しくなってきたのはゾクドの第三次侵攻前のことであった。この度のレンパ率いるゾクド艦隊との戦闘で、ついに国家予算の半分が戦費に消えた計算になる。それでも予算をケチれば、勝利は覚束ない上、「地球人の地球」は「地球外生物の地球」になり果てる。ジレンマである。困ったことに、戦災で命は拾ったが財産を全て失った国民、未だに身内の消息が分からない国民が無数にいる。アマルーナ武断派の嫌がらせ攻撃は、地球人に深い爪跡を残していったのだ。勝利したといっても、新領地を得たわけでもない。ただ自分の住処を、闖入者《ちんにゅうしゃ》から守り切ったというにすぎない。国民の生活を取り戻し、安定させる。損傷した艦を修理し、再び戦力化する。一層守りを固くしなければならない。それには相当な予算措置が必要だ。だが、現状では、増税は国民の賛意が得られそうもない。増税なしにやり切るには……。首脳は頭を痛めている。

◎

サザンクロス号のクルーは、乗艦のドック入りが長引く由を聞いて、少しウンザリしている。外板をアマルニウムに張り替える工事の時のように、基地艦隊の訓練教官として、実艦訓練に駆り出されているのだ。撃沈された駆逐艦六隻以外、損害は軽微だった。立ち直りは勿論、最も早い。修理出来次第、艦隊に復帰して訓練を再開した。新たに五隻の駆逐艦が補充されている。今回の訓練はこの補充艦が中心である。

時折、ふと、張り切っていたサムソン新艦長の、在りし日の姿を思い出す。訓練の虫でも、戦神に見放された時は未帰還となるのか。実に切ないものである。サザンクロス号では、あれほど働いた人物が、艦長になって、初陣であっさり撃沈されるなんて、クルーの誰もがまだ信じられない。人の運命のはかなさを思い知らされている。逆に、妙に元気に振る舞うハイゼンバーグ副長のみ、少し艦内では浮いて見える。

◎

「コレカラノ備エガ大切ダ」

前テラミス王、ルーキンが言った。相手は、サザーランド補佐官である。新邸に移って以来、初めての訪問である。今回は、アマルーナのトリドルン総督も同席している。まるで、三惑星国家の首脳会議の様相を呈している。

「ゾクド軍は、これで四回も地球圏に侵攻しては、撃退された。彼らに算数ができるのなら、割が合わないと思うのではないでしょうか？」

サザーランド補佐官が応じる。

――ところが、そうではない。我らも既に八回遭遇戦を経験している。今回元の身内が、敵に回るという不測の事態になってしまった。こっちも損害を出したが、これはあくまでも例外だ。通常なら、相手をコテンパンにやっつけて退ける。それでも懲りずにまたやって来る。それがゾクドだ。

トリドルン総督が言った。

「テラミスモ、イツデモ機動要塞ヲ動員デキルトイウワケデハナイ。通常ノ小型艦艇シカイナイ時ニ限ッテ、ヤッテ来ルコトダッテアッタ。我ラノ弱ミハソコニアル。地球ト組ム価値モ実ニココニアル」

「王様、小型艦艇だけで、ゾクドを撃退できたのですかな」

「小型デモ、一通リ装備ハアル。用兵勝負ダナ。通常、ゾクドハ阿呆ダ。ゾロゾロ単純ニ数デ押ソウトスル。タダ、キャプテン・ケンナ彼ノ船ト遭遇シタ時ハマイッタ。朕ガ以前、ココニイタ時ノコトダ。実ニ手際ヨク、防衛システムヲ潰サレタ。切リ札ヲ出ス前ニ降参スル他、手ガナクナッタ。今回ノ戦闘デハ、早々ト脱落シタソウダガ……」

「それ、多分に私のせいです。副長サムソンが艦長になって栄転した機会に、総司令長官のお坊っちゃんを後任にねじ込んだもんですから、艦内の絶妙なチームワークが上手く機能しなかったのでしょう。これ、推測ですがね」

――そのサムソン、戦死したそうだね。

「その通りです。惜しい男を亡くしました」

――私も、最初の交渉の時、キャプテン・ケンの隣にいた大男が、サムソン副長だと紹介されたので、記憶に残っているよ。補佐官、貴方も大男だが、サムソンはもう一回りごつい男だった。

「見かけによらず、細かい気遣いもできる男で、艦長になっても、クルーに親しまれていたようです。表向き、被弾して本隊の次元航法開始に遅れたということになっていますが、実のところは、殿艦として、わざと敵の注意を引き付けたようでして……」

――被害担当艦ということかな?。

「テラミスニ、ソノヨウナ戦法ハナイナア」

――自分を犠牲にして、味方を最小の被害に留めるという?

「私には、そうとしか思えませんな。基地艦隊が、亜空間から躍り出て、ゾクドの旗艦だけを潰した。その後、周りから袋叩きにされても仕方がない展開です。その時の数は、ゾクドの方が圧倒的に多い。本隊が次元航法で包囲から脱出しようとしても、素早く回り込まれたら、相当数被害が出たことでしょう。それを、自分たち最小の被害で済ませたとしたら……。詳細は不明ですが、沈没直前に決別電を発していたそうなのです」

――地球人は、アマルーナと似通った精神構造があるようだ。

「フム。理解デキルガ、合理的デハナイ。大体、一艦隊ダケデ、敵中ニ突入スルコト自体、テラミスニ言ワセレバ、無謀トシカ言エナイ。ソコガ、マタ地球人ノ凄イトコロダ。トコロデ、途中ニナッタ、先ホドノ小型艇云々ノ話ダガ……」

前テラミス王、ルーキンが言った。

「相手ガ圧倒的ニ優勢ノ時ハ、コチラガ対抗デキルヨウニナルマデ、只管決戦ヲ避ケ、ノラリクラリト時ヲ稼グノサ。相手ガ隙ヲ見セタラ、スカサズ、グサット刺ス。相手ガ出テキタラ、サット引ク。コノ繰リ返シサ。コレデ、テラミスハ、ゾクドヲ一〇回ハ潰シテキタ。機動要塞ヲ開発シタノハ、結局ノトコロ、ゾクド対策ダヨ。圧倒的ナ戦力デ、楽ニ勝チタクナッタノサ。ノラリクラリハ、疲レルカラナ」

「それでも、ゾクドの本拠地が分からない？」

——そうなのだ。本拠が分からないから、こっちから先制攻撃ができない。向こうが攻めてきて、応戦する図式がずっと続く。拠点を奪われれば、そこにいる者は皆殺しにされる。だから、何としても勝って、最低追い払わねばならないのだ。

「つまるところ、ゾクドの目的は一体何なのかな」

「生態系ノ破壊ダロウ。病原菌ソノモノト思エバ理解シ易イ。奴ラガ生息範囲ヲ広ゲレバ、病ニ侵サレルヨウニ宇宙ガ病ム。生命ハ死ニ絶エ、原初ニ、リセットサレル。タダ、壊シ、殺スダケノ存在ナノダ」

「生物のいる星をリセットする存在?」

——概ねそうだ。だから、我らは抵抗する。生存権を賭けてな。生まれてきた以上、黙って死ねるものか。だが、アマルーナの英雄が、よりによってそのゾクドの手先になり下がるとは……。言葉もない。八回の遭遇戦のうち、過去の五回はその英雄が指揮を執ったのだ。老いとは、怖いものだ。生き物の宿命だがな。

「色々事情アリダナ。今後ノ付キ合イ、ヨロシク頼ムゾ」

『こちらこそ』

トリドルンとサザーランドが、思わずハモった。三人は、固く手を握り合った。

◎

キャプテン・ケンは、内々に基地艦隊司令部に出頭を命じられた。行先は司令長官室と指定されている。

「荒川中佐入ります」

「どうぞ。そこに掛けたまえ」

シャルル大将が言う。

「この度は、貴官の前副官の機転が、我が艦隊を救った。故サムソン・ブロイ艦長が、自艦を盾にして本隊の撤退を成功させたと言ってよい。彼が新任だったにも拘らず、他の五隻の協働艦が出たのは、彼の人徳のなせる業である。お陰で、我が艦隊は、一番早く立ち直れた。感謝している。本来は当人に直接伝えたいところだが、今となってはそれもかなわぬ。二階級特進とするのが、本官ができる精一杯のことだ。それでも、喪失感を消すことができなくて困っている。当人と長く時を過ごした貴官になら、話してもよかろうと思ってな。指揮官というものは、孤独でな。時々心を許して話せる相手が欲しくなる」

「恐縮です。本人が聞いたら、さぞ喜んだことでしょう」

「厳しい戦いだったな」

「はい。しかし、これで終わりとは思えません。ゾクドは、一度目を付けた星は、何度でも攻めてくるといいます。テラミスや、アマルーナも我々以上に戦っています。それでも、決着がつかないのは、地球以上に科学力の優れた彼らでも、本拠地が見つけられないらしいのです。先制攻撃して、本拠地を潰すことさえできれば、もう少し早く決着がつけられるでしょうが……」

「これまでも、我々は、太陽系外縁まで来て、初めてゾクドの来寇を知ったというレベルだ。早期警戒用のピケット艦が、少しは役立ってはいるが、クルーには相当プレッシャーを強いている。見つかれば瞬殺だしな。何とかしなければならん」

「それは、私も思います。地球艦隊で、ゾクドの本拠地を発見できれば、三惑星国家でアドバンテージを握ることも可能になります。ただ、我々地球人は、太陽系の外に出たことがありません。ただ一人の例外を除いては……」

「例外？」

「現在、テラミスの機動要塞を率いている、ロナルド・ダンカンです。彼は、私のサザンクロス号と何回も渡り合った後、次元移動を繰り返し、何年もかかって、テラミスにたどり着いています。テラミス前王が所有する多くのレーバロイドの中で、ナビゲーション機能を持つ個体を付けてもらったと聞きました。テラミスまでざっと一三〇万光年。気の遠くなる距離を渡ってきた、彼の協力がなければ、地球人は自分の庭ですら満足に動けないでしょう。太陽系の端っこから地球までに、我が宇宙軍の中継基地や防衛基地があるでしょうか」

「確かにそうだ。宇宙軍などと偉そうに言っているが、我々は、箱庭の中を宇宙と思っているだけかもしれんな。せめて君の言う防衛基地程度があれば、ゾクドの足止めも可能だ。火星のベースキャンプは真っ先に潰されたが、これは、防衛というより、開発拠点にすぎん。軍事的な機能は、大したことがなかった。緒戦で放棄を決めたのはそれが理由だ。しかし、それでも莫大な資金投入があったと聞く。地球軍が盤石の体制を築くには、いかほどかかるだろう。想像も付かんよ」

「この惑星だけで、経済を回すことから脱却し、他星系と取引することで、随分経済規模が大きくなることでしょう。一惑星の中でいがみ合う時代は、ようやく終わったのです。これからは、惑星間経済の時代が来ると思います。まだ、緒についたばかりですが」

「ふうむ。君はサムソンと、そんな話をしていたのかね」

「はい。一杯酌み交わしながら、オフにはよくやってました」

「しかし、実現すれば面白いことになるぞ。これからの地球はもう少し、視野を広げて宇宙に臨む必要があるな。いやあ、君と話せて本当に良かった。少し、気が晴れたよ。有り難う」

「いえ、お役に立てて幸甚です。荒川中佐、これにて退出します」

「ご苦労だった」

内々の話だったので、司令部の中で知る者は、大将の副官のみである。

キャプテン・ケンは、改めて惜しい男を亡くしたとの思いを強くした。同時に、現在の副官、ハイゼンバーグ中尉が、ただの腰抜けではなかったことにも、内心安堵した。

◎

財政面では厳しいが、損傷艦をそのまま放っておくわけにもいかない。計画的に、即戦力になる損傷の軽い順に修理の手が伸びていく。サザンクロス号は、基地艦隊所属艦の中では、艦体の損傷より、補器類の故障が多い特異な例である。既に型落ちのパーツばかりだったので、取り換えを機に、衝撃に強い最新のものが取り付けられる。というより、型落ちの予備パーツがもう底をついていたというにすぎない。これで、期せずしてバージョンアップがなされることになった。命中弾を受けた箇所は凹みすらない。アマルニウム鋼板の防御力の凄さは本物であることが、改めて確認される。それは同様に、中口径質量弾を被弾、損傷した僚艦の状況と比較すれば、歴然としている。大きな破孔を穿たれた命中箇所は、これがエネルギー弾だったら、まず轟沈であることを想起させるに十分である。

遊撃艦隊は、構成艦が全て元民間の貨物船である。構造上、戦は全く想定されていない。被弾にもろいのは、ある程度仕方がない。それが、アマルニウム鋼板に張り替えただけで、重巡クラス以上の耐弾能力を有することになる。実戦で立証されただけに、早速張替が実施されることになった。アマルニウム鋼板は、アマルーナから、十分な数が既に提供されている。順次張替が決まっていたのだが、対ゾクド防衛戦で遅延していただけだ。これで、サザンクロス号のみが目立つことは、ある程度避けられそうである。

多くの死傷者を出したナンバーフリートには、補充兵が地球での基礎訓練を経てやって来た。宇宙艦隊クルーとしての訓練は、これからシミュレーション訓練の後、実艦で行われる。戦力になるまで、もう少し時が必要だ。事前の図上演習の結果より、損害が少なかったことは、まだ全体的に見れば幸いだった。

兎にも角にも、肝心の艦の修理が間に合わなければ、何も進まない。修理ドックは、三交替制を敷き、昼夜兼行で作業が行われた。中破以下の軽微な損傷の艦が、再就役するまで二週間を要した。あとは、大破、戦闘不能の艦に手を付けることになる。ただ、壊れ方があまりにひどい艦は、解体の運命が待っていることもある。一般的には中破でも、艦の構造部分に損傷が及んでいる場合など、新造艦を補充した方が、費用が安く済む場合が、これに当たる。これにより、事前の診断で解体と決まった損傷艦は、戦列艦三、重巡六、軽巡一一、駆逐艦一四、フリゲート艦一三となった。何とか生還しても解体とは、厳しい運命だが費用対効果から見て仕方がない。

宙に浮いたクルーは、そのまま補充艦に乗り組み、習熟訓練に入る。補充艦はバージョン2の新造艦が流用された。このため、九番目のナンバーフリートは、新編制が見送りになっている。これ以上艦隊が増えたら、整備ドック、修理ドックの能力拡張が追い付かなくなる。加えて、ムーンタウン基地の指揮能力を超えてしまう。副次的に、新しい基地を立ち上げる必要が生じる。ところが現状では、全てに対処する予算的余裕がない。政治が軍事をコントロールする体制下では、よくこういう事態が起こる。ゾクドの五回目侵攻が起これば、そうも言っていられないのだが……。地球人の大半は、まだ地球だけで回す経済のままである。少なくとも、テラミス、アマルーナとの大規模な経済交流はまだ、頭の端っこにすら意識されていないようである。

◎

シャルル大将は、先日のキャプテン・ケンの話が気になっていた。惑星間での取引、何と豪儀な発想か。定例の宇宙軍幹部会議で、たまらず発言した。この会議は、軍の幹部指揮官と政府関係者の風通しを良くするために設けられている。基本的に宇宙軍の将帥とサザーランド補佐官が出席している。

「実は、先日面白い話を聞きましてな」

勿体ぶって、他の反応を見る。

「地球の資金不足を何とかする方法ですわ」

ここまで言って、また、様子を見る。宇津井大将が焦れて言った。

「シャルル大将、焦らさないでスパッと言ってくれんかな」

「テラミスと、アマルーナ、この惑星国家と我が地球は、テラミスとは軍事同盟、アマルーナとは、通商修好条約を結んでいる。そうですすな」

「その先は？」

「まあ慌てずに聞きたまえ。この際、二国と新たに条約を結び、テラミスとは通商修好条約、アマルーナとは軍事同盟を結ぶというのはどうかな。近隣にテラミス前王の新邸がある。事実上のテラミス基地だ。距離が近いだけに、交流はやり易かろう。我が前衛基地を窓口にすればよい。アマルーナとも、既に何回かのやり取りはあるしな。もう少し門戸を広げて、ある程度、民間の参入を許すれば、相互に珍しい品物が流通して、今よりは経済が回るのではないかな。私は、政治家ではない。これ以上言及するつもりはない。この会議は、自由発言が許されている。だから、面白いと思ったことを、そのまま言っただけだが……。まあ、外交や経済のことは門外漢だ。突っ込まれても答えられんよ。要するに、地球だけで経済を回すのは、これから先は、厳しいだろうということだよ」

「地球外の惑星国家を巻き込んで、交流しようというのかね。そりゃ面白い。どのみち、現況では軍の装備をこれ以上拡張するのは、財政的に厳しい。損傷修理の費用も馬鹿にならない。一連のゾクド戦で勝利しても、一片の領地が増えたわけでもない。また来寇があると、我が政府は赤字転落間違いない。そうですな、補佐官。あなたは、ここでは、政府の代表だ。実際のところはどうなのです？我々軍人も知っておかねば、作戦立案ができなくなります。宇宙艦一隻動かすのも、バカ高い費用がかかることは、周知のことですからな。それが、短期間に新造、改装、修理、解体、全艦隊による軍事行動……。そりゃあ、湯水のごとく資金が流れれば、財政が厳しくなるでしょうよ」

サザーランド補佐官が応える。

「現状のままの発想では、いずれ我が地球統合政府の財政は、間違いなく破綻します。短期間に、軍事行動が続きました。それもどんどんエスカレートする一方だ。宇宙物は、地上の物とは桁違いの金がかかります。地球外の惑星国家と、折角友好関係になれたのだ。これを利用しない手はありますまい。政府首脳に進言したいと思います。ただ、ここの方々は、地球外の国と、或いは交誼を結び、或いは命を懸けて戦った経験がおありだ。しかし、地上の人々は、降ってきた火球にいきなり殺戮され、家を破壊され、親族を殺された者が、少なくとも数百万。千万超という統計もあります。地球外勢力に対する、この意識の差をどう埋めるのかが、問題です」

「それをどうにかするのも、政治なんだろう?」

「勿論です。ただ、人の心はそう簡単には変えられません。大気圏内で交流するのは、今は厳しいでしょうな。あくまでも、前衛基地か、ムーンタウン基地を舞台にするところから始めるのが適切な方法でしょう。テラミス人はともかく、アマルーナ人の特異な容貌は、一般人には刺激が強すぎます。焦らず、少しずつ慣れていかねばなりません。肌の色の違いの問題ですら、我々が克服したのは、比較的最近なのですから。違っていて当然と意識できないと、悶着の素になります」

「ふうむ、一筋縄ではいかんのだなあ。お互い、商売するのはまず、平和であること。次に信頼関係があることが不可欠だ。いつ、ゾクドが攻めてくるのか分からん状態では、無論それどころではないな」

「一部の限られた範囲内でなら、可能です。信頼関係を少しずつ積み上げていくことが、大切ですな」

「しかし、それでは愁眉《しゅうび》の急には間に合わない」

「それが問題なのです。一番求められる軍事技術で、交流可能なものを融通し合うってのはどうでしょうか？　今のところ我が地球は、他国に提供できそうな技術は、見当たらないんですがね。逆に、欲しい技術は沢山ある」

「それじゃあ、完全に持ち出しですな」

「確かに赤字の拡大にしかなりませんな。ただ、アマルーナは地球の豚を、テラミスは、同じく野菜をそれぞれ欲しがっているとか。たまたま交流機会を得た末端の兵士からの情報ですがね。これなど、あちらの要望を確認すれば、すぐにでも収入につながりませんか？　官製の貿易でも初めはよろしいのでは？　技術とバーター取引ってのもありでしょう」

「悪くない考えだ。ない物、欲しい物を融通し合うのが、取引の原点ですからな」

「急がねばなりますまい。政府に詳しい報告書を送り、提案事案として上申します。宇宙軍というよりは、宇宙生活者の発想ということにします。一蹴されるかもしれませんがね」

「政府に、そんな余裕があるのかな」

「あるなら、我々軍人にまで意見を求めんだろう？　基本的に軍人は政治に口出ししにくい立場だ。違いますかな、補佐官？」

「政府は、アイデア詰まりを打開したいのです。自由な発想を求めています。国民にも意見投稿を促すそうです。立場はこの際二の次ですよ」

「切羽詰まっているのは、今後の方針全てということですかな」

「統合政府で、地球全体の問題を何とかするのは難しいですからな。大半は、仕方なく従っているだけだ。他に手がないからね」

「課題が多すぎて、地上軍を強化する問題まで先送りした。その挙げ句、アマルーナ武断派にこっぴどくやられた。ま、軍といっても我々宇宙軍とは、別組織ですがな。命令系統につながりはない。人的交流は、全くないわけでもないのですが……。兵員募集も端っから窓口が異なる。基礎訓練所まで別々だ。同じ兵員同士、基礎訓練くらいは、共通化すればいいのに。そこから先は、本人の希望と適性検査で選別する。合理化で経費が多少は節約できるでしょう。成り立ちのままにしているから、無駄が多くなるのだ」

「そりゃあ難しいですな。プライドまで絡んでくるからね。ま、補佐官に上申してもらって、結果を待つとしましょうか。それが一番適切かもしれません」

　会議は、お開きとなった。

◎

　ムーンタウン基地から発信された提案は、幸か不幸か、統合政府も考えていたことであった。ない物同士を融通し合うことなら、今すぐにでも可能であろう。それで、政府の財政が潤うか否かは分からないが、今のまま放っておくよりは、はるかによい。出先機関の責任者で、今回の提案者を兼ねた、サザーランド補佐官に、早速、友好惑星国家二国に打診するように、指令が下る。補佐官は、動いた。

丁度、乗艦が未だ修理ドックから出られない状態で、補充艦の習熟訓練の教官を務めているキャプテン・ケンのスケジュールを調整させ、空きを作ってやり、同行させた。ちょっと強引に引き抜いた感がある。そもそもの提案者は彼であることは、察知済みである。行先は、前衛基地隣のテラミス前王ルーキン邸。アマルーナ中継基地トリドルン総督も招聘している。そこは補佐官、手際が良い。またぞろ三惑星国家の首脳会談となる。

「度重なる戦役で、我が地球政府は、財政が手元不如意になりましてな……。一惑星規模の経済では、宇宙艦隊を養うのは至難の業です」

単刀直入に、サザーランド補佐官が訴える。

「早い話が、お二方に相談するのは、お互いの星で、『欲しいが、自分のところにはない』という物品の取引をしないかという提案です」

「回リクドイガ、要スルニ我ラト商売ガシタイ、トイウコトダナ。テラミスハ異存ガナイゾ。現連合王ガ地球圏ニ来タノモ、ソモソモハ、野菜ノ取引ヲシタイ事情ガアッタノダ。テラミスハ、野菜ノ栽培ニ適シタ土地ガ少ナイ。需要ノ方ガ、実際ノ供給量ヲ常ニ上回ル。余剰分ヲ回シテモラエレバ、コノ上ナイ」

――アマルーナは、食肉が不足気味だ。地球圏に来て驚いたのは、家畜を飼い馴らして繁殖させていることだ。是非ともこの技術と、食肉を取引したい。

サザーランド補佐官は、宇宙軍幹部会議で末端兵士の話として出た情報が、正確なのに驚いた。

「地球政府は、両国の巨大艦船を建造、維持、運用するのにいかなる経済を駆使しているのか是非とも知りたいが、軍事機密にも属するこれらの事項を、いきなり貴国から伺うのはむしろ失礼だとも思う。貴国の需要内容は分かった。取引はすぐにでもできるが、アマルーナ国の要望に応えるには、少し時間が必要なのと、ある程度の設備を用意してもらわねばならない。準備が整えば、試験的に農場建設と、繁殖用の家畜を提供し、酪農技術者を派遣しよう。貴国の適切な御仁に、技術を習熟してもらうところまで、政府が責任を持って対応する」

「ソレナラ、話ハ早イ。テラミスハ、地球政府ト、軍事同盟ハ結ンダガ、修好通商条約ハマダダ」

――アマルーナは、テラミスと逆で、軍事同盟まで締結に至っていない。

「それでは、両国と地球政府が、それぞれまだ締結に至っていない条約を結ぶ件については……？」

「無論、異論ハナイ」

――アマルーナは、当初からそのつもりだ。

「それは有り難い。詳細は代表団を後日送るので、その時話を詰めてもらいたい。勿論、代表団の長は、私ですがね」

――本国に連絡する。マクギャルン執政もさぞお喜びになるだろう。彼が交渉に来たのは、実に、この点だったのだから。

「現連合王ニ連絡スル。テラミスノ懸念ガ一ツ消エルトナ」

利害の一致をみた三惑星国家は、ようやく軍事、経済で結びつきを深めようとしていた。

◎

「ピケット艦から、緊急連絡が入っています」

「つないでくれたまえ」

「アイ・アイ・サー！」

『こちらP‐4号、冥王星付近哨戒中。所属不明の船団が太陽系に侵入。その数約六〇〇隻。ゾクド軍ではありません。巨大な移民船のように見えます。軍用の船は、そのうち二〇％程度と思われます。これらは、小型で、護衛用らしいです。数が多いので、我が艦一隻では、対応できません。映像送ります。司令部で対応を検討願います』

「了解。貴艦は、そのまま任務続行せよ。あとは、司令部で対処する」

『了解しました。我が艦は、引き続き哨戒を続けます』

直ちに映像が送られてくる。主な侵入艦船が鮮明に映されている。確かにゾクド所属の船ではない。まるで、マッコウクジラのような巨大船。武装はあるが最小限で、これは戦闘艦には見えない。加えて、シャチのようなシルエットの護衛艦。それより小型のトビウオのような護衛艦。後者はより攻撃的な艦種のようである。ただ、巨大船の数に比べて数が少ないことで、この船団は、どうも地球圏侵攻が目的ではなさそうである。何者かに追われて逃げてきた感が強い。

宇宙艦隊総司令部は、地球統合政府に緊急電を発し、基地艦隊に出動を命じた。ナンバーフリートは未だ再建途上であり、出動するには数が揃わない。基地艦隊は、習熟訓練中の補充艦五隻を除く全艦が、出撃可能であった。ただし、遊撃艦隊は旗艦以下四隻がまだ修理中のため、二番艦ミシシッピ号を旗艦代理として、総勢一二隻での出撃である。戦闘を前提としない出撃だが、何者か不明の相手に対処するため、緊張感はある。艦隊は同調次元航法に入り、謎の侵入船団に接近する。

同盟惑星国家との交流が増えるに従い、必然的に必要とされるテラミス製の翻訳機が、最近になって、ようやくまとまった数が入手できた。瞬間移動機能のない簡易タイプであるが、惑星国家同士の意思疎通には必需品である。サザーランド補佐官と、テラミス前王ルーキンとの交流の賜物であることは言うまでもない。間を取り持つロナルド・ダンカンの存在も無視できない。謎の侵入船団とコンタクトするためには、試す価値は十分ある。基地艦隊は、相手に敵と認識されない間合いを取って、接触を試みる。

◎

「我が太陽系にようこそ。貴船団の所属と目的を伺いたい」

通信装置にテラミス製翻訳機を接続し、モノは試し、メッセージを発する。最初は、テラミス語、次に、アマルーナ語で呼びかける。反応は、すぐ返ってきた。テラミス語で言う。

「我々はゾクド族に母星を追われ、ここまで逃れてきた。母なる星を我々は、ウルガーナと呼んでいた。ここ一〇度もゾクドに攻められ、圧倒的な数に抗し切れず、種の存続のため母星を捨てざるを得なかった。テラミスは、元来我々の友好国である。しかし、流行病が蔓延し多くの死者が出て、影響力が弱まった隙に攻められた。近くまで流れてきた時、撤退していくゾクドの軍団に遭遇した。ここで、初めてテッラと呼ばれる星の存在を知った。既に、四回もゾクドを撃退したと聞く。藁にもすがる思いでここまでたどり着いたのだ。何卒、我らウルガーナ再建のため、力を貸して欲しい」

「貴船団の目的は理解した。総数は何人であるか？」

「箱船一隻二万人×四八〇〇隻＝九六〇〇万人の民間人と、軍人、三〇〇人乗り中型護衛艦×八〇〇隻＝二四万人、一〇〇人乗り小型護衛艦×四〇〇隻＝四万人で二八万人。合計九六二八万人が、我々ウルガーナ人の総人口だ。戦いの中で、既に軍民合わせて、三〇〇万人余りの同胞が犠牲になった」

「大変気の毒であるが、それほどの人数を受け入れるスペースが、我が本星にはない。だが、丁度、我々の勢力圏内で、空白になったところがある。火星と地球人は呼んでいる。ゾクドとの戦闘で、我々の設備が破壊されたので、今は貴船団の人員が緊急に避難しても、支障はない。不足する物資はあるか。簡易駐留施設なら、多少用意できる。とても全員分には足りないが……」

「居場所さえ、提供していただければ、大丈夫である。当面、食いつなぐ食糧は持っている」

「了解した。これより、火星の位置座標を送る。テラミス語で大丈夫か」

「ＯＫだ。有り難い。これで一息つける」

第四番目の異星人の登場だった。ゾクドは、どこまでも祟る。地球圏は、また一つ、経済負担が増えそうだ。緊急避難先として空っぽになった火星を無償貸与するだけでは済まないのは、明白である。追加の食糧、水、燃料（動力源が不明なので、要・不要の具合は分からないが）、衣類等、受け入れた限り、面倒を見ないわけにはいかないからだ。艦隊より連絡を受けたことで、ムーンタウン基地から、救援物資を満載したキャリアーが四〇隻、一七隻のフリゲート艦隊の護衛を受けて、火星に向かった。これでも一億近いウルガーナ人には微々たる量でしかないが、ないよりはましであろう。基地内でかき集められる物資は、それでなくても限られている。地球からの補給便が来るまで、ムーンタウン基地は、多少の生活上の辛抱を強いられることになりそうだ。まだ、開発が、自活できるレベルにまで達していないのが、現状である。

◎

その頃、同時進行的に、地球統合政府と、テラミス、アマルーナとの追加条約交渉が進行していた。あらかじめ、サザーランド補佐官が地ならしを済ませている。合意に至るまで、大して時は要しなかった。予定より開催が遅れたのは、地球側が体裁にこだわって、外相をわざわざ派遣したからである。補佐官の地位が単なるアシスタントに留まらないのは、周知のことだが、地球人は肩書等、体裁にこだわる。テラミス前王ルーキンが、失笑を禁じ得ないところである。今更外相が来ても、条約文書に署名することくらいしか仕事がない。ルーキンにしてみれば、交渉の時に対峙した人物こそ、署名する権利があるというわけだ。地球人は合理的かと思えば、そうでない部分も多く、不可解な存在だそうである。条約調印が無事終わった時、ウルガーナ避難船団の一件がニュースとして伝えられた。取りあえず、当座の落ち着き場所として、火星を貸与することにした件を知ると、テラミス前王ルーキンが、言った。

「ウルガーナハ、我ガテラミスノ友好国ダ。彼ラノ面倒ハ、テラミスガ見ヨウ。本国カラ補給物資ガ届クマデ、タイムラグガアルガ、朕ノ下僕ト相談シテ何トカシヨウ。火星ノ開発ハ懸案デアル。場合ニヨッテハ、ウルガーナノ民ニ協力シテモラウノモ、アリダナ。地球政府ニ異論ガナケレバ……ダガ」

「共同開発を提案したのは、我々の方だ。無論、異論などない」

「決マリダナ。イズレ彼ラノ星ヲ再建シテモラワネバナラナイガ、今ハ非常時ダ。シバラク火星ニ避難シテモラオウ。コレデ期セズシテ、防波堤ガデキタナ。モノハ考エヨウダ」

ウルガーナの避難民をテラミスが面倒を見るとの確約を得たことで、地球側は、少しほっとしたが、避難が長引くと、新たな問題が生じる恐れがある。杞憂に終わることを願って、今は受け入れるしかなさそうだ。

【V】惑星同盟

巨大なハイパー・トンネル出口が現れ、テラミス機動要塞六基が出てくる。ウルガーナ支援用物資を満載したのが三基。残り三基は、現在駐留する三基との交替のために来たらしい。交替部隊は、前進基地用補給物資と、地球との取引用品を積んでいるようだ。地球と火星の中間地点に現れたので、支援部隊はそのまま火星に、交替部隊は月前進基地に移動する。相前後して、アマルーナの一個艦隊三五隻が、キャリアー三八隻を伴って来航。こちらも、中継基地用補給物資は勿論、貿易用の物品も運んできた模様である。これによって、駐留中の艦隊は役目を終え、交替帰国する。損傷艦の応急修理も、既に終わっている。航行に支障はない程度には、なっている。これらも、帰国してドック入りし、本格的に修理に入る予定である。相前後して、地球側も、地球産の冷凍野菜、豚肉を積んだ往還船がムーンタウン基地に到着した。官製ながら、貿易の第一陣が出揃った。

◎

テラミスは、地球側に需要の多い簡易型翻訳機、アマルーナはアマルニウム製のＤＩＹ用品、小型工作機械、レイガン等を用意している。即座に軍用として使えるのは、アマルーナのレイガンくらいのものだが、お互いの需要を補完し合う物品であり、十分取引が成立する。為替レートが確立せず、貨幣にあたる認識もまちまちの段階であるため、原始的な物々交換で合意する。アマルーナでは、豚肉（詳細は異なるが、類似動物の肉）が超貴重品となっており、一〇kgで、レイガン二〇丁の相場が成立した。同様に、テラミスとは、野菜各種一〇kgで、翻訳機一〇台で合意。早々に取引が進んで、地球産豚肉と野菜は、たちまち完売となる。基地需要もあるので、往還船が運んできた全てを交換するわけにはいかないが、一次産業の品が他の惑星国家で引っ張りだこになるとは、予想以上である。慎重に始まった取引の一回目は、互いに満足を感じるものであったようだ。プロの商売人に、徐々に参入させる形で発展させていく旨、合意形成された。

驚いたことに、火星に避難させてもらったお礼と称して、ウルガーナから、コスモスクーターが贈られた。宇宙空間を艦から艦へ、連絡員が移動する際、有効な手段になりそうだ。しかも、一〇〇台というまとまった数である。ウルガーナのリーダーは、豪快な人物らしい。これらは、先に物資を運び込んでいた地球側のキャリアーに積まれてきた。期せずして、地球政府は、三惑星国家とささやかながら取引を始めることになった。

◎

止まった車が一度転がり始めたら、どんどんスピードが上がっていくように、官製の商取引が一旦成立するや、規模がたちどころに大きくなっていく。各々の基地内で、地球産の豚肉や、野菜をまず賞味してみたアマルーナ人、テラミス人から絶賛を博した。地球産品は、彼らにとってそれぞれ最高ランクになるらしい。官製の取引である以上、下手なものは出せないという地球政府のプライドが、奏功したようだ。地球上でも有名な産地から、取り寄せた品々であったからだ。アマルーナ武断派から攻撃を受け、大打撃を被った地上の人々の暮らしは、未だ再建途上にある。被害は大都市に集中している。社会インフラ、建造物と人的被害は膨大だが、ようやく再建に向けて地球政府の手が入り始めている。そこへもたらされた朗報であった。異星人に対する止めどない恐怖から、少し興味の方へ、ベクトルが動いた感がある。

少し遅れて、火星に避難中のウルガーナ人から、地球政府宛に謝礼メッセージが届く。ムーンタウン基地から間髪入れず救援物資を送ったが、この中で、テラミス語の説明を貼り付けたインスタント食品が気に入ったという。栄養価も高く、子供でもすぐ調理して食べられる。明日をも知れぬ身で、不安な日々を送っていた彼らにとっては、有り難い心尽くしに思えたのである。加えて、使い捨てカイロ。これは、キャプテン・ケンの出身地、ジャポネ（日本）州の産品である。エネルギー節約のため空調を存分に使えない時には、実に重宝する。少し遅れて、テラミスから、大量の物資が届けられたが、見ず知らずの地球から受けた恩義は、有り難いということであった。

間もなく、月の裏側の地球軍前衛基地と、少し離れたテラミス前進基地＝テラミス前王ルーキン邸との間に、市が立った。毎月五日と二〇日の二回、地球産品を売る民間人が、地球政府の許可をもらって店を立ち上げたのだ。商品には、地球ブランド品政府認証マークが付く。政府基準の合格品であることを示している。この日には、見慣れぬ異星人が大勢集まる。殊に、大柄で直立歩行するオオトカゲのような容貌のアマルーナ人は、注目を浴びる。ただ、事前に学習しているため、商人は商売に集中できたようだ。少しずつだが、地球人とは異なる点が多い異星人に対する意識が、変化していく兆しが見られる。ただ、『みんなちがって　みんないい』*という認識が自然にできるようになるには、もう少し時間が必要なようである。

◎

ささやかながら惑星間交流が始まった頃、ようやくサザンクロス号の修理が完了した。僚艦三隻は一足先に修理を終え、再就役済みである。遊撃艦隊旗艦が一番後になってしまった。予定通り補器類を全て新式に換装し、格段の戦闘力を身に付けた模様である。補充艦の習熟訓練に立ち会っていたクルーは、以降プログラムを終えた者から順に、艦に戻ってくる予定だ。

「サザーランド補佐官、ついに惑星間経済交流に手を付けたようですね」

副長、ハイゼンバーグ中尉が言った。

「うん、私も半ば強引に、その場に立ち会うことになったよ。私がちょろっと口にしたアイデアだったが、彼の実行力で、早々と実現に持っていった。彼は本当に凄い」

キャプテン・ケンが応じる。

「異星人だろうが何だろうが、商売する分には我ら地球人と変わりはない。珍しい物には素直に興味を示すし、うまい物には目がないさ。補佐官は、そんなシーンを私にも見せたかったんだろうな」

「補佐官は、キャプテンの才覚を買っておいでです。ところで、キャプテン……」

中尉は改まった表情で言った。

「私は、この度の戦闘で思い知りましたよ。敵と命のやり取りを直接やるよりは、裏方として、戦闘部隊の動きを支援する側の方が向いているってことを。父の背中をずっと追いかけていました。父のようになりたいと。母は、そんな父を支えるよきマネージャーです。私は、どっちかというと、母に似ているようです。軍人としては厳しさが足りないと、よく父にたしなめられました。その意味が、この度、嫌というほど分かった気がします」

「我が艦は、緒戦でリタイアだった。いきなり敵弾を食らったからな。負傷者は、ブラッドレー一人。

＊金子みすゞの童謡から引用

それも、軽傷だ。戦闘は、時間にすれば一五分程度。それで分かったと言えるのかね？」

「瞬間に、自分の姿が俯瞰したように見える時ってあるでしょう？　この度の戦闘が私にとってはその時だったのです」

彼の決意は固いようだった。宇津井大将の見識は、的を射ていたようである。キャプテン・ケンにとっては、使える人材になりかけた矢先の転任希望であった。

「君の父君の意向はどうあれ、君が納得できる部署に就いた方が、君らしさを発揮できるさ。裏方仕事は大変だぞ。実戦部隊の位置把握、配置、規模、補給、兵站、敵の動きに応じた兵力の移動、予備兵力の把握。投入の時機判断、作戦全般の推移把握等……。全て呑み込んで手当するのだ。ミスをすれば、部隊の全滅にもつながりかねない」

「実は、その任務に就きたくて、以前から勉強してまして……」

「分かった。善処しよう。なあに、この艦の心配は無用だ。早速転任願いを書きたまえ」

「有り難うございます」

今は亡きサムソン後任の副長探しが、振り出しに戻った瞬間である。

◎

第一回の市が、地球人を含め四方好評を博してから数か月。ムーンタウン基地郊外に農場が開かれた。志を抱いたベテラン農業技術者と、若者が入植してきた。野菜工場を立ち上げる予定である。基地需要に留まらず、同盟惑星国家からの、一定の需要を見込めるまでになったため、現地生産に採算の目途が付いたのだ。アマルーナからの需要が圧倒的な畜産農家も一画を占める。こっちは、地球の大手酪農業者が進出してきた。かなりの規模での展開が可能になった。

一方、キャプテン・ケンは、サザンクロス号が、ムーンフラワー号だった頃の親会社から、社員を一人スカウトした。鈴木琢磨というその男は、ムーンフラワー号の元クルーでもあった。同号が軍籍に入る直前の異動で、地上勤務になっていた。あのサムソンも一目置いていた男で、ゴードンを一言で黙らせる。かつてのポジションは八サンチレーザー砲ガンナー兼船務長。いわばクルーのお目付け役であった。古式柔術を操り、大男も手玉に取る。しかし、既に大幅改装が予定されている「軍艦」に、彼のポジションはなかった。主だったクルーが軍属として異動した中で、彼一人、会社に取り残された。新たに乗り組む船はない。このため、長らく不本意な地上勤務に甘んじてきた。そこまで事情を調べ上げた上で、キャプテン・ケンが声をかけると、会社は厄介払いができたとばかりにあっさり応じた。キャプテンが拍子抜けしたくらいである。

肝心の本人は、感情は露わにはしないが、再び船に乗れることで、まんざら悪くはなさそうである。早速、軍籍編入と、それに伴う資格テストを受けさせる。軍人顔負けの成績でパス。ただ者ではない。サムソンが、生前、この男を手本にしていたと言っていた。ただ、彼は武術の達人で、強いだけではない。実にこまやかな心遣いを見せる。個人のプロフィールを熟知している。それでいて、必要以上にプライベートなことに入り込むことはない。絶妙な距離感がよい。副長としてこれほど相応しい者は見当たらない。ようやく、キャプテン・ケンは、サムソンに匹敵する相棒を得られた。彼に紹介されて、サザンクロス号に乗り込んできた時、艦内の空気がピンと張った。中尉の肩章を付けた小柄な男の姿を一目見た途端に、どよどよした重苦しさが、一気に晴れた感がある。

「やっと親父が来てくれた」

どこからともなく、声が漏れる。サザンクロス号が、再び一つになった。キャプテン・ケンはほっとした。

前副長ハイゼンバーグ中尉は、統合参謀本部付となり、兵站担当士官として任官した。水を得た魚の如き張り切りようである。内心関心がありながら、それを妨げていたのは父へのリスペクトに他ならない。自分は自分と割り切れたことで、自分の進む道を見つけられた模様である。それぞれが、適所に落ち着き、潜在能力を発揮する場を得られた。ちっぽけなことだが、それはそれでめでたいことではある。ちっぽけでも、一部署が順調に回りだすと、軍という巨大組織に、多少なりとも好影響が出る。平時、戦時を問わず、それは、大きな成果に結びつく可能性を上げることになるのだ。

◎

ウルガーナ避難民一行は、火星に落ち着き場所を得て、組み立て式の野戦基地を設営した。彼らの避難生活がそこそこ長くなっている証でもある。「箱船」と呼んでいる避難船から出て、野戦基地組み立てに参加する民間人も多く、手慣れた手つきで作業をする。「箱船」はソーラー発電装置を展開し、生活エネルギーを確保する。ソーラー発電装置には、強力な増幅装置が付いているので「箱船」自体の動力が温存できる。

母星をゾクド軍団に襲われたのは、数年前のこととか。テラミスに応援を頼もうにも、ゾクドの侵攻が急で間に合わない。テラミスとは同盟国であるが、貿易でのつながりの方が大きかった。一方、ウルガーナは、経済優先国家であり、戦闘部隊はあるが、規模はそう大きくない。平時、テラミスからは再三、防御力増強を示唆されていた。それでもウルガーナの反応は鈍く、ゾクド侵攻があちこちで聞かれるようになっても、護衛艦を数隻補強したに留まった。

その後、パンデミックに陥ったテラミスの傘が、小さくなった頃合いをゾクドが見逃すはずがない。侵攻を受けた時、ゾクド軍五万隻の中型戦闘艦に対抗し得たウルガーナ戦闘艦は、総勢でも八〇〇隻にすぎなかった。それでも果敢に戦い、損害を出しながらも、ゾクドを九度押し戻す。ゾクドは、一〇回目の侵攻で、実に八万隻を超える戦闘艦を動員した。この時、ウルガーナ軍が出撃させ得た戦闘艦は、予備を含めて総勢六九〇隻そこそこ。ついに、勇戦空しく数に押し切られる。

宇宙艦隊は防壁の役目は果たせなかった。それどころか、ウルガーナ本星直近まで迫られる。地上戦が迫ってきた時、テラミスから脱出用「箱船」がやって来た。これが、テラミスの精一杯の援助であった。ウルガーナの民はこれに乗り組み、決死の脱出行を試みる。前の戦闘で生き残った戦闘艦が、必死の抵抗をする。すさまじい攻防の末、ゾクドを振り切って脱出できたのが、現在の避難船団である。ゾクドに食われた「箱船」も数知れず。ウルガーナ母星も、ゾクドに蹂躙されるがままになった。

現在ウルガーナが移動手段に使用している「箱船」は、多くがテラミス製である。が、その中には、ウルガーナ人が限られた資材で造り足したものも、少なからずあるという。大小二種類の護衛艦は、ウルガーナ人が、避難航海中必要に迫られて「箱船」で造ったものだ。大きさが限られるのは、「箱船」の宇宙船ドックの規模以上の物はできないからである。

テラミスの国力が回復しさえすれば、ウルガーナ本星も取り返せる。かすかな希望を持って、ウルガーナの民は宇宙をさまよう。各所で、ゾクドの跳梁を察知した。必死で逃げ回る。偶然に、打ち負かされたゾクド残党が、退却するところに出くわした。それが、地球人の勢力下で、彼らが太陽系と呼んでいるところだった。テラミスの軍勢にも出会う。地球人と同盟関係にあるという。ウルガーナは、少し安心できる場所を得た。ウルガーナ再建への希望が出てきた。地球、テラミス、そしてアマルーナ。地球と同盟したこれらの惑星国家と経済交流して、避難船団の自衛能力の底上げを図る。ウルガーナは、身近な目標を設定してこれを実現することにより、本星の回復に一歩近づくと信じて疑わない。

地球からは、工業材料を仕入れる。これで生活必需品を製造し、テラミスに売る。テラミスからは、補給物資をもらう。アマルーナからは武器を仕入れ、代わりに食肉を売る。「箱船」で飼育している食用鶏の一種で、味覚は地球の豚ほどではないが、値段が安いこともあって十分商売になった。そして、地球には、好評を受けて、コスモスクーターの量産タイプを売った。地球の援助の謝礼として贈ったタイプの簡易型である。機能は一部省略しているが、実用上は問題なし。しかも価格は四割程度安い。元来が経済立国の政策を推進していただけあって、商売が上手い。一番儲けたのは、ウルガーナかもしれない。

◎

「整列！　キャプテンに敬礼！」

　鋭い号令が飛ぶ。それに従い、しゃきんとクルーが居並ぶ。久しぶりに一本筋が入ったような動きである。副長一人が、代わるだけでこんなに艦内の空気が変わるのかと、キャプテン・ケンが一番感じている。鈴木副長の背丈は、キャプテン・ケンの肩までしかない。大男揃いのクルーの中では際立って小柄である。だが、号令の声は隅々まで響く。誰よりも早く艦内点検に歩き回り、不備を見つけると、自分でできる範囲は黙ってやる。何回も、改装、改造を重ねても、基本構造は懐かしいムーンフラワーのまま。勝手知ったる我がフネなのだ。慈しむように扱う。その姿は、かつての船務長と重なる。

　古くからのクルーは、親しみを込めて、彼を「親父」と呼んだ。長いブランクがまるでなかったように、クルーの生活は淡々と続く。一蓮托生のフネでは、クルーのこの平凡な一日こそが貴重なのだ。非常時になれば、嫌でも余計なプレッシャーがかかる。日頃に培われた心の余裕が、いざという時の行動に影響する。サムソンが常に言っていたことだが、元ネタは、この鈴木副長である。このことは、案外知られていないことだった。サザンクロス号クルーは、いつ来寇するか分からないゾクドに備えて、今日も訓練に余念がない。

◎

　アマルーナ中継基地は、哨戒に出したデストロイヤー四隻から、報告を受信した。どうも、太陽系の外宇宙で、三か所くらいゾクドが集まりだしたようであると。そのうち、一か所は太陽系に最も近く、恐らく今後三週間程度で軍団化するだろうと。それを聞いて、先制攻撃が妥当とトリドルン総督は判断した。その旨、テラミスと地球政府に伝えてきた。前回の侵攻で、アマルーナの元英雄を主将に取り込んだゾクド軍団は、善戦して地球軍にかなりの痛手を与えた。その傷が、物理的には癒えてまだ間もない上、補充兵がようやく実艦訓練に入ったところである。今来られると、地球軍は全力で応戦できる戦力が不足する。それを見越してゾクドは集まりだしたのかもしれない。かつてのウルガーナも、戦力を回復させることができないまま、ゾクドに押し切られている。

地球軍の損害は、アマルーナも責任なしとはしなかった。地球は勿論、テラミスの同意も得て、トリドルン総督は、新たに来たばかりの艦隊にゾクド攻撃を命じた。スターバトルシップ一〇隻、クルーザー八隻、デストロイヤー一〇隻、計二八隻の艦隊が出撃する。基地にはデストロイヤー三隻が残る。哨戒のため既に外宇宙に出ている艦が四隻いる。これらの艦は後発の本隊に合流するよう命じられている。

地球側も、警戒態勢に入る。太陽系内は地球の勢力圏である。アマルーナに全てを委ねるというわけにもいかないのだ。これを受けて、予定されていたバザールは、急遽中止と決まる。戦時色がまた頭をもたげてくる。火星に避難中のウルガーナは、テラミスから連絡を受けて戦時体制に移行した。中型護衛艦八〇〇隻、小型護衛艦四〇〇〇隻全てが出撃態勢に入る。ゾクドが太陽系に侵攻してくると、真っ先にぶつかるのはウルガーナである。ただし、彼らがテラミスの庇護下にあることを示すために、補給物資を運んできた機動要塞三基が、そのまま火星の静止軌道上に留まっている。いざとなれば、ウルガーナに先んじて応戦する構えである。

◎

ゾクドとはどこから来てどこへ行くのか。本拠地たる母星は、どこにあるのか。これまで何人《なんびと》も分からなかった。突然涌き出るように軍団としてまとまり、ものすごい数となって押し寄せてくる。

集団には核となる何かがつきものである。が、ゾクドには核になるものは何もない。第四次来寇は、その例外といってよい。レンパというアマルーナの老将が、道を踏み外し、罪を得て、追放刑になった。ゾクドはレンパを乗せたカプセルごと奪い、彼を主将に立てて侵攻してきた。母星から見限られた老将にすれば、戦いの中でこそ輝いてきた自分が、戦いの中で死ぬ道こそ、自分の最期に相応しいと考えたのか。激戦最中の彼の戦死で、ゾクドの野望は潰えた。それでも、性懲りもなくまた侵攻の兆しありとは……。

何とかして、ゾクドの正体を見極めたい。アマルーナのトリドルン総督は思った。それには、現有戦力では不足である。しかし、麾下のデストロイヤーが見つけたゾクドは、自らの戦力で片づける。彼は割り切って、ゾクドを軍団としてまとまる前に、潰すことにした。初期段階なら、わけもなく達成できるはずである。哨戒に出したデストロイヤーのデータをもとに、艦隊が接近を図る。間もなく結果が出よう。

◎

アマルーナ艦隊は、太陽系から程近くで集まりかけているゾクドを捕捉した。ゾクド艦は、まるでブラックホールから出てきたようだった。それを「宇宙の穴」と表現しよう。そこから、次々とゾクド戦闘艦が涌き出てくる。既に、総勢五〇〇〇隻を超えつつある。例えるなら、テラミスのハイパー・トンネルのような移動装置なのかもしれない。この状況を、本星と月の中継基地に動画データとして転送する。たちまち、本星と中継基地双方から、攻撃命令が発せられる。艦隊は、ゾクド戦闘艦が涌き出てくる一点に覆いかぶさり、猛射を加えた。集結しつつあったゾクド艦は、片端からデブリと化す。更に「宇宙の穴」に向かって、艦砲を集中させる。爆発が起こる。衝撃波が、艦隊を襲った。少し揺らいだが、艦隊自体に影響はない。「宇宙の穴」は、どうやら消えたようである。再び画像データを発する。中継基地への帰投命令が来た。アマルーナ艦隊は、哨戒任務中の四隻を再び分離し、中継基地に帰投する。

「実に不思議な光景だな」

送られてきた画像データを見て、トリドルン総督が言った。

「宇宙空間に、黒っぽい穴が開いて、そこからゾクドが出てくる。地球の生物で、ウミガメというのがいる。それが砂浜に上がってきて産卵するのだが、何だか、その光景と重複《ちょうふく》して見えるな。ゾクドが宇宙に空いた穴から出てくるのは……」

「総督、私も初めて見ました。あの穴の向こう側に、ゾクドがいるのでしょうか。とすれば、ゾクドは、次元の異なる外宇宙から来るのでしょうか」

副官、サルルンパ少佐が言った。

「分からんが、仮定して考えてもおかしくない。あの画像を見ればな。同盟国にも送致してくれたまえ。この情報は、共有しておいた方がよい」

「了解しました。直ちに送ります」

「我が艦隊が、間もなく帰投するだろう。詳しい分析はそれからだ。砲撃すれば、同時に目標に対する画像記録もされる。より距離も近い。それだけ例の穴が何か見極められるかもしれない」

トリドルン総督は、少しだけゾクドの秘密に近づいた感があった。

◎

集まりかけのゾクドを未然に潰した、アマルーナ艦隊が帰投した。早速ガン・カメラに記録された映像分析が行われる。宇宙空間に突如、ホールが穿たれ、そこから次々とゾクド戦闘艦が涌き出てくる状況が再生される。その様子は、テラミスのハイパー・トンネルの機動と何ら変わりがないように見える。ハイパー・トンネルは、まず出口が出現するが、「ゾクド・ホール」は、無粋な「穴」だけだ。それが次々と複数現れる。それ以外に目立った特徴はない。どれほどの機能があるのか、画像データだけでは確認できない。しかし、膨大な数の戦闘艦を製造し、運用する経済力、何度全滅させられても、相手の回復力を上回る早さで艦隊を再建させる再生力は、脅威でしかない。まるで魔法を使っているかのように、壊滅した艦隊が復活するのだ。常識では考えられない。

加えて、ゾクド人は、憑依能力があるとされているため、艦を機能不全にされても救助対象にはならない。地球圏防衛戦に限っても、これまでの戦闘で戦死者がいかほど出たのか、こと、ゾクド人に限っては統計データがない。膨大な人的被害が出ていることは間違いない。損害に見合った成果が上がっているかというと、「ノー」という他はない。にも拘らず、懲りずに何度も来るのは、どんな神経なのか。精神構造がまるで異質である。テラミス前王ルーキンの言を借りるまでもなく、病原菌のような存在というしかないのか。

トリドルン総督は、背筋が寒くなる感触を覚え、思わず身震いした。「ゾクド・ホール」が現れた時、自動的に警報を発するシステムを早急に整備しなければならない。これは、テラミスと交戦中だった頃、ハイパー・トンネル出口が現れたことを知らせる警報艦の応用で、対処できる。トリドルン総督は、早速部下に命じた。

◎

複数の防衛戦で、彼我の多くの宇宙艦がデブリと化した。地球艦は既に回収されている。対するゾクド艦は、放置された状態だ。だが、平時には宇宙艦船が往来する航路になる。そのまま放っておくわけにもいかない。時間が経過しているためゾクド人の生存はなかろう。そこで、ムーンタウン基地から多数、掃海艦艇が出て、ゾクド艦の回収を始めた。ある意味、敵を知る契機にもなろう。

初期の戦闘で破壊された中型戦闘艦、後に主力として来寇した「葉巻型」、新旧の母艦。これらのデブリを回収し、一つ一つ、分析していく。外板は、鋼鉄とも、セラミックとも言えない未知の素材である。適度な弾力性がある。レーザー波、レーザー波を反射しにくい特性がある。動力装置は、一種の燃料電池発電機と、光子ロケットのハイブリッドのようだ。少なくとも、現在の地球艦より、効率は良さげに見える。基本的な部分は、中型戦闘艦、「葉巻型」とも共通である。砲のみ、格段の性能差が見られるのは、実戦で確認された通り。地球では、古の時代のカルバリン砲と、その後のアームストロング砲くらいの差がある。ゾクドは、これほどの武器技術を、自力で開発し得たのだろうか。

地球の武器発達史を見ても、色々な地域の技術が混ざり合ううち、画期的な兵器として結実したケースがいくらでもある。例えば、中国の石火矢が、ヨーロッパに渡り青銅砲になり、鋼鉄の砲に進化し、砲口にライフルが刻まれて更に進化したように……。必要とあらば、武器はいくらでも進化する。より効率よく敵を葬るように……。その究極が核兵器だった。事実、地球は核兵器で何度も滅びかけている。人間がコントロールできない過剰な性能の武器は、却って人類の存在そのものを危うくする。人類がようやくこれに気づいた時、膨大な死者が出ていた。「地球統合戦役」と、後に呼ばれる歴史的事件がそれである。地球人口は激減し、食糧生産は滞り、人類の種としての生存が危ぶまれた。生き延びるため人々は、ようやく手を取り合い、それが地球統合政府成立のもとになった。キャプテン・ケンの祖父も、戦役を生き延びた一人だった。人間は、何度殺し合えば学習するのか。それとも、滅亡するまで学習できないのか。キャプテン・ケンの祖父が手記に記した言葉が、異星人との関係に発展した今、再び、胸に突き刺さる。

キャプテン・ケンは、どうすれば、ゾクドと意思疎通できるのか、考えていた。少なくとも、アマルーナやテラミスとは、最初から何らかの意思疎通ができた。いずれも、ファーストコンタクトしたのは、彼らだったのだ。それに対し、ゾクドは、いきなり攻め込んできたが、何の意思表明もないままである。彼らが人類の種に属するなら、一言もなくただ破壊し、殺しに来るのは、腑に落ちない。損害を顧みない戦いぶり。これも普通ではない。テラミス前王ルーキンのように、ゾクドを病原菌扱いしてしまうことに、賛同はできなかったが、心のどこかでそれを肯定する一面もある。キャプテン・ケンは、前の防衛戦で、ゾクドの主将がアマルーナ人だったことから、アマルーナ語なら、何らかの反応がゾクドから得られるのではなかろうかと思った。思い立ったら、じっとしてはいられない性格である。サザーランド補佐官を通じて、アマルーナ中継基地、トリドルン総督に会見を申し込む。テラミス前王ルーキンも立ち会ってもらうため、幾度となく足を運んだルーキン邸に一同が会することとした。

◎

「アマルーナの老将は、ゾクド軍団の指揮を執る際、どうやって意思疎通をしたとお思いか。総督にお聞きしたい」

キャプテン・ケンの意を直接耳にした、サザーランド補佐官が問う。

――それが、私にも分からんのだ。指揮官の言が通じなければ指揮は執れぬ。だが、レンパ前総軍大元帥は、ゾクドの言語を理解したとは思えん。

「逆に、ゾクドの方が、アマルーナ語を解するとしたら？」

――アマルーナは、ゾクド側とこれまで一度も、交渉まがいのことすらしていない。一方的に攻撃されてばかりだ。

「しかし、老将は、戦死するまで見事に軍団をコントロールしていた。軍団の編制は、これまでとはまるで異なる。意思が通じていないと、こんな動きはできないはずだ」

――ゾクドが、テラミスのような翻訳機を持っているとか？

「奴原《やつばら》に、そんな高度な装置があると、本気でお思いか？」

――うーむ。分からぬ。分からぬから困っている。

「要ハ、今ノアマルーナ人ト、ゾクド人ニ何ラカノ接点ガアッタノカ、ナカッタノカガ、分カレバヨイノダロウ？　アマルーナ本星ノ歴史ヲ探レバ、ヨイノデハナイカナ？　ソノ筋ノ専門家ハ、イナイノカネ？」

――そういえば、我が副官が、歴史の専門家に一時師事していたことがあると言っていた。しばし待たれよ。副官を呼ぼう。

サルルンパ副官が呼び出される。

――総督、お呼び出しにより、参りました。

――アマルーナ本星の歴史だが……。君は詳しいはずだな。

――は、多少の研究をしていましたので。

――我々アマルーナ人以前に、高度な先史文明があったとか……。

――ソクドーラ文明のことでしょうか？　私は研究半ばで応召しましたので、専門家と言われると困るのですが。確かに我が文明が成立する以前に、高度な文明があったことは確認されています。自滅の道を歩み、本星を脱出した一部の民を除き、滅亡したと言われています。最近、人づてに、先史文明人の銘板らしきものが出土したと聞きました。内容までは分かりかねますが……。

——その件につき、詳報が欲しいな。すまんが、緊急に連絡を取って、その後の情報を送ってもらってくれたまえ。これは、この会談の帰趨を決めるかもしれん重要な案件である。

——了解しました。直ちに対処いたします。

サルルンパ副官は、ただならぬ雰囲気に呑まれ、慌てて退出した。早速彼は、かつての師に連絡を取り、軍の緊急指令だと言って資料を転送してもらった。

◎

——我が師より、送られてきた資料です。

サルルンパ副官が、プリントアウトされた紙束を差し出す。紙といっても植物繊維由来の物でなく、プラスチックのような合成物である。地球の紙よりはるかに軽いため、大量でも体の負担になりにくい。

——これが、銘板の画像、銘板の内容解析資料はこちらです。

——前を急ぐ。君の見解はどうなのかね？

——アマルーナの言語と、先史文明のそれは類似点が多いことが判明したということです。銘板の内容は、アマルーナ本星に、我々以前に文明社会を築いた人類がいたことを裏付けるものです。そして……。

　副官は、資料の中から一枚を出し、続ける。

――この銘板は、後の世への警告とでもいうべき内容が刻まれています。この星の支配を巡って究極兵器が発動され、先史文明人は滅亡か、脱出かの決断を迫られたようです。ほんの一握りが脱出に成功。それ以外は文明と共に滅亡した模様です。

――まさか、ゾクドが脱出組の子孫ということになるのかね？

――いえ、資料では確認できません。ただ、我々アマルーナ人は、彼ら先史文明人とは、全く違った生態系を持つ人類であることは、確かなようです。なぜか、文明に共通点が多いのですが。そこは、まだ解明を待つ部分です。

「今の時点では、ゾクドの軍団で、アマルーナの老将が指揮を執れた根拠は、分からんままですな」

――うーむ。謎が増えただけだったかな。

――我が師は、もう一つ資料をくださいました。それがこれです。

　副官は、分厚い資料の束を出して言った。

――我がアマルーナの歴史資料で、この星に生まれた我らの先祖が、脱出していた先史文明人と、何らかの接触があったことを示すものです。いわば、文明の種を、先史文明人から授けられたのではないかと。これは、未発表の仮説にすぎませんが。脱出組もやがて死に絶え、先史文明人は滅亡するのですが、不思議なことに、その後の歴史の中で、謎とされてきた発掘物が、先史文明由来の物が多いのです。ただし、滅亡した先史文明人のものとは、明らかに違いが見られます。その上我々の祖先は、そこまで高度な文明はまだ築けてはいませんから、第三者の存在が考えられます。我々とは別の人類が、この星に同居していたのかもしれません。以降、どうも、我らの祖先はこの第三者と争ったらしいのです。相手の方が文明レベルが上でした。分が悪いのを、数と体力でカバーしたようです。第三者は少数だったため、数で押され、止むを得ず共存の道を選んだと思われます。

――それがゾクドだったと？

――確証はありませんが。我らの祖先と接触したことで、我らの言語を理解したのではありますまいか。

――ゾクドは、その時点では常識的な行動を取っている。いつ頃から無茶苦茶な行動パターンになったのだろうか。

――本星を出てからでしょう。第三者を仮にゾクドとすると、ある時期から急にゾクドの文明レベルが上がります。古代アマルーナ人がアマルニウムの鉱脈を発見し、武器に応用するレベルに至った頃、ゾクドは星から飛び出すレベルになっている。ただ、武器技術は古代アマルーナに劣り、どうやら支配下になっていた節がある。このアンバランスが、ゾクドの本星脱出を促したようです。この頃にはまだ、彼らゾクドは、肉体を持っていた。先史人とも古代アマルーナ人とも異なる人骨が、発掘されています。

――ほう、それは初耳だな。

――宇宙で生き延びるため、ゾクド人は自ら黴菌《ばいきん》のようになったといったら、言いすぎでしょうか。私の想像にすぎませんが……。

――アマルーナには、地球人そっくりの家畜、ロンバの原種がいたと聞く。

「ロンバニ憑依シテ中枢神経ヲ支配シタ方ガ、古代アマルーナ人ニ対抗シ易カッタヨウダナ。コレデ何トカ見エテキタカ」

――古代アマルーナ語は、古文書の言語でしかない。発音も異なる。実際の言語としては通じるのだろうか。

――基本部分が同じなら、ゾクドは、理解するでしょう。それくらいの応用力はある。問題はロンバです。

――ゾクドの乗り物家畜だな。それ。

「アマルーナノ原種ヲ改良シテ、繁殖ニ努メタガ、結局、近親交配ニ陥ッタ挙ゲ句、ゾクド人ノ需要ニ応エラレナクナッタ？」

――宇宙に出たら、そうなり易い。宇宙船の閉じられた空間で、幾世代を経ると確実にな。

――これも仮説ですが、地球圏侵攻の理由も、ロンバの代用を探しに来たのかと。

「我々地球人とロンバが、見た目そっくりだというから、我々をロンバの代用品にするつもりなのか」

――アマルーナを攻撃するのは、星を追われた腹いせというところか。

「テラミスモ、ロンバノ代用候補ナンダロウ」

「奴らの家畜の代用にされたら、たまらんじゃないか」

――全くだ。何となくゾクドがしつこい理由は分かった。

「後ハ、ゾクドノ艦隊ノ驚異的ナ数ダナ」

一同、ホッとした。ある程度ゾクドの正体に迫れた感があったからだ。

◎

「冷静ニゾクドノ艦隊ノ動キヲ、モニタリングサセタ。ドウモ、不自然ナ動キガ、気ニナッタカラナ。AI制御トハ違ウガ、クルーガ乗リ込ンダ生キタ動キトモ異ナル。朕ガ思ウニ、艦隊ノ大半ハダミージャナイカ。数ハ一見多数ダガ、基本ハ恐ラク全体ノ一割モアレバイイ方ジャアナイカトナ。地球軍ガ作ッタ、バルーンノ艦トハ異ナルダロウガ……」

テラミス前王ルーキンが言う。

――家畜のロンバなしでは、機械の操作などできないはずだ。艦をやられたら、ゾクド人はともかく、ロンバは確実に死ぬ。ただでさえ少なくなって困っているのだから、それじゃ、ジリ貧もいいところだ。

「しかし、回収したゾクド艦は、皆本物の艦で、ダミーではないが……」

――指揮艦の動きをなぞるだけ、という意味で、ダミーなんだろう？　指揮艦が照準を合わせると、全く同じ動きをする。勿論、クルーは乗り組んではいないのだ。ダミーで誤解を生み易いなら、ロボット艦と言い換えてよい。

「それじゃあ、アマルーナの老将が率いた艦隊が、唯一の本物の艦隊ということかな」

「朕ハ、ソノヨウニ感ジテイルゾ」

「しかし、あれほど多数の艦を建造するのは、半端な経済力ではないと思うが……。その点はどうなんだろう」

「3Dコピーダヨ。本物ト同ジ働キガ期待デキルシ、費用モ原型ノ一割モシナイ。戦闘力ハ、本物ヨリカナリ劣ルガ、数デ押シ切レバ問題ナシダ。戦闘中ノ状況ヲ分析シテ結論ヅケタ。マズ間違イナカロウ」

「我々は、コピー艦相手に必死で、戦っていた？　それはそれで、何となく悲しいが……」

――王様の仰せ通り、およそ方向性は間違ってないだろう。確かに、ゾクドに対して、古代アマルーナ語で、コンタクトしてみる価値はある。本星政府と、専門家に諮り、準備にかかろう。

「ソレガ良カロウ」

「まず、ものは試しだ。総督、よろしくお願いする」

――承知した。

会談は、一応の結論をみた。

◎

サルルンパ副官は、素早く本星の専門家に連絡し、古代アマルーナ語のメッセージを合成してもらった。音声データにして、地球圏・月前進基地に転送してもらう。普段は大人しいが、いざとなれば動きは素早く、そつがない。トリドルン総督は、音声データを再生させて、その出来の良さに感服した。同データは、地球の前衛基地、テラミス前王ルーキン邸を経由して、地球統合政府に送られる。それぞれの言語の翻訳テロップが付属している。テラミスは、事態の経過を、保護下のウルガーナ火星避難基地にも知らせる。これで、地球と、その同盟惑星国家は、対ゾクド新戦略を情報共有することとなった。

◎

ウルガーナ本星は、ゾクド侵攻によって陥落した。その際、ウルガーナ人は、犠牲を出しながらも脱出に成功し、流浪の旅の末、地球圏、火星に仮住まいしている。誰も、ウルガーナ本星がどうなったか、その後を知る者はいない。テラミスから三〇光年の距離にある。テラミスからすれば、「すぐそこ」の距離であるが、脱出戦以来、往来が途絶えて久しい。今、どんな状況なのか、気にならないはずもなく、何回か調査が試みられた。かといって、艦隊派遣は、パンデミックの影響で無理であった。止むを得ず、遠隔操作の偵察船を向かわせたが、片端から破壊され、思うようなデータが得られないまま、時だけが経過している。これが現状である。

テラミス連合王ルキアンは、パンデミックが落ち着いた今、前王ルーキンとも相談して、ウルガーナ方面威力偵察部隊を派遣することに決した。偵察と言っても、いつでも戦闘可能な部隊である。この度は、機動要塞の出動こそないが、クルーザー級の航宙艦四〇隻、デストロイヤー級航宙艦六〇隻からなる艦隊を動員した。前者は地球で言えば戦列艦相当、後者でも重巡クラスに相当する。惑星一つ征服するには足りないが、相手の抵抗に応戦しつつ、情報を取るには十分である。間もなく出撃するとの連絡が入る。通常、ゾクドは、攻め落とした星は徹底的に破壊して放棄すると言われていた。しかし、無人偵察船が次々と破壊されている。規模は分からないが、ゾクドの軍が居座っている可能性大である。下手につつくと、テラミスが逆に攻められる恐れもある。慎重な行動が求められよう。いずれにせよ、地球圏の面々は、艦隊からの知らせを待つ他はない。

◎

「偵察艦隊カラノ連絡ガ来タ」

テラミス前王ルーキンが言った。ルーキン邸に、惑星同盟の代表メンバーが集ったまま、かなり時間が経過している。待ちに待った連絡がやっと来たようだ。ルーキン前王は続ける。

「ウルガーナ本星ハ、ゾクドノ一軍団ガ駐留中デ、イキナリ交戦スル事態ニナッタソウダ。トテモ、メッセージヲ送ル余地ハナイ。タダ、カツテノ首都ノ状況ヲ、画像データトシテ記録スルコトニハ、成功シタ。ココニモ、データハ送ラレテキタ。再生シテミヨウ」

そう言うと、ルーキン前王は、手元のスイッチを押す。薄型のスクリーン画面が、床からせり上がり、データ再生を始める。破壊された建物が一面に広がるかと思いきや、整然としたウルガーナの街がそのまま健在である。ルーキン前王は、皇太子時代に何回かこの街を訪問している。彼の記憶に残る街並みが見える。ウルガーナ人は種の存続を期して、テラミスの助けを借りつつ、脱出戦を敢行した。当然、市街はその影響をもろに受けた。燃える故郷を涙ながらに捨てたウルガーナ人の心情は、察するに余りある。ゾクド人は、破壊し尽くしたその街を、以前のまま再建したのか。目を疑うばかりの光景である。画像はこれまで。テラミス艦隊を追尾してくるゾクド艦の姿がちらっと見え、すぐ途切れた。

テラミス艦隊は、あくまでも情報収集が主任務である。余計な戦闘は避ける方がよい。かくて、わずか三〇秒程度の映像ながら、データ送信に成功したわけである。

◎

次のデータ送信がいつになるのか分からないが、ウルガーナの街並みが廃墟のままでなかったのは、驚く他はない。人口に膾炙《かいしゃ》するゾクドの行動パターンとは、あまりにも乖離が大きい。ウルガーナ本星は、比較的アマルーナと似た気候、環境である。それもあって、アマルーナを脱した後の本拠として考えているのかもしれない。テラミス前王ルーキンには、様々な考えが浮かんでは消える。ある考えに至っては、かき消す。しかし、また、その考えに行きついてしまう。長考に入った。しばらく沈黙が続く。

テラミス前王ルーキンは、敢えて火星避難基地のウルガーナ人へ知らせなかった。望郷の念と、ゾクド人への過度な憎悪は、冷静で合理的な判断を鈍らせる。そう思ったからだ。テラミス人は、合理的、理性的判断を尊しとする。ただし知的好奇心は、どこまでも強い。偵察艦隊には、引き続きウルガーナのより詳しいデータ収集を期待した。その時、ルーキン前王は、確信にも似た考えに至る。思わず、にんまりした。

——どうもアマルーナは、ゾクドとの因縁を感じざるを得ない。

トリドルン総督が、沈黙を破って言った。一人悦に入るルーキン前王が、少し気になっている体である。

——ゾクドが、いつどうやってアマルーナに生まれたかは未だ定かではないが、一時期同居状態だったことは、我が副官のもたらした情報で分かった。いつの頃か、ゾクドがアマルーナを脱し、己が独占的に住める星を探していたとすれば、ウルガーナを奪った理由も理解できる。家畜ロンバの代わりも探す……、どれほど経済力があるのだ。

「我ラガ考エル程度ノ経済デハナカロウ。ゾクドノ行動ハ、ドコカ昆虫的ダ」

——新しい女王蜂が誕生すると巣別れするという、アレかな?

「蟻ダッテ、似タヨウナ動キヲスルゾ。要スルニ、タッタ一人ノ女王ノタメニ、他ハ全テヲ捧ゲルノダ。シカモ、女王ノ下僕ハ全テ女王ノ子供タチダ」

——まさか……。

「ソノ、マサカダヨ。ゾクドハ、昆虫人間トイウコトダ。アマルーナノ古代語ハ、聞カセテモラッタ。昆虫ノ意思疎通ノ波長ト、ヨク似テイル。回収シタロンバノ遺体ハ、ドウシテイル?」

「全て厳重にカプセルに入れて安置している」

「解剖シテミルガヨイ。全身ヤル必要ハナイ。頭部ダ。必ズ、ゾクド人モイルハズダ」

――ゾクドは、精神生命体なのでは？

「ソレハ通説ニスギン。今ノトコロ、肉体ヲ持タナイ存在ハ、生命体ト呼ビタクナイ。コレガ、朕ノ見解ダ。マズ、解剖ヲシテミルコトダ。朕ノ勘ハ当タッテイルコトガ分カルダロウ」

テラミス前王ルーキンの言を受けて、一同、解剖の結果が出るまで解散となる。

◎

宇宙戦闘でエネルギー弾に焼かれた遺体は、見るに堪えない状態になっていることが多い。頭部解剖に適したロンバの遺体を確認するだけでも、かなりの時間を要した。ようやく、目的にかなった個体を確認し、慎重に解剖調査が行われる。頭蓋骨を切り開き、慎重に脳を調査する。中枢にメスが入った時、体長三ミリほどの虫の遺骸が見つかった。この虫、脳中枢に食らいつくように取り付いており、分離しようとすれば、脳神経も引きずられるように引っ張られる。完全にロンバの脳と一体化している。

この結果を受けて、直ちにテラミス前王ルーキン邸にて、解剖結果と映像資料が披露されることになった。メンバーは、先ほどの惑星同盟代表である。休憩を兼ねて、控え室で待機していたので、集まりは早い。

「見ヨ。コノ小サナ虫ガ、ゾクドノ正体ダ。朕ノ勘ハ当タッテイタナ」

ルーキン前王、少し得意気である。

「昆虫人間ハ、女王一人ノタメニ只管命ヲ懸ケル。ソコニ損得ノ感情ハナイ。ソレガ、奴ラノ存在意義ナノダ」

――では、アマルーナに同居していたゾクド人は？

「コノ虫ニ、脳中枢ヲ乗ッ取ラレ、滅亡シタロウ。虫ハ、何ニデモ取リ付ク。支配サレタ生命ハ、コノ虫ノタメニ死ヌマデ働カサレル。タマタマ、ロンバトハ、相性ガヨカッタノダ。イツノ頃カ、虫ニ取リ付カレタロンバガ、ゾクドト呼バレルヨウニナッタノダ。アクマデモ朕ノ推論ダガナ。巣別レノ時期ガ来ルト、宇宙ノドコカデ騒動ガ起キル。厄介ナ存在ダガ、虫ハ本能デ動イテイルニスギナイ。我ラテラミスト同原理ノ、ハイパー・トンネルモドキハ、巣別レノ際、縄張リガ重複シナイタメノ装置ダ。虫トハイエ、一応人類ダ。馬鹿ニシテハイカン」

――ロンバが、滅びると、ゾクドはどうなるとお思いか？

「相性ノヨイ生命体ヲ探スノミサ。元ゾクド人ハ、ロンバノヨウニ、精神ガ、タフデハナカッタ。滅亡シタノハ、宇宙ニ飛ビ出シ、虫ニ出会ッテ、間モナクノコトデアロウ。同ジ船ニ二乗セテイタロンバハ、タフダッタ。シカシ、閉ジラレタ宇宙空間デ、代ヲ重ネレバ、種トシテノ勢イハ失ワレル。先刻モ触レタロウ。アチコチ攻メルノハ、奴ラノ生存ガ、カカッテイルカラダ。コウナレバ、巣ヲ片端カラ攻メ潰ス他、手段ガナイ」

「アマルーナの老将が、ゾクドと意思を通じていたというのは？　まさか……？」

「カプセルゴト確保サレ、虫ニ脳中枢を占拠サレタ上ニ、指揮官トシテノ意識ノミ利用サレタトイウコトダ。彼ニトッテハ、アマルーナ人トシテ死ヌコトモ、許サレナカッタコトニナル」

「痛ましいことだ」

「コレヲ見タマエ」

ルーキン前王は、スクリーンに拡大投影された虫を示す。

「地球ノ、コクゾウムシニ似テイヨウ。右ガ、コクゾウムシダ」

──頭部に微妙な違いはあるが、よく似ている。

「コノ虫ハ、兵隊ダ。高級指揮官ダト、マタ形ガ違ウゾ。虫ニヨクアル違イダ」

「王様、虫には詳しいのですか？」

「テラミスハ勿論、旅先デ訪レタ先々デ、虫ハヨク採集シタサ」

「蜂や蟻もで？」

「巣ゴト採集シテ標本ヲ作ッタ。ソレデ賞ヲモラッタコトガアルゾ。昔ノ話ダガナ。タダ、ゾクドノ虫ハ、他ノ生命体ニ取リ付クト、ソノ生命体ヲ完全ニ支配スル。ソコガ決定的ナ特徴ダ」

「虫を見つける方法は、あるのでしょうか。特に、脳幹に取り付いた厄介な虫を……」

「虫ハ、取リ付クト、何ラカノ酵素ヲ出ス。血液検査デスグ分カルダロウ。コレ、カツテ研究シテイタ虫ノ話ダガナ。ゾクドノ虫ハ分カラナイ。何シロ、見ツカッタバカリナノダカラナ。サンプルヲモラエレバ、テラミスデ解明シヨウ」

蟻か蜂のように巣別れし、宇宙空間を股にかけ繁殖する存在。そこに理性も感情もない。生存を懸けた闘争本能があるのみだ。地球圏の侵攻以来、ゾクドの軍事行動は、宇宙各地で活発化しているという（アマルーナ情報である）。テラミス前王ルーキンのいう、「巣別れ」の時期なのだろうか。

◎

ウルガーナ本星威力偵察艦隊から、第二報が来た。短い解説付きで、画像データが二本。各三〇秒程度。短いが、都市部から郊外にかけての様子がよく分かる。ゾクドの中型戦闘艦が、多数追尾してくる様子が最後のシーンとなり、そこで映像は途切れる。余計な戦闘はしないという命令を、遵守している。ゾクド側の警戒が厳しく、容易に近づけないらしい。一回に撮り得る映像が少なすぎるのは、戦闘を回避し続けているからだ。リスクを冒してまで強引に迫っているわけではない。一〇〇隻の艦隊は、かなり目立つ。それだけに、もう少し突っ込んだ情報を得るには、ひと工夫必要だ。

テラミス艦隊は、ゾクド艦隊に追尾され攻撃を受ける最中に、ステルス機を数機降下させた。ゾクド艦隊は気づかない。まんまと降下に成功した。郊外の田舎町に降り立ち、「畑の中」に機を巧みに隠すと、特殊部隊が、五人ずつ一組になって行動を始める。一人は小型カメラを手にし、四人は護衛らしく長銃か、サブマシンガンを構える。テラミス人は小柄なので、実りかけた作物の中では、ほとんど姿を見せないまま行動できる。これで、五組の偵察隊が、それぞれ異なったアングルで、郊外に暮らす人の姿を撮影することに成功した。総計三〇分程度の動画である。

夜陰に紛れて、降下部隊は本体に合流。テラミス威力偵察艦隊は一旦、ゾクド勢力圏内から遠ざかった。テラミス本星と、地球圏に、ほぼ同時にデータが送られる。

◎

「ウルガーナ本星ヲ偵察シテイタ部隊カラ、更ニ詳細ナ画像データガ届イタ。諸君、見テミルカナ」

――ゾクドとは、もはや腐れ縁のようなものだ。奴らが征服した星がどうなっているのか……、拝見しよう。

トリドルン総督が言った。彼らは、未だテラミス前王ルーキン邸に留まっている。

「先ニ、撮ッタママノ映像ヲ再生スル。次ニ、ゾクドノカモフラージュヲ排除シタモノヲ再生スル。マア見テミタマエ」

スクリーンに画像データが再生される。豊かな農村風景。人々が農作業に精を出す姿が、映っている。次に、再生された光景は、見渡す限りの廃墟と、穴だらけの荒れ果てた田畑の光景である。豊かに実った作物に思えたものは、背丈以上に伸びた雑草だった。ほんの一部に、ドームで覆われた一画があり、そこがゾクドの駐屯基地のようである。違ったアングルから撮られたものだが、ゾクドは、なぜ、こんな工作をする必要があったのか。初回に送られた旧首都付近の画像も、巧妙なカモフラージュ加工がされていた。これを排除すると、先般同様、廃墟が延々と続く荒涼たる風景に変わる。一同、一度は騙されたわけだ。これを撮った特殊部隊の隊員も、今頃度肝を抜かれているに違いない。

少なくとも、ウルガーナ本星には、ゾクドの基地があり、かなりの規模の艦隊が存在することが確認できた。テラミスから三〇光年「しか」離れていないウルガーナは、確実に攻撃対象にせざるを得ない。守るだけでは勝利は得られない。相手の出鼻をくじき、叩きのめして、『相手が悪い。この相手とはもう戦えない』と、指導者層に思わせせない限り、戦は終わらない。

ゾクドとの闘いは、期せずして惑星同盟を生み、それがまた、惑星間戦争に発展しかけている。小さな船一隻の力では、どうしようもないところまで、事態は切迫している。キャプテン・ケンは、自分の素朴な疑問から、ゾクド人の正体まで見極める事態に至ったことに、少し困惑していた。時代の大きなうねりに、飲み込まれそうになっている小さな自己の姿。星の海に消えたサムソン他、かつてのサザンクロス号クルーたち……。一体これからどうなっていくのか。

未知の領域に挑み、新発見が相次いだ冒険者の時代。宇宙を戦場にして、汚した「統合戦役」。ようやく穏やかに宇宙を旅する時代が来るかと思いきや、異星人との邂逅があった。今では複数の異星人と、普通に交流している。一方で、意思疎通ができないまま、わけもなく戦わされる、ゾクドの存在。月日にすればわずかなのだが、あまりにも消化できぬ出来事が、キャプテン・ケンの心を惑わせる。地球人の一人として、自分のなすべきことは何なのか。哲学じみた柄にもないことを考えている。キャプテン・ケンは、自嘲気味に微笑む。彼はついこの間、一児の親となった。息子だった。

◎

テラミスは、ウルガーナ攻略に乗り出した。友邦の故地を奪還するだけではない。宿敵ゾクドの拠点をまず一つ叩き潰し、守勢から攻勢に転じることに、意味があるのだ。再び、失いかけた権威を取り戻す。その目的のため、機動要塞八基、クルーザー級三〇〇隻、デストロイヤー級五〇〇隻、フリゲート級八〇〇隻が動員される。星一つ破壊することは、テラミスの軍事力を以てすれば、そう困難なことではない。が、ウルガーナは同盟国の故地である。ゾクドのみ排除することが求められる。この戦に、肝心のウルガーナ人の護衛艦隊は、出撃を許されていない。あくまでも、箱船護衛が、第一任務の艦種であり、攻略部隊に編入するには、能力が不足する。無駄に損害を出す必要はない。このような理由で、テラミス単独での作戦行動になったのだ。

これに対し、ゾクド艦隊は、お馴染みになった中型戦闘艦六万隻を主力にして、葉巻型戦闘艦が五〇〇隻、新旧混成の母艦一六隻の戦力で相対する。射程の長い葉巻型が前面に押し出し、その後を中型戦闘艦が扇状に展開して後続する。鋒矢状の突撃隊形である。最後尾を母艦群が小型の葉巻型に護衛されて続く。

テラミスは機動要塞を要に、クルーザー級を左右両翼に展開させ、中小の艦艇を釣り餌にして仕掛ける。ゾクド艦隊は誘いに乗った。葉巻型の発砲で戦闘が始まり、デストロイヤー級・フリゲート級の応射で、宇宙空間が戦場と化す。テラミス艦は、フリーザーカノンで、ゾクド艦を凍結させ、実体弾砲でこれを叩き潰す。堅固な葉巻型も、容易く破壊された。光量子魚雷で数艦まとめて葬る。

それでも、ゾクドは怯まず、数にモノを言わせて突っ込んでくる。中小の艦艇はさっと散った。正面が開く。クルーザー級と機動要塞の無数のエネルギー弾が、これらを捉えた。ゾクド艦隊は、葉巻型は勿論のこと、数の上での主力、中型戦闘艦の半数がすり潰された。巨大な旋盤の中に、差し込まれて削られていく木材のように、ゾクドの艦隊はみるみる数を減らしてゆく。テラミス勢は、地球艦隊の戦いぶりを早くも実戦に応用したらしい。

母艦から、ゾクド艦が涌き出てきた。削られた数以上になる。テラミスのクルーザー級が、機動要塞の後方に下がる。要塞中央から巨大な光の束が発射された。八基から三〇秒おきに。向かうはゾクド母艦。避ける間もなく、母艦は、護衛の小型葉巻型もろとも光の束に包まれた。周りにいたゾクド艦も少なからず第二、第三の光の束に捕まる。

まばゆい光は、やがて消え、元の宇宙空間に戻る。その時には、ゾクド艦の姿はきれいさっぱり消えていた。残った艦は戦意喪失し、逃げにかかる。すると、姿を消していたデストロイヤー級・フリゲート級が亜空間から現れ、追い討ちにかかった。船足の遅い中型戦闘艦が、片端からデブリと化してゆく。ゾクドにはもう葉巻型戦闘艦は残っていない。勝負はあった。しかし、テラミス艦隊は容赦なくゾクド残存艦を狩っていく。最後の一隻を屠る。ウルガーナ本星の上空はテラミスによって制圧された。基地から迎撃機が舞い上がってくるが、フリゲート級の敵にもならず、蝿のように叩き落とされる。デストロイヤー級が、熱線砲でゾクド基地を焼き払う。

かくて、ウルガーナ本星はテラミスによって解放された。

◎

事後処理として、テラミス艦隊は、ゾクドがウルガーナに持ち込んだものと思われる全てを、接収した。それらは、テラミスの解析班に引き渡される。基地の破片から、装備一式、戦闘艦の残骸等、多岐にわたる。たまたま基地内で、重篤だが、まだ息があるロンバを確保した。この個体は、すぐさまテラミス本星に送られ、生物解析装置にかけられた。やはり、脳中枢を虫に支配されている。ゾクドの正体を解明したのが、前王ルーキンだったから、情報は既にテラミス本星にも届いていた。それだけに、ゾクドの生体確保は実に貴重な、より深く敵を知る好機である。ロンバは間もなく息を引き取ったが、脳中枢の虫はまだ生きている。厳重に管理されたラボで、ついに生きた「ゾクドの虫」を取りだすことに成功した。

◎

「王様、生きたまま、ゾクドの虫を確保したんですって?」

テラミス前王からの緊急連絡を受け、惑星同盟月基地トップ会談が招集された。前の会談から、そう時間が経っているわけではないが、ゾクドの虫の確保が議題ときたら、そうも言っていられない。サザーランド補佐官、トリドルン総督が、次々到着する。

「タッタ今、本星カラ連絡ガ入ッタ。生キタ状態デ、ロンバノ脳中枢カラ取リ出シニ成功シタソウダ。昆虫人間ハ、ドウヤラ指揮官級ダッタラシイ。画像データモ送ラレテキタガ、コノ間、見ツケタ虫トハ、頭ノ形状ガ違ウ。寸法モ少シ大キイ。本星ノラボデハ、徹底的ニ解析スルヨウダ。マア、コレヲ見タマエ」

ルーキン前王は、スクリーンに画像データを再生する。完全にロンバの脳の一部として食い込んだ状態から、手際よく切り離され、透明だが、頑丈な特殊な容器に入れられる。解析スタッフによって、刺激が与えられ、その反応を見る。大半は、苦痛を加えるものだ。が、もはや、容赦する必要はない。お互いの生存をかけた戦いをしているからだ。虫は飛び跳ねたり、食いついたり、抵抗を見せる。容器はびくともしない。スタッフが、肉の塊を容器に入れる。すると、ゾクド虫は、その中に潜り込もうと躍起になった。肉には、テラミスに古くから伝わる虫除け草のエキスが注入されている。虫はやがて痙攣して落ちた。どうやら虫除け草のエキスが、有効に作用したようだ。あっけなくゾクド虫は死んだ。画像はここまでである。

「テラミスノ虫除ケ草ハ、燻スト煙ガ大量ニ出ル。煙ヲ吸ッテモ、ロンバハ平気ダ。ダガ、ゾクド虫ハ、カナリ苦シム。ソレデモ、死ニ至ルコトハナイ。野外デハ、煙ハ効果ガナイ。周囲ニ散ッテシマウカラナ。家畜ノロンバニハ、罪ハナイ。ゾクド虫ニダケ効ク殺虫剤ヲ開発デキレバ、我々ノ勝チダ」

「それだと、宇宙にデブリをまき散らしてしまうこともない」

──巣を簡単に見つける方法が見つかれば、一網打尽にできるだろうが……。

「ゾクド虫ハ、捕マッタ時、一定ノ波長デ、ギーギー鳴イテイタト聞ク。音声記録ニ録ッテアル。ソノ音声データハ、送致サレタ中ニアッタゾ。一種ノ救難信号ダロウ。コイツデ他ノゾクドヲオビキ出スコトハ、デキヨウ。アトハ、朕ノ、レーバロイドタチニ命ジテ、ゾクド虫ニ効ク殺虫剤ヲ、開発サセルダケダ。本星ノラボト競争ニナルナ」

テラミス前王ルーキンは、ひきつったような微笑みを浮かべた。テラミス人の感情表現は、不器用だ。サザーランド補佐官は、彼の王者らしい冷酷な一面を見たような気がして、却って身がすくんだ。彼のボスである統合政府の大統領には、そんな身震いするような迫力はない。確かにリーダーとしての自覚と威厳は、認められるが……。

【Ⅵ】コードネーム「特急便」

首脳陣は、ゾクドの正体と、対処法の確立に忙殺されている。その筋の、医学者、科学者、化学者たちが、総動員となっていた。それは、惑星同盟の、どの国家も大差ない。精鋭がテラミス前王ルーキン邸内のラボに集合。本星から送付されてきたデータに基づいて研究開始となる。ゾクド虫は、地球軍がロンバの遺体ごと戦場から回収したものである。遺骸ではあるが、解剖して解析すれば、十分データは取れよう。個体が多くある。これを個々に調べるのは骨が折れるが、対処法を得るためである。労を厭うわけにはいかない。

その分、実力部隊の方は忙中閑ありの体である。実戦訓練に手抜きはないものの、戦時のような緊迫感は少し和らいでいる。地球艦隊は、前の防衛戦で被った人的、物理的損害の補充がようやく一段落ついたところである。アマルーナや、テラミスが、地球圏外での戦闘で、ゾクド戦力を削ってくれたので、地球圏は今のところ安寧を保っていられる。

ただ、一隻だけ、実戦さながらの訓練を続ける艦がある。サザンクロス号である。被弾離脱以降、同号は、遊撃艦隊旗艦の座を、二番艦ミシシッピ号に明け渡した。修理完了後は、ムーンタウン基地艦隊、第二駆逐隊三番艦に補されている。同部隊は、正規の駆逐艦セントルイスを旗艦に、元遊撃艦隊所属の六隻を引き抜いて再編制された。二番艦は、陳大尉の寧波《にんぽー》が就役した。戦闘序列は、当然二番艦の方が三番艦より優位である。この居心地が良くないのか、サザンクロス号は、鈴木副長が前面に立って、補充員の戦力化にいそしんでいる。一通りこなせるだけで、副長は良しとしない。極限状況でも、通常と変わりなく任務をこなせることを目標としている。ただ、できなくても、怒号は飛ばないし、鉄拳制裁もない。チーム全員が連帯責任で、できるまでやり続ける。クルーは、精悍で、ひと際いかつい表情を見せるようになった。

副長が、納得できるレベルに達したと判断するのを待っていたように、サザンクロス号は、またも配置換えになる。第一独立威力偵察隊がそれである。要するに、単艦で、威力偵察を主任務とする部隊である。ピケット艦と同任務のようだが、艦の規模も、装備も異なる。長期の潜伏偵察をこなすピケット艦と異なり、艦載機を五機運用する点や、主兵装も戦闘を前提としたものである。一方、ピケット艦の兵装は、八サンチレーザー砲三門と、丸腰よりましという程度でしかない。艦の大半を高出力エンジンや燃料、高性能カメラ、通信装置、各種レーダー、食料庫が占める。万が一、敵に見つかったり、捕捉されたりすれば、逃げる以外に有効な手段がない。

これで分かるのは、艦隊任務を解いて、サザンクロス号に単独で何らかの任を与えようとの、基地艦隊司令部の思惑である。こっそりやるために、単艦なのだ。アマルニウムの外板は、修理の際、テラミス製の塗装が施され、暗緑色になった。光線の具合では、ほぼ真っ黒だ。レーダー&レーザー波を吸収する機能がある。ハイパー・トンネル出口に使用されているものと同じである。多分に、隠密行動を示唆するものだ。知ってか、知らずか、サザンクロス号は、今日も訓練に余念なく、整然とした動きを見せている。

◎

キャプテン・ケンが、密かに基地司令部に呼び出され、作戦指令を受けたのは、艦の配置転換から三日後のことである。

『サザンクロス号は、直ちに出撃、単艦行動で火星に向かうべし。その後のことは、追って指示する』

命令書には、それだけしかない。火星には、ウルガーナ避難船団が、未だ留まっている。一部は、テラミスによって解放されたウルガーナ本星に戻る動きもあるということだが、あくまでも計画レベルの話だ。

保安部員は通常定員二〇名であるが、この度の作戦では、更にスナイパーが三名増員になっている。テラミス前進基地提供の検知器も、三〇台運び込まれた。一体何をしに火星まで出張るのか、現時点では誰も知らされていない。火星の静止衛星軌道上には、機動要塞三基が警戒中である。そこで一旦、詳細な指示を受け、ウルガーナ避難基地の二㎞後方に着地することになっている。この作戦自体、テラミスが絡んでいるという。惑星連合代表会議の後、各基地内で手分けして、盛んにモノ作りが行われたようだが、実戦部隊には、全く知らされていない。積み込まれた検知器が、何を検知するのかさえも、である。こんな雲をつかむような作戦は、海賊騒ぎ以来のことだ。作戦開始時刻は容赦なく迫る。

サザンクロス号は、静かにムーンタウン基地を飛び立つ。

◎

「今度の作戦、何か臭いませんかい？　正規の部隊でなく、儂らが選ばれたというのが気に食わねえ」

「作戦目的も何も知らされねえ。上等だ。こんな作戦があるかい。人相の悪いスナイパーまで乗り組んできた。まさか、殺しの手伝い、やらされるんで？」

「分からんよ」

「キャプテンも、知らないんで？　妙な機械の使い道も？」

「そうだ。ただ、火星に行って、機動要塞から指示を受けろと。それだけだ。命令書には、それすらも、記されていないがな」

「大勢に知られては、まずいことなんですかい？」

「わざわざ、迷彩塗装になっているからな」

「この船だって、そこそこの大きさだ。接近して気づかれないとは思えんがなあ」

「迷彩塗装で、ある程度隠密行動は可能だ。レーダー波、レーザー波は反射せず、吸収してしまう。

この船には、例のハイパー・トンネル出口と同じ塗装が施されている。テラミス以外、この船を感知することは難しいだろうな」

「アマルーナに、自動検知システムがあるとか、聞いたことがありやすぜ」

「それは、ハイパー・トンネル出口の監視システムだろ。はるかに大きな質量の物体が対象だ。この船は、地上世界なら八〇〇〇トンクラス。たかが知れているさ。そろそろ、ハイパー・ドライブに入る地点だ。五分で火星だぞ。皆、気を引き締めろ」

「アイ・サー」

サザンクロス号は、瞬時に時空を飛び越える。

◎

火星が間近に見える。ゾクドに襲撃されて、破壊されたベースキャンプ。地下シェルターに潜む連絡員を救出して以来の訪問である。三基の機動要塞のうち、中央から、信号が送られてきた。誘導路に乗り、エンジンを停止せよと。要塞上部からレーザー誘導路が伸びてくるのが、感知される。船をこれに合わせていくと、自動的に要塞上部に誘導される。

着艦と同時に、前王のレーバロイドに誘導され、ドーム状の施設に入れられ、念入りに消毒される。パンデミック対策なのか、それにしてはやや過剰である。全員が消毒を終えるまで、約三〇分を要した。

「テラミス機動要塞オルテ・ランバへようこそ」

聞き覚えのある声がする。出迎えたのは、あのロナルド・ダンカンだった。テラミス人同様に、グレーのつなぎのような服を身に着けている。

「サザンクロス号艦長、荒川中佐です。キャプテン・ケンと呼んでくれたまえ」

キャプテンが応じる。

「それではキャプテン・ケン、今次作戦の内容を伝える」

ダンカンは、一息ついた後言った。

「火星に避難しているウルガーナ人のことは、君たちも知っていよう」

「承知している」

「そのウルガーナ人が、ゾクドの虫に一部やられている」

「それは……？」

「我々の調査では、リーダー他幹部数名だ。彼らは勇敢にゾクドと戦ったが、どうやら、ゾクドに体を奪われかけている。最近、リーダーの様子がおかしいとの通報が、いくつも入っている。そのスタッフも五名。ゾクドの虫が、他のウルガーナ人に広がるとまずい。民族の存在そのものが危機にさらされる」

「それで、我々の任務は？」

「あくまでも、テラミスの協力者として、ウルガーナ人に近づき、検知器で健康診断をする名目で、チェックすること。我々も、人数を出す。何十とあるチームの一つとしての参加だ」

「検知器の使い方は？　我々は、何も知らされてはいない」

「これから、コーチする」

「スナイパーの役割は？」

「彼らは、私の指揮下に入っている。貴官は気にしなくてよい。勝手に行動するが、くれぐれも干渉しないこと。本来は、テラミスが運ぶ役割をすべきところ、目立たない、適当な船がない。で、貴官の船に頼むことになった。我が主人、前の王様の信頼に鑑みて容赦されたい」

「その件は承知した」

「これから、テラミスのシャトルに乗って、ウルガーナ避難基地に行く。少々のことで動じない、肝っ玉の据わった隊員を一五名、クルーから選抜してくれたまえ。ただし、艦長、貴方は船に残ってもらう」

「私は、人質かね？」

「地球とは友好関係にある。そんな無粋なことはしない。連絡指示は、指揮官がやらねば誰がやるのだ」

「そんなに指示することがあるのか」

「ある。まあ、ないことが一番いいんだがね」

何が目的なのかは、理解できるが、ゾクド虫に侵されたウルガーナ人をひねり出すのに、地球人がなぜ関わらねばならないのか、未だ判然としない。キャプテン・ケンの腑に落ちない表情を見て、ダンカンは言った。

「分からないことが多くても、そこは、目をつぶって指示されたことをやり遂げてくれればよい。軍人ならな」

◎

軍人は、上官からの命令には絶対服従せよ。キャプテン・ケンは、訓練生時代から幾度となくその文言に接してきた。妙に反発を覚えたものである。軍人は戦闘ロボットではない。その前に、人間である。それなりに納得できない、不可解な命令に従う義務はない。やみくもに反抗するというわけではない。人間としての良心に反するなら、従う必要はないという意味だ。彼が一度左遷されたのは、この一点に尽きる。あまりに人間臭いために、軍人としての資質を疑われたのだ。今回は、直接の上官からの命令ではない上に、かつて、敵として戦った相手からの指示を受ける。素直に従う気が生じる方が、不自然である。キャプテン・ケンは、敢えてダンカンに言った。

「テラミスは、機に乗じてウルガーナを支配下に置くつもりなのか？　もしそうなら、我がフネは、その片棒を担ぐことは拒否させていただく。部下は、元民間の貨物船のクルーが過半を占める。要らざる陰謀への加担は御免蒙る」

「分からんようだな。自分の立場が。お主は、船とクルーごとテラミスの指揮下に入ったのだ」

「何？　そんな馬鹿なことがあるものか」

「お主は、これまでの作戦の要諦に少なからず絡んできた。早い話が、それをよく思わん連中が、反撃したというわけだ。サザーランド補佐官や、宇津井大将、シャルル大将も今回の人事で更迭された。その前に、彼らは、お主をテラミス前王に託したのだ。それだけ、お主の才を買っているということだろう。もう、帰る場所はないぞ。腹をくくることだ。作戦発動まで少し時間はある。よく考えて、今後の是非を決めるんだな」

どうやら、地球政府内部、軍中枢で何事かが起こったらしい。ここは冷静にならなければ……。キャプテンは、少し決断を伸ばしてもらい、状況把握に努めようとした。

◎

「キャプテン、あのダンカンの野郎が言ってたこと、どうやら本当らしいですぜ。基地艦隊司令長官シャルル大将は、俺らが出港してすぐ、予備役編入ですと。第一艦隊の宇津井大将も同様です。同期の二人、まだ定年までいってないでしょうに」

通信士ジェフが言った。

「サザーランド補佐官は、辞職したようです。彼は引退したものの、地球には帰らず、ムーンタウンの居住区で暮らすとか。何でも独身なんで、家賃の安い方が良いって理由だとか」

「いきなり、一線から引かされた理由は何なんでしょう?」

「二名の提督の後釜は、誰か分かるか?」

「は、基地艦隊は、ブレイヴ中将、第一の方は、アルンハイム中将でやす。第三のグレッグ中将の同期ですな。それに、グレッグさん、大将に昇進でやす」

「グレッグさんの伯父が国防大臣、叔父は、宇宙軍上級大将で、統合参謀本部作戦部長だとか」

「次の統合大統領選挙に出ると噂なのが、伯父の大臣ですわ」

「それだけかな？」

「これに、宇宙艦建造を手広く請け負っている敷嶋重工、バイメタルCO.アスランCO.辺りが絡んでいそうですな。最近、宇宙艦の建造受注数が落ちていますし。これらの会社の重役に、グレッグ家の縁者が何人か、含まれています。女系親族ですがね。公表された情報なので、検索すれば、すぐ出てきますぜ」

「総司令長官ハイゼンバーグ元帥は、どうされている？」

「彼は、辞意を表明しようとしたようですが、国防大臣に慰留された模様です」

「考えたくないでやんすが……、元帥の両腕を奪い、傀儡にしたいんでしょうか。今、これをやったら、以前のように戦えるでしょうか？」

「さあ、新艦隊司令官は、グレッグ大将と違って、実戦経験はない。主に参謀本部で、裏方をやっていた事務畑の人物だ。丁度、我が艦の前の副長、ハイゼンバーグ中尉の上司だった人物といえば、分かり易い。実戦部隊の指揮は、恐らく初めてだろうよ。宇宙軍大学校卒業コンペで、艦隊の指揮シミュレーションじゃあ、グレッグさんより優秀だったと聞くが。それに……」

一息ついて。キャプテン・ケンは、続ける。

「よくある人事だ。驚くに値しないさ。この作戦で出ていなければ、私も予備役編入だったろう。艦を取り上げられることは、まず間違いない。この前の戦で、この艦が早々に、被弾リタイアしたことが、引き金になったんだろうな」

「するてえと、儂らどんな身分になりますんで？」

「このままだと、無国籍艦扱いで、捕縛対象というところかな。丁度、ここのダンカンと同じさ。テラミスに付かなければ、帰る場所がない」

「キャプテン、嫁さんと、お子さんは……？」

「まあ、殺されることはあるまい。おじじの宇津井予備役大将もいる。予備役でも大将だ。できることは、そこそこある。テラミス麾下になれば、地球とテラミスが戦争しない限り、軍は我らに手が出せなくなるだろう。どうする？　皆」

「ここは、テラミスに加担して、恩を売る一手しかないでしょうよ。ウルガーナは自分たちの立場が、まるで分かっていないようですな。テラミスがいないと、とっくに滅亡ですぜ。この期に及んで、テラミスの保護は当たり前。本星に帰還させろと要求したとか。信じらんねえ」

「俺は、次元レーダー担当のお嬢さんが心配だ。任官したばかりなのに、宇宙軍籍から離れることになるからな」

「大丈夫です。そんなこと心配しないでください。自分の意志でこの船に来たのですから」

「決まりですな。いいかな、皆。キャプテン」

鈴木副長が周囲を見回す。首を横に振る者はいない。一同、腹をくくった。スペースマンは一蓮托生。艦長が下した決断は、クルーの決断となる。そうでないと、この宇宙では、生き抜ける可能性は、限りなく低くなるのである。

◎

キャプテン・ケンは、ウルガーナに対峙する派遣部隊の人選に入る。船を動かす最低限の要員は、残さなくてはならない。勢い、保安部員を中心に、鈴木副長を長とする形になる。ダンカンから使いが来た。降下要員は、テラミス差し回しのシャトルに乗り換えた。出発前に、検知器の使い方を教わる。教官は、ルーキン前王のレーバロイドである。的確に操作方法を伝え、実際に扱わせて体で覚えさせる。下手な人間のコーチ顔負けのベテランぶりだ。三〇分ほどで、要員全員がマスターした。カウントダウンが始まる。テラミス軍人としての、最初のミッションになろう。

シャトルは、降下を始めた。五分ほどで、ウルガーナ避難基地後方の接続ポイントに達する。

◎

「手はず通りに動け。あとは、テラミスに任せればよい」

鈴木副長が言った。各自、何に使用するのか分からないまま、検知器を手にしている。シャトルが着地した。昇降ドアが開く。全員が降りると、既に、電動装甲車が横付けされている。テラミス人に促されて、一同これに乗り換える。シャトルの後部ハッチが開いていた。スロープが降ろされている。一車は、テラミス人のクルーが準備してくれたものらしい。ドライバーは、勿論テラミス人である。一様に黙ったまま、任務だけ遂行する。すぐ、ウルガーナ人避難基地に着いた。先発したテラミス人が、翻訳機片手に何事か、がなっている。これからのイベントの意義や目的を、説明している模様である。何グループかのテラミス人が、同型の検知器を手にしている。何事が始まるのか、地球人は、誰も何も知らない。

◎

「我々テラミスハ、ゾクドノ秘密ヲ解明シタ」

翻訳機を手にしたテラミス人が続ける。

「残念ナガラ、君タチウルガーナノ民モ、ゾクドニ侵サレタ者ガイルヨウダ。感染ノ恐レガアル。コレヨリ、検知器デ、検査スル。ウルガーナノ存続ニ関ワル問題ダ。協力シテ欲シイ」

ざっと、このようなことを言っていた。友好の証に、地球人も参加する体で、鈴木副長以下一五名も、テラミス人グループの一角に紛れ込んだ。何事もないように、彼らは検査する。テラミス人の一グループの前にやって来た一人のウルガーナ人が、大人しく検査を受ける。他のウルガーナ人とは、違って何となく凛とした威厳がある。突然警報が鳴った。その刹那、そのウルガーナ人は頭部を射抜かれて倒れる。どよめく群衆を尻目に、テラミス人は言った。

「コノ人ハ、残念ナガラ、ゾクドニ憑依サレテイル。頭部を射抜カネバ、ゾクドハ死ナナイノダ」

言葉が終わらないうちに、あちこちで警報が鳴る。その都度、スナイパーライフルが咆哮し、ウルガーナ人が倒れた。テラミスは、難なくウルガーナ避難基地を仕切っていたリーダー格五名を討ち取った。

ウルガーナ社会に、これといった政治機構は存在しない。が、世話役的な者はいる。地球の援助に対し、コスモスクーターの返礼を指示したのは、この世話役である。とはいえ、彼は絶対的な権力を持っているわけではない。非常時は、軍人がリーダーを務めるが、一時的なものである。ところが、最近特に、特定のメンバーが仕切りだし、テラミスに要求をしたり、テラミスに従わないことが増えてきた。一部は、テラミスの庇護下から、脱しようとする過激な動きまで察知されている。こういう動きがあると、本星完全回復まで、ウルガーナ人がまとまった形でいられない恐れが出てきた。テラミスがウルガーナに価値を感じるのは、まとまった惑星人としてのウルガーナ人である。方々に分散してしまうと、意味を成さないのだ。そこで、不穏分子を容赦なく抹殺する強硬策に出たというわけである。

ウルガーナ人は、時ならぬ銃声に一瞬驚きを見せたが、すぐ平穏な空気に戻る。そのまま大人しく、検査を受け続けた。そもそも、検査自体、不穏分子あぶり出しのための方便である。抹殺できれば、もう必要ない。律儀なことに、それでも、検査は続行される。長時間かけて、全員の検査をし終えた。勿論、不穏分子五名以外、警報が鳴る者は、出るはずがない。鈴木副長以下、一五名の地球人グループは、検査員の役を、表情一つ変えず演じ切った。

◎

「見事に演じ切ってくれた。サザンクロス号検査隊の諸君、礼を言う。テラミスは、作戦目的を果たした。キャプテン、お主、いい部下を持ったな」

　ダンカンが言った。

「ウルガーナ人は、例えれば羊の群れだ。牧羊犬や、人間が仕切らねば、勝手にどこかに行ってしまう。そうなれば、テラミスといえども、庇護できなくなる。彼らには、必ずまとまっていてもらわねばならない」

　キャプテン・ケンが応える。

「人間としての自覚が、彼らにはあるのだろうか？」

「少なくとも、ロンバのような家畜ではないな。ただ、個人が、好きなものを作ることができさえすれば、大勢で何かを成すことには、何ら関心を示さないのだよ。彼らは、あくまで個人の集合体なのだ。我々が庇護下に置かねば、存続できない種だろうな」

「利用価値があるから、見捨てないということか？」

「そうとも言う。手先は器用だ。テラミスの生活は、ウルガーナの産品がかなりの地位を占めている。お主も、そのうち分かるだろう。当分は、テラミス人と共に暮らすことになる」

「理解した。恐らく、このままでは母港にも帰れまい。当分……と言っても、いつまでか分からないが、頼み入る」

「ふふ……。おかしなもんだな。かつて、殺し合った仇敵同士が、同じ屋根の下にいる」

「人間の運命なんて、神ならぬ当人は、分からんのさ。分からんから、面白いこともある。生きてさえいればだが……」

「あ、忘れていた。お主の船だが……」

ダンカンは、勿体ぶったように一呼吸置く。

「今の仕様では、テラミスの今後の作戦には力不足だ。我が方で、改造させていただくが、いいよな」

「こっちは、間借りする身だ。そちらの好きにするといいさ。ただ、人員の配置や、操作方法まで変えられると、あとの訓練が面倒になる。配慮はして欲しい」

「了解した。任せてくれ。悪いようにはしない」

ダンカンは確約すると、部屋を出て行った。

◎

サザーランドが、その地位を追われ、ムーンタウン居住区の新たな住人になったと聞いた、テラミス前王ルーキンは、退屈だった。後任の補佐官が挨拶に来たが、明らかに脳の働きが鈍い。前任のサザーランドとは、比較にならない。地球政府が、こんな平凡な人物を自分の担当にしたということは、テラミスを軽んじているということである。いや、テラミスの価値が相対的に下がったということか。いささか不満である。火星にいるダンカンから、ウルガーナ避難基地での一件を聞いた。ウルガーナ人の離散は、どうやら避けられたらしい。

事前に二提督からの依頼もあったのだが、火星で、作戦にかこつけて、サザンクロス号のクルーを丸ごと入手できた。直後、提督たちは更迭されたと聞く。お決まりの内紛か。そうとすれば、地球政府との軋轢の種になり得る事件でもある。それでも、この船のクルーごと手に入れるのは、地球軍が、彼らを第一線から排除しようとしたからだ。優秀な人材を無駄にしようとする軍は、急に馬鹿になった気がした。要らぬなら、テラミスがもらうまで。それでなくても、パンデミックで多くの人員を失っているのだ。取り柄のある人物なら、どこの人間でもよい。後で、空になった船だけ返してやれば、文句あるまい。代わりの船は、ダンカンが手配する。万事任せておけばよい。前王ルーキンは、そろそろ次の段階に入る時期か、確認する必要を感じた。地球側が変わったのだ。躊躇することはないと。

◎

サザンクロス号クルーは、あてがわれた部屋ごとに、グループに分けられ、キャプテン・ケンが用意したプログラムに従って訓練に入った。ダンカンが言っていた船の改造とは、どこまでを指すのか分からないが、テラミスのことだ。サザンクロス号そっくりのテラミス船を新造するくらい、事もなげにやってしまいそうだ。

機動要塞は、それでなくてもうっかり部屋から出ると、迷子になる大きさである。縦長のメカで、一二層からなる。タケノコを逆さにしたような形だが、当然中にいれば、自分がいる位置がどこなのかすら、把握に苦労する。これに慣れるのに二か月もかかった。何百㎞もある艦内は、とても走って移動していては間に合わない。艦内に張り巡らされたトロッコ状の乗り物で移動する。緊急配備、通常配備で、クルーは役割が決められている。移動するルートは一定である。たまに、イレギュラーな動きが必要になると、乗り場の壁にある緊急ボタンを押せばよい。プログラムが瞬時に変更になり、急ぎ便が最優先される。この巨大なメカが、ダンカン一人で三基同時に指揮されている。一基当たり、八〇〇名のクルーで運用されているというが、五〇名にも満たない船の長が務まらなかった男が、今や、常時二四〇〇名の配下を指揮する立場である。人間、変われば変わるものだ。

キャプテン・ケンは、異星人の麾下となった自己の立場を考えている。目をかけてくれた上司が、全員左遷された以上、もう軍に居場所はなかろう。自分はまだいい。これから夢を持って宇宙に出て行こうとする若い芽まで摘んでしまった。これが何といっても心苦しい。クルーは、生きるも死ぬも一つ所である。宇宙の掟が、若い可能性ある者まで巻き込むのは仕方ないことと分かっている。しかし、切ない……。ムーンタウン基地居住区で留守を守る妻子は、息災であろうか。立場上、消息文一つ出せない自分がもどかしい。

◎

火星静止軌道に留まっている、テラミス機動要塞での生活は、数か月にも及んだ。サザンクロス号クルーは、ようやく要塞内の移動に慣れ、迷子になることも少なくなった。例外は、勿論いる。ゴードンである。パイロット任務に集中している時は、そんなことはないのだが、船を降りると途端に方向音痴になる。移動中に自分の位置が分からなくなり、助けを求めることも二度三度。テラミス人の失笑を買った。その甲斐あってか、ダンカンからの使者が来て、サザンクロス号の工事が完了した旨を伝えた時、飛び上がらんばかりに喜んだ。ようやく落ち着ける「俺の場所」が、戻ってくる、と。

クルーは、八層目にある宇宙艦ドックに集合がかかる。久しぶりに、全員まとまっての移動である。まず、大型エレベーターで八層目に降り、艦内移動用車両で（地球人には大きめのトロッコ電車にしか見えない）ドックまで行く。それでも、五分程度費やしたにすぎない。入り口にダンカンが待っていた。

「不自由な生活をさせた。船をテラミス仕様にさせてもらった」

ドックには、見慣れた船が二隻（？）並んでいる。

「あっちは、地球仕様。こちらがテラミス仕様だ。これからは、諸君にはテラミス仕様の船に乗り組んでもらう。地球仕様は地球軍に返還する。安心したまえ。艦内配置は、オリジナルと全く同一にしてある」

「この数か月で、新造した？」

ゴードンが、つい口を滑らせた。気にも留めない風に、ダンカンが続ける。

「強調しておく。船の基本的な部分は、オリジナルに準じている。性能はテラミス仕様だから、まず、オリジナルとは比較にならんといってよい。早速習熟してもらわにゃならんな。レーバロイド教官が指導する。ここ二週間で、モノにしてもらいたい。これからすぐ訓練開始だ」

レーバロイド教官が、既に待機している。クルーは、急いで船に乗り込んだ。

◎

テラミスは、ウルガーナ避難基地を含めて、事実上火星周辺を実効支配している。地球軍はここにテラミスが睨みを利かせているので、事があった時、多少の時間が稼げる。今のところ、ギブ&テイクが機能しているため、トラブルは起きていないが、十分その種はある。

指導層が地球側で変動した。一見、些細な変化にすぎないように見えるが、テラミス側は、軽くは見ていない。話が通じていた人間が、全ていなくなった。代わりに立った人物は、偏狭な視野しかない小物である。意思疎通が不十分になれば、トラブルの種はそこここで芽吹きかねない。地球側は、そんなことにも無関心に見えた。

前王ルーキンは、自邸にいることが窮屈に思え、機動要塞に身を移す。変わらず、市が立ち、惑星間交流は続いている。だが、前王ルーキンにとって、面白いイベントではなくなっていた。地球人は、有能な人材を遠ざけ、無能な人間に第一線を任せる不思議な習性がある。不可解な種族だ。そう思うと、これなら、そっくり地球をもらえるかとも思えるのだ。彼は、こっそり地球圏を離れ、火星に向かう。機動要塞に積み、外見を普通の客船様に改装してもらっていた御用船に乗って、瞬時に移動した。五分後、彼はダンカンの指揮する王都の名を戴いた旗艦、オルテ・ランバに着艦する。この船も、テラミス仕様になっているため、地球の艦船を超える性能を持つ。地球側は、テラミス前王ルーキンが、火星に行ったなど、夢にも思っていない。次元レーダーにも察知されずに、移動できることは、テラミスがその気になれば、地球圏に、容易く攻め込めるということである。

◎

総司令長官ハイゼンバーグ元帥が、突然倒れた。脳出血だった。かろうじて命はとりとめたが、もう艦隊の指揮どころか、執務そのものができなくなっている。軍首脳は急ぎ後任の人事を決めるため、人事担当官を招集した。グレッグ国防大臣は、この中の議長職を務める。彼は、元帥が辞意を漏らした時から、既に根回しに動いている。一旦慰留しておき、その間に意中の人物に働きかける。万事遺漏がない。軍の中は、元来の出身州の派閥だらけである。

統合されて間がない地球政府は、早い話、寄り合い所帯にすぎない。中でも政府母体となった州出身の国防大臣は、最も多数派に属して、隠然たる勢力を持っている。パワーバランスがかつての「国同士の覇権争い」にならない分だけ、人類は学習したことになろう。弾の飛び交わない戦の一つが、宇宙軍総司令長官という一つの椅子を巡ってのそれなのである。ただ、非常事態がすっかり収まったとは言えぬ現在、果たして正しい人事と言えるか否か。これればかりは、実戦の場でしか分からない。

◎

アマルーナ中継基地総督執務室、トリドルン総督が落ち着かない様子で、歩き回っている。地球と、テラミスの様子がおかしい。アマルーナ人は、ごつい体格に特異な容貌もあって、地球圏では必要以上に目立つ。このため、潜入捜査が不可能だ。相手に動きがあった場合、出遅れる恐れがある。このところ、それまで密だった、サザーランド補佐官からの連絡が途絶えている。加えて、テラミス前進基地から船が一隻出たようだが、地球側は察知していない模様だ。ルーキン前王の気配が消えていることから、どうも、基地から出たらしい。これは、何を意味するか。地球とテラミスの間に、何かある前触れなのか。アマルーナはどう立ち回れば国益が守れるか。本星に連絡すれば、間違いなくテラミスに漏れる。難しい判断だ。テラミスは、思ったより抜け目がない。彼らの真の目的は、恐らく地球圏全ての支配権確立ではなかろうか。

トリドルン総督は、意を決した。サルルンパ副官を呼び、何事かささやく。彼が信用するに足る地球の要人は、サザーランド補佐官以外にない。

◎

サザーランド前補佐官は、職を離れて元のジャーナリストに戻った。しかし、ムーンタウン居住区住まいなので、下手なことは書けない上に、原稿を買ってくれるプレスもない。補佐官就任と同時に、それまで勤めていたプレスから身を引いたこともあり、早い話が浪人中である。それにしても、見事な政争劇だった。あっという間に足元をすくわれ、辞任を余儀なくされた。自分が去った後、後任の人事を知ったが、あれでは、異星人は満足すまい。確実に言えることは、今後打つ手がまずければ、テラミスは、地球に手を出す恐れがあるということだ。ルーキン前王は、一見誠実だが、一つ間違えば牙をむく恐ろしさがある。本音を出して話し合ううち、彼が見せた一面を、サザーランドは見逃していない。ぞっとするほど冷酷な支配者の顔。目的のために手段を選ばないえぐさを、ルーキン前王は隠し持っている。

地球の新しい権力者は、権力を握ることに注力しすぎて、異星人の真の怖さを理解しているだろうか。最も身近にいて、ルーキン前王に接してきたから言える。彼の動きを注視していないと、本当に地球は危ういと。それでなくても圧倒的な機動要塞は、味方なら、文句なく頼りになる。が、敵対すればこれに対抗する戦力が、地球にはないのだ。テラミスとの関係は、常にギブ&テイクでなければならない。地球側が、テイクばかり望めば、代償に地球そのものを乗っ取られるだろう。

その点、現連合王ルキアンはその辺りが穏やかだ。これから動くなら、連合王推しになるだろう。そのための布石としてキャプテン・ケンを、火星のテラミスのもとへやったのだ。宇津井大将、シャルル大将と、二名の提督を巻き込み、二名とも予備役に追いやられることになってしまったが……。その火星には、ダンカンがいると後から聞いた。ちとまずかったか。サザーランドは煩悶した。ルーキン前王が、その気になるのを阻止するとすれば、今のところ、キャプテン・ケンの機転しかない……。

窓をこつこつ叩く音がした。サザーランドは来客の訪問を悟った。自分を消しに来たのか、それとも……。彼は、アマルーナのトリドルン総督からもらった、レイガンを構えた。

◎

幸い、訪問客は刺客ではなかった。トリドルン総督の副官、サルルンパと三名の警護官である。後者が出入り口を固め、副官がサザーランドの前に立つ。サザーランドはソファに座るよう促す。サルルンパ副官が、口を開いた。

――こんなウサギ小屋に引っ込んでおられるとは、また急なことですな。

「地球にも色々ありましてな。今の私は、ただの隠居というところで。友好国の要人ともあろうお方が、また何の御用で？」

――何の。私は、ただの使いにすぎません。総督が心配されまして、ご機嫌伺いに行けと言われましたので、お邪魔したところです。率直に言います。

副官は、一呼吸置いて言う。

――テラミスの動きが気になります。ここ数日、前王の消息が消えています。機を同じくして、前進基地から小型の船が一隻、火星に向かっています。総督は、これを地球側が察知していないと、ご心配なのです。

「ほう。それは初耳ですな。テラミスの船一隻、近隣の前衛基地でも察知できなかったとすれば、問題ですな」

――いや、分からないはずがない。テラミス前進基地と、地球の前衛基地は、隣接している。動きがあれば、分からないはずがない。我々の同盟規約では、トップの居所は明確にする取り決めでした。そうですな。

「確かに」

――テラミスは、明らかに違反しています。前衛基地からムーンタウン基地に報告が上がっているはずですが、地球側の反応がない。おかしいですな。

「それは、ムーンタウン基地の方が、握りつぶしたということでしょう。それどころではないということでね」

――テラミスの思うつぼでは？

「下手すれば、ここも危ういかもしれません」

――アマルーナは、せめてあなただけは、保護したい。近々、テラミスから何らかのアクションがあることでしょうから。

「しかし、あなたがここに来たことも、もうテラミスには筒抜けでしょうな。今は、動かない方が良い。そう思います。あのキャプテン・ケンも、そのクルーの大半も、ここに家族がいます。皆、私のせいで危ない橋を渡らせることになってしまいました。アマルーナまで、危険にさらすわけにはいきません。気持ちは大変有り難いのですが」

――アマルーナは、確かにテラミスに科学力は劣ります。しかし、貴方が心配されるほど、軟弱ではありません。いざとなれば、一度同盟を誓った相手が、危ういとなれば、アマルーナは命を懸けてこれを守ります。これだけは覚えていてください。あなたは、アマルーナが命を懸けて守るに値する、地球の友人であることを。これからの私たちの動きは、貴方は一切関知しないことです。アマルーナが、勝手にやることですから。

「……」

サザーランドは言葉もない。

――これだけ伝えるべく、私はここに遣わされたのです。では、これにて……。

サルルンパ副官は、合掌すると、さっと身を翻し、去った。

◎

「キャプテン、この船、名前はどうします?」

ゴードンが言った。

「俺らの乗り組んでいた船と、見てくれは同じだが中身は別物だ。同じ名前というわけにはいきやせんぜ。やっぱし」

「そうだな。全く違う名にするか。先祖返りするか」

「俺は、ムーンフィッシュがいいな」

「何でえ、それおめえが、マンボウが好きっていうだけだろ?」

「いいんじゃないですか。ムーンフィッシュ。名前と性能が、まるで釣り合わないところが面白いわ」

もうごちゃごちゃになった。いつものサザンクロス号の風景である。が、本物は地球軍に返還されるとか。オリジナルとそっくりとはいえ、同じ名前を名乗るというわけにもいくまい。キャプテン・ケンは、言った。

「私は、サラマンダーを提案しよう」

「儂、トカゲは苦手ですわい」

「サザンクロスⅡはどう? 今更まるで変えても、自分の船の名としては、イメージわかないわ」

「昔の名のムーンフラワーでいいのでは?」

鈴木副長の一言で、喧々囂々の名前騒ぎはピタッと収まる。名前は決まった。

「耳にしたところでは、今、テラミス前王が、この機動要塞にお出ましだとか。テラミスの連中、何か企んでますかな」

「それだ。まさか、俺ら、テラミスの地球征服の、片棒担がされるんじゃないでしょうな。キャプテン、どうなんですぃ？」

「ダンカンは、一度はお尋ね者になった男だ。彼の本音は分からない。変わったとすれば、テラミスより、むしろ地球政府と軍の方だ。あまりにも人員を入れ替えすぎだ。これまで、信頼関係を築いてきたメンバーを全て多数派派閥出身者に入れ替えた。顔つなぎも何もなしだから、交流が始まって日が浅い異星人にとっては、疑心暗鬼にもなるだろう。前王は、地球政府が自分たちを軽く見たとお怒りなのだ」

「俺らが動員されるテラミスの作戦って？　まさかその地球軍相手ではないでしょうね？」

「そうすれば、我々がサボタージュすると、ダンカンから注進が入っているさ。もっと別の相手になろう。例えば、アマルーナ」

「ゲ……！　まさか」

「テラミスが動けば、アマルーナが阻止しようとすることは、織り込み済みなのだろうよ。近い位置に、それぞれの基地がある。余程鈍くない限り、お互いの動きはおよそ分かるものだ。武断派と違って文治派は知性にあふれている。アマルーナは、地球を……いや、サザーランド補佐官を守ろうとするに違いない。それは、ルーキン前王と正面衝突しかねない。補佐官が与《あずか》り知らないところで、事が進んでいるだろう。危険だな」

「俺らは、どうすればいいんで？」

「成り行きを見て、私が判断する。今は何とも言えないさ」

「訓練ノ時間デス」

レーバロイド教官が言った。クルーは、ムーンフラワーⅡと命名したテラミス船に乗り組んだ。

◎

「訓練、ご苦労だった。レーバロイド教官の判定が出た。全ての項目でA判定。二週間で、本当に乗りこなしたな。もう、実戦に出ても、十分生還できるレベルだ。目標を達成してな」

ダンカンが言った。

「早速だが、テラミス軍所属艦として、最初の作戦に参加してもらう。ウルガーナ本星方面で、対ゾクド掃討戦が近く行われる。二日後には出撃だ。そのつもりで、準備にかかって欲しい。艦載機は、テラミス仕様がまだだ。今回は降りてもらう。代わりに、装甲戦闘車を積み込む。今後の展開次第で、地上戦もあり得る。掃討戦といっても、実戦だ。くれぐれも油断は禁物だ」

「了解した。戦闘準備にかかる。物資調達要領を指示されたし」

「レーバロイドをよこす。しばし、待たれよ」

「ようそろ」

「ん？　何だ、それは」

「ジャポネ式挨拶さ。ここでは、全員これで通させてもらう」

キャプテン・ケンが応じる。

「まあ、好きにすると良い。一向に構わん」

ダンカンは、エレベーターに向かって去った。

「ダンカンの野郎、いちいち癇に障るな」

ゴードンがうそぶく。

「ここでは、彼が指揮官だ。抑えろ」

「分かっちゃいるけど、ムカッ腹が立つ」

ゴードンが吐き捨てるように言った。相性が悪いというのは、このことを言うのだろう。

◎

ムーンフラワーⅡと名を改め、元サザンクロス号クルーは、テラミス軍として最初の作戦行動に参加する。火星圏手前にハイパー・トンネル入り口が現れた。ここから一気にウルガーナ本星に飛ぶ。クルーにとって初めてではないが、名実ともにテラミス所属の艦としては、初めてのトンネル通過である。作戦行動であるため、優先通行が許されている。一日半で目的星域に達する。出口から微速前進で進む。既に、二基の機動要塞、四〇〇隻を超えるクルーザー級艦隊が見える。早速、ムーンフラワーⅡ号に、指示が来た。

「『貴艦は、第一艦隊、第三駆逐隊、第一戦隊の二番艦とする。発光信号に従い、位置に就け』と言ってきましたぜ」

「『ようそろ』と返信」

「アイ・サー。返信します」

「発光信号確認。指示に従い、配置に就きます」

軽やかな身のこなしで、ムーンフラワーⅡ号は、戦闘序列に従う。いよいよテラミス軍所属艦としての、初の実戦が迫っている。

◎

テラミスは、ウルガーナ本星奪還から反撃を始め、この星域から、ゾクド勢力一掃を期している。周辺の惑星にもゾクド拠点があり、これを根気よく潰していかねばならない。今、相対しているのは、ウルガーナ星から二光年、メビウス星のゾクド艦隊である。総勢ざっと二万隻。馬鹿にならない数である。中核は、お馴染みの中型戦闘艦、前衛を葉巻型が務める。これが一五〇〇隻。後衛に新旧混成の母艦部隊。これが小型葉巻型護衛艦三〇〇隻を伴い三〇隻。ゾクドも必死だ。テラミスの反転攻勢を受けて、ウルガーナ戦線は、ゾクド側がジリジリ押されている。この状況下、テラミス艦隊の一隻として、ムーンフラワーⅡ号は投入された。

艦隊旗艦の命令により、機動要塞を軸に展開する。ムーンフラワーⅡ号は、勢子役である。搭載した宇宙魚雷は、特殊な仕掛けが施してある。地球・テラミス・アマルーナ惑星連合が、確実に機能していた時の産物である。ゾクド前衛、葉巻型が砲撃を始めた。テラミス駆逐隊は回避運動もしない。そのまま突撃態勢に入る。ゾクドの射撃精度は、葉巻型でさえも、距離があれば低い。これを見越した上での大胆さである。彼我の距離が一気に詰まる。テラミス駆逐隊が、一斉射撃を開始。これは的確に目標を捉え、ゾクド前衛、葉巻型の数艦を屠った。ムーンフラワーⅡ号も僚艦と協働だが、葉巻型二隻を沈める戦果を挙げた。

ゾクド艦隊は、葉巻型を単縦陣とし、一点突破を狙う。テラミス駆逐隊は、左右に分かれて運動し、二重反転螺旋の高機動運動で、捕捉撃滅を狙う。両者が絡み合う。激しい閃光と共に、すり潰されるのは、ゾクド艦隊の方である。怯まず、ゾクド艦隊は突撃を続けるが、損耗が激しく次第に勢いが鈍る。するっとテラミス艦隊が離脱したかと思うと、猛烈な火箭がゾクド艦隊を襲う。機動要塞の火力はすさまじい。ゾクド前衛が崩れる。速度の遅い中型戦闘艦では、対抗する術がない。第二、第三の斉射で、中核も突き崩された。

数ばかりは多いが、ゾクド艦隊はもはやテラミスの敵にはなり得ない。テラミス駆逐隊が、後方から母艦部隊を襲う。ゾクド艦隊が戦力補充の頼みとする母艦も、あっけなくデブリ化する。生き残ったゾクド艦は、遁走するしか選択肢がない。テラミス駆逐隊は、それでも容赦ない。宇宙魚雷を放ち、追い討ち態勢に入る。これが命中した艦は、外板を突き破り、内部まで進入した宇宙魚雷が発したガスにより、クルーをなぎ倒される。正確に言えば、ロンバの脳幹に寄生する昆虫人間、ゾクドのみに有効な殺虫剤によって、ロンバを生かし、ゾクドを殺すということになる。これによって拿捕されたゾクド艦は二〇〇〇隻を超えた。かくて、メビウスの周辺を守るゾクド勢力は、討滅させられた。それでもまだ、星に巣くうゾクド勢力は残っている。むしろ、こちらの方が本命である。駆逐隊旗艦からは、地上攻撃の必要性が、テラミス艦隊旗艦に上申される。

◎

早速、積み込んだ装甲戦闘車の出番となる。早い話が、地球軍の装甲歩兵を模した代物である。テラミス前王が、装甲歩兵に旧邸を占拠されたことを根に持っているのか、有効性を感じたかは不明である。それでも、テラミス版を早々に開発させたのは、それなりに必然性を感じたからだろう。人型装甲兵器は、地形に縛られない利点がある。平板な地面が皆無に等しい星では、地上制圧には有効な兵器であることは間違いない。問題なのは、操作に習熟した兵員がいないことだ。クルーは、あくまでも艦船要員であり、地上戦のプロではない。これに関しては、テラミス側から指示が入る。テラミス装甲歩兵の起動は、ＡＩ主導である。クルーは、起動スイッチをオンにしさえすればよい。

ムーンフラワーⅡ号では、搭乗機がなくなった手持ち無沙汰の艦載機パイロットが、格納庫に行き、手分けしてＡＩの起動スイッチをオンにして回る。たちまち目覚めたＡＩが、装甲歩兵を動かし始める。格納庫の搬入ハッチが開く。テラミス装甲歩兵は、プログラムに従い、メビウスへ降下を始めた。積み込んだ装甲歩兵は一二機、一機ずつ、メビウス地上へ降下を開始する。同様に、僚艦からも装甲歩兵が降下を始める。バックパックから圧搾空気を吹かし、速度緩衝しつつ、地上を目指す。地上からは、対空射撃が出迎えた。何機かが、火だるまとなる。パラシュートが開いた。所属部隊によって、その色が違う。一面、花に覆われた感がある。AI起動の効果は、無事地上に達した機体の多さからも大きいと評さざるを得ない。地上に達するや、同時にパラシュートをパージし、戦闘モードに切り替わる。有人兵器対無人兵器。ゾクドの地上部隊を、テラミスの無人装甲歩兵が攻めたてる。疲れを知らない攻勢を受け、ゾクド地上軍が瓦解するのに、あまり時は要しなかった。

テラミス駆逐隊は、大気圏内の作戦行動も可能である。必要に応じてゾクド拠点を砲撃し、地上戦を有利に進める。AI装甲歩兵は、ゾクドの巣窟を発見。これをついに制圧した。メビウスでの、ゾクドの抵抗は終焉の時を迎える。

◎

メビウス解放戦役に参加し、戦果を挙げたムーンフラワーⅡ号は、ゾクド勢力掃討作戦成功によって艦隊任務を解かれ、火星静止軌道上の機動要塞オルテ・ランバに復帰するよう命じられる。要するに、実戦で役に立つことが確認できたので、原隊復帰せよということであろう。手回しよくハイパー・トンネル入り口が現れる。帰途は、優先通行を外れているので、向こう側に出るのに四日かかった。テラミスの移動装置は、機動要塞内部の『トロッコ電車』同様に、合理的にできているようだ。滞るということがまるでない。きっちり四日後、ムーンフラワーⅡ号は、火星圏に戻ってきた。早速機動要塞オルテ・ランバから連絡が来る。レーザー誘導路が伸びてくる。間もなく同号は、指示通り着艦した。

「任務、ご苦労だったな。初陣ながら、よく働いたと、司令官から連絡があったぞ」

迎えに出たダンカンが言った。

「それは光栄なことで。役に立たんから首だと言われると、どうしようかと思っていました」

皮肉たっぷりに、キャプテン・ケンが応じる。

「テラミス前王がお待ちかねだ。これから、キャプテンと副長は私に付いて、謁見室に行く。他のクルーは、休みだ。好きにしたまえ」

「ようそろ」

クルーは、ゾロゾロ歩いて、思い思いの場所に散る。ムーンタウン基地ほどではないが、慰めになる程度の施設はここにもある。テラミス人と同席になることもあるが、違和感なくいられる。概ね、テラミス人は大らかだ。キャプテン・ケンと鈴木副長は、ダンカンの後に従う。どんな表情で、ルーキン前王は謁見に臨むだろう。あれほど、地球圏に固執していた前王が、あっさり火星に来た理由は何なのか。キャプテン・ケンは、興味津々である。

◎

「久シブリダナ、キャプテン・ケン。オ主ト面ト向カッテ話スノハ、月面ノ我ガ旧邸攻防戦以来ダナ。タダ、ミスター・サザーランドヲ通ジテ、オ主ノ意見ニハ常ニ接シテキタ。ソノ意味デハ、オ馴染ミノ仲間ノヨウナ気ガスルゾ」

テラミス前王ルーキンが言った。

「光栄です」

「地球側ニ変化ガ起キタ。朕ノ相談相手ダッタ、ミスター・サザーランドハ、引ッ込メラレタ。代ワリノ奴ハ、マルデ駄目ナ奴ダ。話ニモナラン。面白クナクナッタノデ、朕ハココニ来タ。前進基地ニハ、朕ノ影武者ガイル。ドウセ地球人ニハ、テラミス人ノ面《つら》ナド見分ケガツクマイ」

「私が、機動要塞に来ることがお分かりだったので？」

「宇津井大将ト、シャルル大将、二人トモ予備役ニナッタノダナ。シカシ、彼ラノ尽力デ、オ主ガ首ニナル前ニ、クルーゴト朕ノ下ニ来テモラエタ。朕ハ、有能ナ人材ハ無駄ニハセンノダ。地球側ニ少シマシナ動キガアルマデ、オ主タチニハ、ココヲ、ネグラニシタ方ガヨカロウ。ミスター・サザーランドガ、別レ際ニ言ッテイタゾ。権力ガ一カ所ニ集中スルト、必ズ揺レ戻シガアルトナ。今ハ、ソレヲ待ツ時ダ。家族ノ心配ハ、セズトモヨイ。我ガ手ノ者ガ、ソレトナク、ガードシテイルカラナ」

「ずばりお聞きします」

「何カナ？」

「王様は、地球圏を欲しておられますか？　もし、隙あらばの話ですが……」

「欲シクナイト言エバ、嘘ニナル。ムシロ、テラミス本星以上ニ住ミヤスイカラナ。地球人ガ、自ラコノ星ノバランスヲ壊ソウトスルナラ、朕ガ代ワリニモラウ。余程、朕ノ方ガ上手ク扱エルゾ。朕ハ引退シタ王デアル。基本的ニ暇ナノダ。オ主モ、コノママ朕ニ仕エルト良イ。政変デ、安定シナイ政府ナドヨリ、余程ヨイダロウ。オ主ノ器量デアレバ、大臣クライニナッテモ、オカシクハナイゾ」

「お気持ちだけは、有り難く承ります。ただ、私はあくまでも地球人です。報われなくとも地球の安泰のためにしか、命は懸けられません。今は、身柄を預けているので、テラミスのために働きますが……。それも時と場合によります。ご承知おきください」

「朕モ、オ主ノヨウナ部下ヲ複数名持ッテイレバ、モウ少シ楽ダッタロウナ。マタ会オウゾ。コレカラ、月ノ前進基地ニ戻ル。基地カラ知ラセガ入ッタノデナ」

テラミス前王ルーキンは、そう言うと、手で退出を促した。キャプテン・ケンは、鈴木副長に目で合図した。二人は、一礼して退出する。すると、いくらもしないうちに、軽い振動を感じた。どうやら、前王はこの機動要塞を発ったようだ。何らかの動きが地球圏であったということらしい。

◎

「地球軍で椿事《ちんじ》?」

トリドルン総督が言った。

「レンパ前総軍大元帥のゾクドフリートを破った、地球軍のリーダーが亡くなったらしいです。少し前から、重篤だとは聞いていましたが……」

サルルンパ副官が応じる。

「配下の艦隊司令官が、昇格して後任になろうとしたら、艦隊クルーが反発して、サボタージュしたとか」

「それ、血の気の多いグレッグとかいう人物かね?」

「よくご存知で。その通りです」

「彼は、そこそこ活躍しているのではなかったかな?」

「ただ、犠牲を顧みないタイプの将のようでして……。また、伯父と叔父が、軍の要所を占めている。ま、軍人エリートですな」

「で、サボタージュしたのは?」

「元の司令官を更迭した挙げ句、実戦経験のない将星を後任に据えた艦隊です。情報では、第一艦隊と、お膝元の基地艦隊。なぜか、そのグレッグ司令官の第三艦隊もです。余程、人望がないようですな。ムーンタウン基地は、混乱しています」

「今なら、月を半分捕れるかもな」

「総督?」

「戯れごとだ。気にするな」

「しかし、それ、案外成功するかも……ですな」

「テラミスがいる。前王、帰ってきたぞ。奴がいると、厄介だ」

「はあ。それはそうですが……」

「似たような場所に、三つ巴の勢力がいる。お互い監視しているのだ。下手には動けんさ。テラミスでも同様の情報を得たことだろう。どう動くか。見物だな。ただ、何が起こるか分からん。警戒は怠らないように」

「了解しました。仰せのようにいたします」

トリドルン総督は、副官の後ろ姿を見送りながら、ふっとため息をついた。

◎

地球軍が揺れている。ハイゼンバーグ元帥が亡くなった。後任の椅子を巡って、以前から動きがあることは既に触れたが、グレッグ家は、少し事を急ぎすぎたきらいがある。多数派に属するということは、同時に敵も多いということである。それを無視して、いきなり天辺を狙った。艦隊クルーは、あまりにも急激な、そしてあからさまな動きに、拒否反応を示したまでだ。

サボタージュは、次第に他の艦隊にも波及した。後任の総司令長官が未決のまま、騒ぎのみ広がり、統制が取れているのは、第五、第六艦隊にすぎなくなる。流石に看過できなくなり、地球統合政府が乗り出すことになったが、国防大臣も、グレッグ家の人間である。話が余計にこじれた。大統領は、この事態を受け、国防大臣に責任を取らせて彼を罷免した。副大臣はグレッグ家とは無関係である。事態収拾は、よって、国防副大臣が主体となって図られることになる。この騒ぎで、落ち度どころか、功績があったにも拘らず更迭された二名の将星がクローズアップされた。宇津井、シャルル両予備役大将である。彼らを現役復帰させることで騒ぎは、一気に収まりを見せる。先任の宇津井大将は、総司令長官の椅子を固辞した。勢い、シャルル大将がハイゼンバーグ元帥後任ということで事態が収まる。半身不随の艦隊が、たちまち水を得た魚のようになる。結局、グレッグ家の目論見は、クルーによって阻まれた。統合参謀本部作戦部長職だった叔父も、兄の国防大臣共々辞職を余儀なくされる。第三艦隊を率いていたグレッグ大将のみは、艦隊クルーにまで拒絶され、紆余曲折の末、かろうじて再編制された後備艦隊司令官として、現役続行することになる。規模からして大将が率いる艦隊ではない。明らかな左遷人事である。事実上、彼の軍人としての行く末は、閉ざされたといってよかろう。

第一艦隊は、宇津井大将が、司令官として復帰。基地艦隊は、総司令長官となったシャルル大将の後任として、アルンハイム中将が第一艦隊からスライドして就任。第三艦隊は、ブレイヴ中将が、基地艦隊からスライドして就任した。事務畑の将星は、裏方業務のプロだけに、艦隊運用上の細々したところまで精通している。グレッグ家の引きがあって抜擢されたが、元々グレッグ家とは強力なつながりがあるわけではない。特に、グレッグ大将の率いていた第三艦隊では、クルーの心情に響くものがあったらしく、歓迎された。

地上では成功したかもしれない政変劇だが、宇宙では、そうもいかない。宇宙艦を動かすのはクルーである。その一人一人の支持を失っては、リーダーたり得ないのである。クルーにとって、心から支持できないリーダーの命令に、命は懸けられないからだ。船は一蓮托生。リーダーが無能なら、命はすぐ消し飛んでしまう。誰だって、理不尽な命令で死にたいとは思わない。今は、まだ非常時である。

◎

シャルル大将は、予備役編入から一転して、総司令長官に任命された。これに伴い、階級も相応しい上級大将となる。先任だった宇津井大将を追い越す形になったが、宇津井大将当人は、平気である。彼は、自分を総司令長官たる器と見ていない。同期であるからこそ、温厚な中に、大胆さを併せ持つシャルルを大いに買っていた。艦隊クルーから、望まれていた人材である。思えば、あのサムソンが、自らの命と引き換えに守ろうとしたのだ。咄嗟にサムソンに同調した艦長も五名もいた。シャルル上級大将は、それだけスペースマンに信頼されているといってよい。

宇宙軍には、地上の力関係では左右されない不思議な力学が存在する。軍中枢にいながら、グレッグ家の諸氏は気づかなかったのであろう。宇宙艦に乗務する者と、守りの堅い基地か、地球にいる者との意識の違いが、次第に大きくなっている。例外は第三艦隊を率いていたグレッグ大将である。本来彼は、宇宙艦勤務者なのだから、気づいて当然の立場である。指揮官として、あまりにも上から目線だったのか、まさか麾下の艦隊クルーから総スカンを食らうとは、思ってもみなかったであろう。その傷心の大きさは、察するに余りある。

◎

日頃は口数の少ない、鈴木副長が言った。

「最近のごちゃごちゃで、キャプテンには言ってませんでしたが、実は、サムソン元副長の内儀から託されたものがありまして……」

「ほう、何かな」

「最後の出撃の直前、サムソンはテラミスとの友好の証だと言って、これをキャプテン・ケンに手渡すように託したのだそうです。内儀は、結果的に夫の遺品になってしまったものの、夫の願いを叶えることにしたんだそうです」

副長が差し出したものは、ルキアン連合王の装飾首輪であった。

「初陣なのに、サムソンは、覚悟の出撃をしたんだな。それは、彼が常に身に着けていたものだ」

「被害担当艦になれなんて、私は、少しも教えてないのですがね……。願わくは、生きて会いたかった」

「全くだ。ただ、彼がこれを残してくれたので、私たちはこのテラミス機動要塞で生きるのに、一つ選択肢を増やすことができる。この首輪は、連合王と直接通話ができる機能があるそうだからな」

「え？　そうなんで？」

「以前、前王旧邸攻略戦の戦後処理で、サムソンがテラミス前王に尋問したんだ。私もその時、立ち会っている。だから知っているのさ。サムソンが話題に出したら、ルーキン前王は急にしおらしくなったんだ。例のハイパー・トンネルな、あれもフリー・パスだと言っていたっけ。それが真実なら、これから面白くなる。地球軍の騒動も、どうやら収まったらしい。時機としたら、そろそろだな」

キャプテン・ケンは、にっと微笑む。いたずら小僧のような笑みである。鈴木副長は、この笑みに心奪われて、副長職を引き受けることになったのだ。

◎

ムーンフラワーⅡ号は、指揮官ダンカンの許可なく、オルテ・ランバを離艦した。当然、大騒ぎになる。キャプテン・ケンは、間髪入れずに王の首輪を起動させる。やり方は、サムソンを見ていて記憶の端に残っている。

「ン？　コノ信号ハ、サムソンカ？」

「キャプテン・ケンです。お話があります。そちらにお伺いしてもよろしいか？」

「事情アリダナ。ヨロシイ。トンネル使用用途ヲ緊急許可ニシヨウ」

連合王ルキアンが、言うや否や、行く手にハイパー・トンネル入り口が出現した。ムーンフラワーⅡ号は、そのまま進入する。機動要塞オルテ・ランバが、次の手を繰り出す前に、次元空間に転位する。ダンカンは、連合王ルキアンの指示だと悟り、事態の収拾を図る。彼でも、相手が現王では、手が出せないのだ。あくまでも彼は前王側近である。現王に謁見は許されたことはあるが、そう近しい関係ではない。キャプテン・ケンは、どちらにも顔が利くらしい。侮れぬ奴と思った。

◎

一日半経った。既にハイパー・トンネル出口から、テラミス本星が望める位置にある。ムーンフラワーⅡ号は、微速前進でトンネル出口を滑り出る。迎えの機動要塞から、発光信号が来る。

『王都オルテ・ランバヘノ降下ヲ許可スル。地上カラノ発光信号ニ従イ、王宮前ノ広場ニ直接着地スベシ』

破格の待遇である。異星人の乗るテラミス船が、いきなり王宮前広場に降りられるとは……。連合王の盟友、サムソンに対する厚意なのだろう。火星静止軌道上の機動要塞から来たということで、どうやら、煩わしい消毒もパスできる模様である。クルーは、それでも遠慮して、宇宙服姿でテラミスに降り立つ。着地を今や遅しと待ちかねている一群が見える。連合王ルキアンとその家族である。衛兵が物々しく警備するが、連合王はそれを制して、一角を開けさせる。衛兵は、ＶＩＰを迎えるような隊形になった。キャプテン・ケン一行は、両側を衛兵に守られながら、正面に向かって恭しく進む。連合王の手前一〇ｍで制せられる。テラミス連合王との謁見距離ということなのだろう。

「王様、無沙汰をしておりました。お目にかかれて光栄です」

キャプテン・ケンが口を開いた。

「サムソンハ息災カ？」

連合王が、クルー一同を見回して言った。

「一別以来、色んなことが次々と起こりまして。今回は、挨拶方々ご報告に上がりました」

「フム。カナリ重大ナコトガ、アッタヨウダナ。構ワヌ。余の執務室ニ来タマエ。クルーニハ、歓迎ノ膳ヲ用意サセタ。ユルリト休ムガヨイ」

連合王は、手で合図する。衛兵がさっと散った。多くのレーバロイドたちが姿を見せ、クルーを案内する。キャプテン・ケンは、鈴木副長に目で合図する。軽く頷き、副長はクルーと共に去った。キャプテン・ケンは、連合王の後から続く。周りはレーバロイドたちで一杯である。金色に輝く扉が開かれる。王の執務室であろう。連合王に促され、キャプテン・ケンは、部屋に入った。レーバロイドたちは、扉で止まる。その扉がゆっくり閉まる。部屋の中は、意外に質素である。二人だけになった。ソファに腰を掛けた。しばらく会わないうちに、連合王は、自信を増したようだ。

◎

「王様、単刀直入に申し上げます。サムソンが命を落としました。対ゾクド戦役で、包囲されかけた艦隊を守って、被害担当艦の艦長として逝きました」

「一番先ニ、サムソンノ姿ヲ探シタガ、見ツカラナカッタ。ソンナコトガ、アッタノカ。彼ノヨウナ人間ハ、モウ、オ目ニカカレナイダロウナ。余ガ心開イタ、唯一ノ友デアッタ」

「王様にそう言っていただくと、私も、彼と関わりのあった者として嬉しく思います」

「サムソンニ供与シタ首輪ハ、ドウナッタノカナ？　直接、連絡ガ余ニ通ジタトイウコトハ、マダ機能シテイルトイウコトダロウ？」

「サムソンは、最後の出撃直前に、内儀に手渡したそうです。それが、巡り巡って私のもとに来たのです。王様、実は……」

「前王ノコトダロウ？　サムソンノ死ヲ知ラセニ来タダケデハナイコトクライ、余ニモ分カルサ。ルーキン前王、近頃、動キスギル。我ガテラミスニトッテ、全テ有益バカリデハナイコトマデ、首ヲ突ッ込ンデイル。コノママデハ、地球ハ勿論、アマルーナマデ、敵ニ回シテシマウ。アマルーナトハ、長年ノ紛争ガ、ヤット収マッタトコロナノダ。調子ニ乗ルト、ドンドン事態ヲエスカレートサセル。イラザル悪趣味ダ。テラミスハ、失地回復ヲ第一ニスベキ時ナノダ」

「その前王、地球圏をそっくり、手に入れたがっておいでです。地球政府が、少しごたつきましたので。その隙に……。それに、ウルガーナの騒動はご存知ですか」

「知ラヌ」

「火星に避難生活しているウルガーナ人の中に、独立志向を持つリーダーが複数、生まれかけたのです。前王は、ダンカンに命じて彼らを粛清しました。残念ながら、私たちも、片棒担がされたのですが……」

「ソレハマタ、強引ナコトダ。相手ガ、ウルガーナダカラ、アッサリ済ンダノダ。地球モ同ジヨウニデキルト思ッタラ、道ヲ誤ル。コレ以上、前王ニ好キ放題サセルノハ危険ダナ。地球人ダンカンヲ使ッテ何ヲスルヤラ、分カッタモンデハナイ。ダンカンハ、ヤリ手ダ。ソノ上、前王ニ忠実ダ。機動要塞マデ指揮スル。力ガアルダケニ、厄介ダ。前王ガ現役ノ王ヲ上回ルカヲ持テバ、テラミスノ秩序ガ狂ウ」

「そもそも、ゾクド侵攻を受けた地球政府が、対抗手段とのバーター取引で、前王の地球圏に住みたいという願いを聞き入れたのです。それが、いつの間にやら隠居所どころか、基地になっています。今のところ、あからさまなトラブルはありませんが、今後もそうだという確証はありません」

「実ハ、前王ノ手ナノダヨ。イツモ同ジ手ヲ使ウナ。以前大問題ニナッテ、余ガ罪ニ問ワレカケタノダ。ヨシ、コノ問題、余ガ請ケ負ウ。任セヨ。地球ニ迷惑ハカケラレン。友好国ナノダカラナ。コウ言ウト、前王ガマタ調子ニ乗ルカ。地球ト手ヲ結ベタノハ、朕ノオ陰ダト言ウダロウナ」

ルキアン連合王は、故サムソンに託した首輪を、キャプテン・ケンに改めて託すと、更に、連合王の親衛隊長と同格の腕章を与えた。テラミスも、権力の行方を巡って色々訳ありのようである。ただ、この腕章のお陰で、今後ルーキン前王の支配下で動く義務は免れられる。連合王のお声掛かりの身分は伊達ではない。

◎

ルキアン連合王との謁見は、成功だったと言うべきであろう。お互い不安定な身分である。お互いが利用し合う形で、より有利に活動できる。話がまとまると、連合王は、宴席にキャプテン・ケンを誘い、彼のクルーと共に、友好の宴を楽しむ。既に宴は始まっていたが。主賓の登場を待っていた感があった。キャプテン・ケンを迎え、連合王も姿を現すと、宴が一気に盛り上がる。レーバロイド楽団が、生演奏を始めた。地球のメロディーとは微妙に異なるしっとりした調べ。歓迎の料理を味わうに相応しい雰囲気作りに一役買っている。この席には、連合王以外のテラミス人の姿は見当たらない。饗応もレーバロイドたちによってなされる。

「余以外ニ、テラミス人ガ同席シテイナイノガ、不審カモシレナイガ……容赦サレヨ。何事ニモ、用心ノタメダ。食事ノ席デ宇宙服ヲ着タママトイウ選択ハアリ得ナイ。ソレデ、万ガ一ニ備エテ、余ガ命ジテコノヨウナ処置ヲサセタ。余ハ、平気ダカラ、ココニ、コウヤッテイル」

「以前のパンデミック、余程堪えられたようですな」

「ソリャソウダ。国民マデ多ク死ナセタノダ。オ主トノ邂逅モマア、ソレガ関係大アリニナッタノダガ……。ルーキン前王ガ、暗躍シダシタ一因デモアル」

「お察しいたします」

「今ハ、素直ニ料理ヲ楽シモウデハナイカ。余ノ治世ハ、ハナカラ、トラブル続キ。セメテ、食事ハ、憂鬱事カラ逃レテイタイ」

「酌をいたしましょう」

「コレハ、済マヌ。テラミスノ酒ハウマイゾ。オ主モ飲ムガヨイ」

互いに酌をした。乾杯した。キャプテン・ケンは、口当たりは良いが、思ったよりきつい酒に、いつもより早く酔った。料理は、不思議な味わいがある。テラミス人は、野菜好きらしく、肉料理に倍する野菜料理の数々。どれも美味である。何でも、野菜は地球産だとか。これも、友好の証である。どこの人間も、食べることは、生きる上で基本事項であることに変わりがない。

◎

ムーンフラワーⅡ号は、予定した目的を果たして、テラミス本星を後にする。見送りの機動要塞が発光信号を発してきた。

『貴艦ノ無事ナ航海ヲ祈念ス』

返信。

『貴国の厚情に感謝す』

ハイパー・トンネル入り口が出現する。ムーンフラワーⅡ号は、静かに進入した。たちまち次元空間に転位し、時空を飛び越える。ルキアン連合王は、帰途も特急扱いにしてくれたようだ。往路と同様、一日半で火星圏に達する。トンネル出口から、そろりと出る。火星が目の前だ。

ところが、静止軌道上に構えていた三基の機動要塞が、見当たらない。帰るはずの場所がない。たちまち、進退に窮した。火星に避難していたウルガーナのキャンプも、箱船の姿も見当たらない。何が起こったのか。火星圏は空っぽになっている。

「キャプテン、ムーンタウン基地から通信が入っています」

通信士ジェフが言った。

「読み上げてくれ」

「アイ・サー。『サザンクロス号クルー全員に告ぐ。事態は収拾した。直ちに基地に帰還せよ。諸君らの身分は保障されている』ですと。発信者は、宇宙艦隊総司令長官シャルル上級大将……！　キャプテン……！　これは……！　日付は……テラミスを発ってから、一か月経っています。一日半で着くはずでは……!?」

「いや、これでいいんだよ。我々は、わざと帰還の時間を調整されたのだ。遠回りさせられているが、我々には一日半。実際は、一か月経っている。その間に、連合王は、ダンカンの機動要塞ごと前王を何とかしたのだろう。今頃は、テラミス本星に連れ戻されていると思うよ」

「そんなことが、できるんですかい？」

「テラミス連合王が、前王を何とかすると私に約束したのだ。彼は約束を、早速実行したんだよ。もう、こき使われる心配はない。で、このテラミス製の船が我が手にあるという事実のみが残った。オリジナルのサザンクロス号が、基地に戻っていないのは明らかだ。つまり、姿かたちは、全く同じだが、中身は別物のこの船がサザンクロス号ということになる。基地側からすればな。サムソンが、置き土産をくれたようなもんだよ」

「どうします？　基地に帰って大丈夫なんですかね。いきなり逮捕されませんよね？」

「ゴードン、何をびびっている？　基地に帰るぞ」

「アイ・サー。ムーンタウン基地に帰投します。針路固定、基地上空にハイパー・ドライブ航法スタンバイ」

「ハイパー・チャージャー接続一〇秒前」

「メインエンジン、フルパワー」

「ようそろ。フルパワー確認」

「チャージャー接続」

「ようそろ」

手順はオリジナルと変わりない。しかし、月周回軌道に達したのは、わずか三〇秒後のことだった。しばらくそのまま様子を見る。前衛基地が見える。隣接している、ルーキン前王邸もそのまま何事もないような佇まいである。しかし、ここも、基地を守る機動要塞は見当たらない。数隻の砲艦、小型艇の姿が見えるのみである。妙に懐かしさを覚える光景だ。それよりむしろ、アマルーナのスターバトルシップの、巨大な艦影の方が目立っている。

◎

「キャプテン、ムーンタウン基地から連絡。『無事な帰還を祝す。第二ゲートを開けてある。直ちに着艦せよ』ですと」

「返信、『ようそろ』だ。それだけでいい」

「アイ・サー」

「ゴードン、久しぶりの古巣だ。ぶつけるなよ」

「そりゃあないでしょうに。ちゃんと降りまさあ」

ムーンフラワーII号は、着陸態勢に入った。緩衝ロケットを吹かしつつ、直立姿勢に改め、降下していく。ゲートは、開いている。テラミス製になったとはいえ、操縦性までそっくりオリジナルと同等にセットされている。流石にテラミスの技術は凄い。軽いショックを伴い、同号は基地内に降り立った。何人か、迎えに来ている。今般のミッションを計画した張本人、サザーランド氏、オフの出で立ちで、宇津井大将が、愛娘と孫を伴っている。愛娘は、つまり、キャプテン・ケンの妻である。無事な姿を見て、キャプテンの顔がたちまち紅潮する。

「キャプテン、嫁さんもお子さんも、元気そうだ」

「うん。よかった……」

「キャプテン、顔が赤くなってますよ。いいなあ。私も愛されたい。どこかに、よき殿方はいないかしらん？」

「俺は？」

「まあ、考えとく」

「ジェフ、振られたな。おめえ、誰彼なしに売り込んでねえかい？　一途にいかなきゃ、もてねえぜ」

「ブラッドレー兄貴、コツを教えてつかあさいよ」

「儂は、嫁さんにぱくっと捕まったんだ。コツなんか分かるかよ。若いんだから、せいぜい頑張んな」

「えー！　そりゃないですよー」

久しぶりに、皆笑った。

◎

「荒川中佐以下、サザンクロス号クルー、作戦を終え、ただ今帰投いたしました」

キャプテン・ケンが、帰還報告をした。

「ご苦労だった。君の船には、苦労をかけた。今回の騒動では、もう私もこれまでかと思った。宇宙の男たちに助けられたよ。グレッグ家の暴走は、造艦業界からの突き上げが原因らしい。同じ一族だから、発注数の減少は死活問題なのだ。サザーランド氏は、もう補佐官には戻る気はないらしい。が、彼の後輩で、マリーネ・レモン女史が惑星同盟の窓口になる。優秀な人材だ。同盟は、これで維持の目途はつく。騒動の後始末は、政府とは独立した第三者捜査機関が行う。造艦業界を巻き込んで、ちょっと大変なことになりそうだよ」

宇宙艦隊総司令長官、シャルルル上級大将が一気にまくしたてる。

「現政府は、もつのでしょうか」

「微妙だな。早くも総選挙の噂で持ち切りだ。サザーランド氏が、次期大統領選に打って出るという話まである。真偽は不明だがな。まだ警戒態勢のままだ。こんな時に、ゾクドに来られたら、完全に出遅れる。もう、ごたごたは御免だな」

「ところで、閣下。船のことですが……」

「知っているよ。テラミス製になったんだろう？」

「は？」

「君の船が帰る前に、テラミスの機動要塞が一八基、大挙してやって来た。火星にいた三基は、王命により、ウルガーナ方面に進駐が決まったよ。あのダンカンな、当分お目にかかれぬと、別れの挨拶に来た。避難民は、避難基地を畳んで、ウルガーナ本星に戻ることになった。本星の地慣らしが終わったらしいからな。前衛基地近隣のテラミス前王邸も整理された。前王は、我らの初期対応と同じ、強制送還となったさ。テラミスの動きがおかしかった。あわよくば、月基地もろとも、地球まで乗っ取るつもりじゃなかったかと思うよ。前置きが長くなったが、その時に、連合王派遣部隊のテラミスの指揮官から知らされたのだ」

「実は、我々、テラミス本星に行ってたんです。現連合王が、地球政府との友好を確約してくれました。故サムソンの置き土産が、奏功した感があります」

「置き土産？」

「かつて、連合王を捕虜にした時、個人的な交流が生まれたのです。連合王は、本星に帰る前、故サムソンに、友情の証として王の首輪を与えました。これが、ひょんなことから私のもとに来たのです。お陰で、テラミス連合王に謁見を許されまして……」

「ふむ。私は奇跡は信じないが、この度は神のご加護を実感した。でなければ、今頃、テラミス前王の奴隷にされていたかもしれんな。君の動きがなければ、こう事が運ばなかっただろう。それだけは確信するよ。少し時間を取ってしまった。宇津井大将は今日は非番でな。君の奥方、子息共々、来賓待合室でお待ちだ。会って来たまえ」

「有り難うございます。失礼します」

キャプテン・ケンは、長官室を辞する。テラミス連合王、初めて会った時とは、別人のような手際の良さである。人は成長するものだ。

テラミス前王ルーキンは、今度こそ、「引退した王」になるのだろう。彼のお陰で、地球人はアマルーナ、テラミスと同盟し、彼らの優れた技術を入手できたのだが、地球の内紛が、まさかこんなに早く終息することまでは、予測できなかったらしい。故サムソンの首輪の存在も……。ここでつい色気を出したのが自ら墓穴を掘る結果になったのは、ある意味仕方がない。

◎

アマルーナのトリドルン総督は、サルルンパ副官を前にして言った。

「今回ばかりは、動かないで正解だったな。下手に動けば、我々は、今頃間違いなく墓の中さ」

「は。流石に魂消《たまげ》ました」

「テラミス機動要塞の巨大さを見たろう？　あんなものが、一八基も来たら、我が艦隊では太刀打ちできん。あのテラミス前王が、あっという間に連れ去られた。ありゃあ、現連合王の軍勢だ。彼らの間に何があったか、分からんがな」

「前王が、地球乗っ取りを謀ったのは、まず、間違いなかろうかと」

「連合王に、知らせたのは誰だろう。地球に、そんな離れ業ができる人材がいるとは思えんがなあ」

「我々は、知らん顔をしていた方がよいのでは？」

「そうだなあ。あまりにも圧倒的な力の差だ。それに、間もなく交替の時期だな。新総督にも、言わぬが花か。大人しく本星に帰る方が身のためだ」

「ご尤もで。ここであったことは、新総督も知らない方が身のためでしょう。知れば、要らざるゴタゴタに巻き込まれる恐れが、多分にあります」

「地球と同盟を結べたのは、私の誇るべき事実だが、仇敵だったテラミスと、ここでにらみ合うことになるとは、思ってもみないことだ。戦をせずに済んだのは、連合王の器量が大きかったからだな。そのことに、感謝して、私は、帰ることにするよ」

「総督閣下……」

「サルルンパ君、よく尽くしてくれた。有り難う」

サルルンパ副官は、合掌して総督を送り出す。彼は、引き続き、新総督に仕えることになっている。

新手のスターバトルシップが到着した。新任の総督と交替で、間もなくトリドルン総督は、アマルーナ本星に帰る。彼の身分は、あくまでもマクギャルン執政の副官である。月中継基地の臨時代表としての役割を終え、本業に戻るにすぎない。感傷に浸る間もなく、トリドルンは迎えのスターバトルシップに乗り込んだ。新総督に会い、任務完了証にサインをもらう。新総督は、直ちに基地に向かう。あっさりした儀式の後で、前総督となったトリドルンは月を去った。

◎

テラミス前王ルーキンが去り、アマルーナのトリドルン総督も去った。強制送還と任期満了の大きな差はあるが……。代わりに、テラミスはランドス総督が赴任。アマルーナも、新総督として文治派のチチリンバ中将が派遣された。地球側も、マリーネ・レモン女史が、地球側の外交主管としてムーンタウン基地に赴任している。惑星間交流は、第二段階に入った。

地球統合政府は、結局総辞職に追い込まれ、総選挙が行われることになった。大統領は政界引退、選挙は新人ばかりの乱立になる。サザーランド氏は、当初根拠のない噂と思われていたが、本当に大統領候補として立った。万事抜かりない氏は、宇宙に生活の場を得た者と、地球上に暮らす者との融合を訴え、地球圏全体の発展を公約にして、アピールした。政変で解雇された経過も、それまでの実績も大いに支持を集める要因足り得た。対抗馬には、起死回生を狙うグレッグ家の出身で、英才の誉れ高いサイモン・グレッグ氏がいたが、騒動の後だけに、不利は免れず、大方の下馬評を覆してジョナサン・サザーランド氏が圧勝した。解雇後、月居住区で、ただ遊んでいたわけではなかった。彼は、ついに統合政府次期大統領の椅子を得る。

◎

「長らく留守をした。一人、寂しい思いをさせた」

「私だって、宇宙艦クルーの端くれよ。一度船が宇宙へ出たら、いつ帰るのかなんて、くよくよ考えても仕方ないくらい分かっているわ。それより……」

「ん……」

「よく無事で帰ってきたわね」

「そりゃ、かわいい妻を放っては死ねんさ」

キャプテン・ケンは、テラミスからの帰還後、ようやく公の立場から解放された。ただの夫として、幼い息子を守ってくれた妻に感謝の抱擁をした。息子は、むずがることもなく、すやすや眠っている。おじじの宇津井大将のたっての要望で、健吾と命名された。堅固と掛けたのであろう。発想が、艦から脱していないところが、彼らしい。成長の暁には宇宙艦クルーを目指して欲しい感が、見え見えである。孫の顔を見ると、メロメロになる。『そろそろ引退だ』が、最近の口癖らしい。戦士が引退を口にした時、既に戦士としての独特な勘が失われていることが多い。その人が、戦場で働いた実績があるほど、自覚する確率が上がる。宇津井大将は、復帰後数か月で、予備役再編入を申し出た。現役に執着する気はもうないという。孫のために余生を過ごすには、少々若すぎる引退であった。彼の後任には、長年副官を務めた福留昭一大佐が、少将に昇進後就く。ナンバーフリートの中では、最も若い指揮官の誕生である。しかし、対ゾクド戦で宇津井大将を補佐するなど、実績は十分ある。当然、どこからも文句は出なかった。

宇津井大将は、予備役となって間もなく、オファーのあったムーンタウン基地内の中学校へ、校長として赴任した。生徒は、全て宇宙艦隊クルーの子弟である。当然、親が宇津井大将の部下だったケースもある。評判はよかった。

◎

事実上、テラミスから供与された形となったムーンフラワーⅡ号。サザンクロス号と細部に至るまでそっくりに作られた純テラミス製の船である。オリジナルは、当初地球側に返還される予定だったが、前王ルーキンの強制送還を巡る騒動で、そのままになった。結局、クルーを乗せて帰還した船が、サザンクロス号と認知されることになる。クルーは、艦名を書き改めることになった。しかし、格段に性能を増し、機動力では、正規の駆逐艦を軽く凌駕する。砲力に至っては、重巡を少し上回る上、防御力は戦列艦以上……。しかも、これを存分に操れるのは、直接テラミス側の訓練を受けた、現在のクルーに限られる。軍は、当分の間、同号のクルーを固定し、運用することとした。下手にクルーを入れ替えては、練度が落ち、戦力が低下してしまう。地球艦の絶対性能を、もっと上げなければ、艦隊行動もままならない。実に運用の難しい艦になった。

エリートを自認していたナンバーフリートのクルーたちは、当然の如く面白くない。自らの乗艦を性能で上回るサザンクロス号が、元来徴用船だったことを以て「特急便」と揶揄した。鈴木副長曰く、

「ムーンフラワー号時代は、いくらいい仕事をしても、準急便でしかなかった。ゴードンが暴れるリスクが付きまとったからな。ナンバーフリートのエリートさんから、この度特急便の称号をもらったぜ。喜べ、皆」

と。ゴードンは赤面して言葉もない。

他の古参クルーたちは、感慨も一入《ひとしお》である。この手の話は伝播も早い。伝え聞いたナンバーフリートの面々は、呆れる外はなかった。以降、何回も改名させられて食傷気味のサザンクロス号クルーは、自らの乗艦をコードネーム「特急便」とする。総司令長官シャルル上級大将は、沈黙を以てこれに応えたので、公式に認知されたも同然となる。

キャプテン・ケンは、大佐に昇進。年齢に見合わない若さでの昇進だったが、機転を利かして立ち回り、地球のピンチを救った功績は大きいと評価された。加えて、テラミス連合王に、直に謁見を許される身分を得ている。これまでも、不思議に重大な局面に立ち会い、切り抜けてきたのだ。ようやく日の当たる場に立てたと言えよう。

軍の上層部から、それまで幅を利かせてきたグレッグ家の勢力が、一掃された。政府には、最前線で、惑星同盟の面々と渡り合ってきたサザーランド氏が、次期大統領として控えている。潮目が変わった。新たな時代が来ようとしている。

◎

「パトロール任務完了。基地に帰るぞ」

「ハイパー・ドライブ、スタンバイ」

「メインエンジン出力最大へ」

「チャージャー接続二〇秒前」

「出力最大、ようそろ」

「チャージャー接続」

「ようそろ。接続」

ムーンフラワーⅡ号改め、サザンクロス号は、たちまち時空を飛び越える。既に、戦雲は遠のいた感がある。テラミス艦隊が、ゾクド掃討に本腰を入れ始めたのだ。アマルーナ本星からも呼応して艦隊が方々に出張っている。地球圏は、必ずしも安泰とは言えないが、惑星間同盟の必要物資交易の場として、宇宙のオアシスそのものである。

ムーンタウン基地が視認できる。

「ムーンタウン基地より、着陸許可。第二ゲートへ」

「第二ゲート、オープン」

「確認。着地用意」

「アイ・サー。脚出しスタンバイ」

「脚出た。確認」

「着地に備え。各員着席、ベルト着用」

「各員、着座確認。着地一〇秒前」

サザンクロス号は、直立姿勢のまま、ゆっくり降下。緩衝ロケットを吹かし、ほとんどショックもなく、着地した。

「特急便《サザンクロス号》、到着す。一二二〇」

クルーは、テラミス製のこの船を、オリジナル同様、軽々と操る。今日も、平凡な一日が、何事もなく過ぎていく。すさまじい生存競争の末、手に入れた一日である。ほんの束の間の安らぎかもしれぬこの一瞬を、クルーは心から味わっていた。

（完）

おわりに

元来が、妄想家である。これまでも、何らかの機会を捉えては、短編を書いてきた。同人誌、広報誌の類である。短編と言っても、完成された作品ではない。後々長編の種になりそうな雑多なテーマを含んでいる。

次々に浮かんでくる妄想を、その都度書き留めてきた。次第に、それだけでは物足りなくなる。

宮仕えが終わる二年前から、この作品の執筆を始めた。定年を迎えた時、まだ、一章を書き終えただけだった。最初の読者となったのは、鈴木勤氏。実に前向きな講評をいただいた。書き切ろうと決意したのは、彼のお陰と断言できる。主なキャラクターが同じ作品を、これまで二回書いてきた。本業が多忙になったり、私的な変化があったりして、結局挫折した。少し長くなる作品は、モチベーションを保つのが難しい。

二章の途中まで書いた時、弟にも読んでもらう。続きはないのかと言われた。これに力を得て、書き続けることができた。

その間、高齢になっても元気で活動的だった父が、突然倒れ、何回か入退院を繰り返し、ついに逝った。後を追うように、母も旅立ってしまった。人生は、はかないと言われるが、この時ほど実感したことはない。

中学校卒業一週間後、友人が交通事故で亡くなった。大学二回生の終わり、学友が自死した。社会人二年生の時、祖父が。二年後、祖母が亡くなった。阪神・淡路大震災から二年後、母方の祖父が……。その分長生きした母方の祖母も、亡くなって早くも一三年になる。人間、いつお迎えが来るのか分からない。ただ、その時足掻くよりは、生きている今精一杯生き切りたい。この作品は、その証でもある。

この度世に問うにあたり、文芸社企画部の青山泰之氏に背を押して頂いた。編集部宮田敦是氏には、懇切丁寧にご指導いただいた。

この紙面にて感謝申し上げる。

二〇二四年一月　記す

著者プロフィール

ミスターS・T（みすたーえすてぃー）

兵庫県在住。宮仕えを終え、ただのジジイとなる。

なんでもコレクターで、若い時のプラモデルに始まり、食玩の戦車模型、スポーツ自転車、腕時計、万年筆と、連れ合いも呆れるほど。

一貫して変わらないのは、文章を書くことくらい。「書くこと即ち人生」を信じて疑わない頑固者。共感した人がいたとか、いなかったとか…？

特急便到着す

2024年4月15日　初版第1刷発行

著　者　ミスターS·T
発行者　瓜谷 綱延
発行所　株式会社文芸社
〒160-0022　東京都新宿区新宿1－10－1
電話　03-5369-3060（代表）
03-5369-2299（販売）

印刷所　株式会社フクイン

ISBN978-4-286-25183-7